INCIDENTE EN
LA PATAGONIA

INCIDENTE EN LA PATAGONIA

Isabel García Cintas

US Library of Congress
Txu 001284919 2006/01/11
ISBN: 978-0-9838523-1-5
Diseño de tapa: I.Jakovljevic sobre una foto stock de Mycovermaker
Página web de la autora: www.isabelgarciacintas.com

Para Tomi,
por todo.

Índice

Buenos Aires - Nueva York

Hice un último repaso mental. Todo estaba en orden. Las dos valijas chicas al lado de la puerta de salida de mi departamento y la llave del gas cerrada. Antes de irme tenía que desconectar la computadora de modo que eché un vistazo por si había mensajes de última hora. Me sorprendió ver el remitente de uno de los tres emails que habían entrado. Era de Sergio Brauer. No podía dejar de abrirlo. En su lacónico estilo de siempre, decía: Querida *Lina, me cuenta Mariano que vendrás a Nueva York por trabajo. Avisame cuando llegues. Necesito verte por algo importante. Te invito a cenar a casa. Espero que puedas. Un abrazo, Sergio.*

Me quedé mirando la pantalla unos segundos. Releí el mensaje. Por suerte me había preparado con tiempo suficiente como para llegar al aeropuerto y sentarme a revisar papeles por un par de horas antes de la partida de mi vuelo a San Francisco. Me acomodé para contestarle. Pero antes, y con las manos sobre el teclado, hice una pausa y aspiré hondo.

Alicia.

El recuerdo de Alicia todavía me duele, después de tantos años y de todo lo que sucedió. Me duele porque no estuve cuando debería haberla apoyado; porque no supe nada de ella ni de Susana por mucho tiempo. Me culpo por no haberme conectado con ellas cuando me necesitaban. A veces pienso que quizá yo no hubiese sido más que un estorbo en el medio, o tal vez ellas ni me hubiesen participado de lo que sucedía. Pero igual. Yo estuve ausente, viviendo mi experiencia y disfrutando de las playas cariocas cuando todos tenían el agua al cuello. Y yo era una vieja amiga, como Mariano. Por eso la culpa de hoy, y el gusto amargo en la boca.

Acepté inmediatamente la inesperada invitación y a lo largo del viaje, entre escala y escala, coordinamos cuándo vernos. La noche que habíamos fijado yo tomé el *subway* en Manhattan hacia Brooklyn. Me hubiese gustado ir de día, es un barrio hermoso para caminar, pero con mi reducido tiempo libre no podía darme el lujo de elegir. Sergio me esperaba a la salida de la estación. El departamento en el que vivía con Pablo, su único hijo, en esa época un estudiante egresado del *college* como pre-med y listo para entrar a la universidad de medicina, quedaba a dos cuadras de allí. Cuando me vio aparecer en el andén se acercó al molinete por el que yo saldría. Apenas si lo reconocí. Se había dejado la barba, y su pelo castaño claro estaba casi completamente canoso. Nos abrazamos por un rato lago, en silencio. Con un profundo suspiro, nos miramos a la cara durante unos segundos y él enseguida me tomó del brazo y echamos a caminar, charlando por las calles arboladas y llenas de actividad.

Pablo salía justo cuando nosotros subíamos las escalinatas de la casa de ladrillos rojos y tradicionales, donde está el departamento que Sergio le había comprado para que viviera mientras estudiaba en New York. Es más barato que pagar un alquiler por todos estos años, comentó él con una sonrisa que me recordó otros tiempos. Aunque ahora se me va a vivir a Boston, agregó encogiéndose de hombros.

El muchacho, ya más alto que su padre, me saludó con un beso muy a la argentina, y se marchó. Qué raro, le dije a Sergio, los chicos americanos no besan. Me miró medio sorprendido. Pero él no es americano, ¿no te acordás? Y nunca le digas que pensás que no lo es. Se va a ofender. Está muy identificado con todo *lo nuestro*, dijo con aire satisfecho y un tono particular que me hizo sentir bien, entre amigos.

Sergio había puesto una carne al horno con papas y ensalada. Cenamos con vino tinto y charlamos de cosas sin importancia hasta la hora del café. Es casi como las sobremesas de otras épocas, pensé con nostalgia, pero claro, faltaban Alicia y Hugo, mi ex-marido.

Entonces él me dijo, de pronto: Te habrá sorprendido mi mensaje. Y, sí, le respondí. La verdad es que no lo esperaba, pero me alegra mucho que me hayas contactado después de tanto tiempo. Hizo un gesto con la mano, como diciendo, era hora, pero no agregó nada. Se puso de pie y sacó una caja de esas que contienen resmas de papel de una gaveta del modular en el que se apilaban libros y una *laptop*. Lina, quiero que te lleves esto, dijo. ¿Qué es? Es un manuscrito que escribió Alicia, en los meses, tal vez el año, antes de morir, respondió. Aunque nunca me habló de él cuando iba a visitarla. Después de que me lo entregaron los guardias, no lo pude leer por mucho tiempo, pero cuando junté el valor para enfrentarme a sus palabras comprendí muchas cosas que no supe o no pude ver antes.

Lo miré intrigada, preguntándome qué papel jugaba yo en ese asunto, pero guardé silencio. Él, como leyéndome el pensamiento, puso la caja sobre la mesa, frente a mí y dijo con una voz grave que delataba la emoción que sentía: Lina, vos estás en el negocio de la publicidad allá. Quiero que esta historia se sepa. Para eso la escribió. Sé que ella quería que saliera a la luz. Aquí está todo lo que ella vivió, tanto así, que no cambió ni los nombres de la gente. Quiero hacer honor a este último y mudo pedido de Alicia. Tenés que leerlo, claro, y tal vez hacerle correcciones. Fijate si alguien lo quiere publicar. Pero no le hagas cambios importantes.

No podía y no quería negarme. Me traje el manuscrito. Han pasado dos años de ese encuentro en Nueva York y no he conseguido un editor que se interese, pero como este es un compromiso moral, aquí están las memorias de Alicia, noveladas, tal como las dejó. Las publico por mi cuenta, en esta sencilla edición, para que así, en forma económica, llegue a algunos lectores.

Con que se sepa su historia, tal como para Sergio, para mí es suficiente.

Lina Figueroa
Buenos Aires, 2004

Caminante no hay camino,
Se hace camino al andar.
Al andar se hace camino
Y al volver la vista atrás
Se ve la senda que nunca
Se ha de volver a pisar.
Caminante, no hay camino,
Sólo estelas en la mar.

Antonio Machado (1875-1939)

I

Bariloche, Patagonia Argentina, Miércoles 31 de marzo de 1982

Alicia Rivera puso en marcha su viejo Citroën 2CV y salió con cautela a la avenida Ezequiel Bustillo, dejando atrás la plazoleta del Monolito y el bullicio de los grupos de turistas. El camino de doble mano zigzagueaba hacia el oeste, con sus amplias residencias frente al lago, siguiendo la masa umbría y boscosa del Cerro Otto a su izquierda. A la derecha, después de una angosta banquina de pedregullo, la pendiente bajaba unos treinta metros hacia la breve playa, donde las oscuras y quietas aguas del lago Nahuel Huapí se convertían en un espeso manto negro en el anochecer nublado y calmo.

Atenta a las curvas, controló los focos de los tres autos que venían detrás. Era tarde y necesitaba llegar a casa, donde ya la esperaba la cena caliente y reparadora.

Inspiró hondo para aflojar el cuerpo por primera vez después de un día agotador, plagado de rumores inquietantes. Las relaciones entre la Junta que gobernaba el país e Inglaterra estaban deteriorándose a grandes pasos por

13

un entredicho poco claro que ocurría entre los dos gobiernos en las lejanas islas Georgias del Sur. Todo indicaba que un conflicto armado podría desatarse de un momento a otro sobre la soberanía de las Islas Malvinas. Esas rocas batidas por el viento en el camino a la Antártida, que para el resto del mundo no habían sido argentinas desde que los ingleses se apropiaron de ellas y las bautizaron Falkland Islands, hacía más de un siglo. Una injusticia que Alicia siempre consideró un atropello imperial, pero que ahora, comparado con los problemas del país, para ella estaba al final de una larga lista de prioridades.

La única emisora local, LRA30 Radio Nacional no daba detalles, lo que no la sorprendía. Todas las radios estaban bajo intervención militar desde el golpe de estado del '76 y operaban bajo una estricta censura. Los chilenos, simpatizantes de los ingleses, serían más objetivos, se dijo. El tráfico de contramano era escaso. Redujo la velocidad e intentó sintonizar alguna radio de Chile en FM.

Al mirar nuevamente el espejo retrovisor vio el auto de atrás, que hasta entonces había mantenido una distancia respetable, acelerar de golpe, y comprendió que intentaba pasarla en un tramo con doble línea amarilla en la curva y una banquina angosta cerca del declive.

Alarmada, trató de mantener la misma velocidad y con alivio notó que se acercaban a un amplio mirador del lago. Cuando llegaron a la altura de los árboles el auto de atrás maniobró, ahora sí, con rapidez y pasó adelante, forzándola a reducir la velocidad y salir del asfalto. Sorprendida, trató de controlar el viejo auto y con cuidado bajó al pedregullo, donde el fastidioso, oscilante movimiento de la suspensión del Citroën la obligó a concentrarse en el terreno adelante.

Cuando pudo frenar, una ola de pánico la invadió al mirar con atención el auto que ahora estaba cruzado en frente del suyo, bajo los árboles, en la semi-oscuridad. Un par de luces del camino lo alumbraron e identificó al Ford Falcon verde oliva, idéntico a los que se decía pertenecían a los servicios secretos del gobierno. Con el corazón latiendo muy fuerte, todavía confundida por la inesperada maniobra, Alicia miraba el auto que ahora con los focos apagados permanecía quieto en las sombras. Ella estaba inmóvil, paralizada por el miedo, incapaz de coordinar sus pensamientos, mientras que el estómago se le estrujaba produciéndole un sofocante peso. Las puertas traseras del auto se abrieron para dar paso a dos hombres que caminaron hacia ella. No podía distinguir las caras de las figuras que parecían imponentes en sus sobretodos hasta las rodillas. Notó que en el auto quedaban otros dos hombres, quietos, en los asientos delanteros.

Con las manos empapadas de transpiración se aferró al pequeño volante mientras comprendía que estaba a merced de ellos, y que no podría presentar ninguna resistencia, o escapar de ese lugar. Sintió el miedo paralizándole cada músculo de su cuerpo y supo que, aunque quisiera, no podría moverse.

Por fin se acercaron, para ubicarse frente a las dos puertas delanteras del Citroën. Alicia hizo un esfuerzo, soltó el volante para levantar la ventanilla y enganchó el panel de vidrio hacia afuera. El hombre que estaba de su lado se inclinó, y acercó la cara al espacio abierto, con un olor a loción para después de afeitar barata.

—A ver, documentos —dijo secamente.

No se identificó, ni ella esperó que lo hiciera. Alicia alzó el bolso despacio, tomó la pequeña billetera de cuero marrón, y extrajo la cédula de identidad de la Policía Federal. Él la tomó y la estudió por unos minutos, con cuidado, para demorarse en cada línea de la información impresa en el pequeño recuadro plastificado, midiendo sin duda el pánico que ella sentía y disfrutando de su posición de poder.

—Apagá el motor—, ordenó. Ella obedeció en silencio. El otro había permanecido quieto, de costado. A través del vidrio casi cubierto de vapor, Alicia podía ver sólo parte de su grueso abrigo y que tenía las manos en los bolsillos. El hombre a su lado bajó la cabeza hasta la ventanilla abierta y el perfume le llegó otra vez, fuerte, cuando él acercó la cara y le extendió la cédula. Con mano temblorosa, a pesar de su esfuerzo por calmarse, la tomó de una punta, pensando que él la soltaría, pero no la dejó ir, mientras la miraba a la cara con soberbia. Alicia mantuvo la presión y él, sosteniendo la cédula con firmeza, amenazador, mientras su maciza cara era iluminada por las pálidas luces de los autos que pasaban, dijo:

–Escuchá con atención y date por avisada: tené mucho ojo, dejate de joder con eso de revolver el avispero por ahí. También buscate mejores amigas. Especialmente vos, que tenés un pibe… –Ella no hizo ningún gesto durante el par de segundos en los que él mantuvo un silencio amenazador –. Por ahora la estás sacando barata, pero date por avisada.

Su acento provinciano era marcado y podía ser de Salta, o Jujuy, con esa cadencia que sonaba tan bien en las canciones folklóricas, pero que ahora tenía inflexiones de hielo. Después de lo que a ella le pareció una eternidad, él se apartó de la ventanilla y los dos hombres se alejaron al mismo tiempo.

Alicia notó las gotas de transpiración que le rodaban por la espalda, bajo la camisa liviana, mientras los miraba regresar despacio al Falcon verde oliva que ahora en la oscuridad casi completa parecía negro. Las dos figuras subieron rápidamente, el auto se puso en marcha, giró hacia la izquierda, de vuelta a la ciudad y una vez que entró en el camino se encendieron las luces.

Con el corazón latiéndole con furia, las manos húmedas y frías, Alicia reunió la energía suficiente para bajar el panel de vidrio de la ventanilla y pensar en que los hombres se habían marchado y que podía irse libremente. Con la angustia todavía pesándole sobre el pecho tomó una bocanada profunda de aire, puso una mano en el volante y con movimiento automático encendió el motor.

Un nudo le estrangulaba la garganta mientras se esforzaba en concentrar su atención en el desierto camino y lentamente retomaba el asfalto hacia Melipal. Las lágrimas empezaron a rodar casi sin sentirlas, y ella se las limpió con el dorso de una mano temblorosa para mantener el auto derecho sobre la cinta de asfalto que casi no podía ver.

Es tarde, pensó, Pablito ya estará impaciente y Sergio habrá puesto la mesa y estará mirando las noticias de la tele, esperándome.

Las lágrimas todavía rodaban por el escote de la blusa cuando el auto, resoplando, subió lentamente tres cuadras por Böck. El encuentro la tomó por sorpresa pero ahora, al pensar en lo que podría haber pasado, sintió aún más miedo. Giró a la derecha y divisó su casa bajo los altos árboles. Las ventanas irradiaban una tibia luz a través del voile de las cortinas que ella misma cosió algunos meses atrás. Cerró con llave el auto en la entrada y bajo la llovizna caminó hacia la puerta donde Sergio ya se asomaba.

–¿Qué te pasa? –preguntó alarmado mientras cerraba la puerta detrás de ella y se volvía a mirarla de frente.

–Unos tipos, me pararon en la ruta–, alcanzó a decir antes de que la voz se le quebrara en lágrimas–: ¡Dos hombres, Sergio, me pararon! –y se derrumbó en los brazos de él, sollozando con todo el sentimiento que se le había anudado en la garganta y ahora podía salir, libre, para volcarse sobre el pecho protector y tibio que la recibía.

–Tranquilizate y decime qué pasó... Calmate, por favor–, dijo Sergio, alarmado, acariciándole el cabello revuelto y húmedo por las gotas de nieve incipiente. Lloró un par de minutos hasta serenarse un poco y él por fin pudo ayudarle a quitarse el abrigo–. Decime qué te pasó exactamente, Alicia, ¿qué te dijeron?, ¿te hicieron algo? –preguntó, abrazándola otra vez.

–No, no, no me hicieron nada, solo me amenazaron–, respondió para tranquilizarlo, cuando comprendió que él imaginaba cosas aún peores. Le dio todos los detalles del encuentro, entre hipos de sollozos que se mezclaban con las palabras.

–Te siguieron, deben haber esperado a que salieras de la entrevista. Pero ¿Por qué?

–No tengo idea–, murmuró, secando las lágrimas con el pañuelo que él le tendía–. Eran matones de civil...

–¿Por qué te habrán parado a vos? ¿Los conocés? Hacé memoria.

–No, esos tipos no son de acá. ¿Cuántos Falcon verdes hay en Bariloche? Casi ninguno. Y el tipo tenía acento del norte. No, no deben ser de acá. Y me conocían bien, porque eso de nombrar a Pablo fue una amenaza.

–Claro, pero todos te conocen bien en esta ciudad. Por eso esto me parece tan raro. ¿Qué te dijo exactamente?

Ella repitió las palabras del hombre. Los dos se miraron aún sin saber qué pensar y él, como siempre, tomó la iniciativa para calmar las cosas.

–Bueno, ahora aflojate un poco. Tranquila. Lo que

importa es que vos estás bien. Estoy seguro de que esto tiene una explicación–, dijo, sabiendo exactamente qué tono de voz emplear para serenarla.

Pablo se quejaba, sentado en su sillita, inquieto al ver a sus padres tan conmocionados. Ella lo levantó en sus brazos y lo meció por un rato, haciendo un esfuerzo real por serenarse.

Entre el ruido de cacerolas le llegó la voz de Sergio desde la cocina:

–Andá, lavate la cara. La cena está casi lista.

–Necesito una ducha caliente.

–Está bien, tomate tu tiempo.

El baño le devolvió la energía. Fue una pesadilla, pero ya pasó, se dijo una y otra vez, y el mantra la ayudó a calmarse. Permaneció largo rato bajo el agua caliente y reparadora. Al salir, un delicioso aroma a albahaca fresca le llegó desde la cocina. En el comedor contiguo la mesa ya estaba preparada y Sergio servía trozos de tomate fresco sobre la humeante pasta. Una ola cálida de afecto la invadió:

–Mmm... ¡Qué rico! Todo es perfecto, como siempre. Gracias –dijo, y él la miró, fingiendo sorpresa:

–De nada, pero espero que esto no sea una indirecta para que yo cocine todas las noches.

Ella sonrió por primera vez y hasta se sintió con ánimo para bromear.

–No sería mala idea... un marido chef.

Durante la cena trataron de mantener un aire normal, aunque flotaba, tácito, el recuerdo del extraño encuentro. Alicia sentía como si esa noche ella hubiera cruzado una línea y de pronto estuviera caminando por un sendero desconocido.

Sintió un escalofrío al pensar que en ese preciso momento podría estar en otro lugar, quién sabe dónde. Los detalles domésticos entonces resaltaron ante sus ojos, renovados. Como la pálida tonalidad naranja-amarillenta de la luz de esa lámpara sobre la mesa, que irradiaba un tibio reflejo. Allí todo encajaba bien, en su sitio, como debe ser. Como ella lo necesitaba. Hasta Pablo estaba más hablador que de costumbre, ensayando palabras nuevas, mientras sorbía ruidosamente sus fideos, como sumándose a la celebración de estar juntos.

Cuando Sergio lo llevó en brazos a la cama, Alicia los siguió para el ritual nocturno de la lectura. Apenas empezó la primera página de su libro favorito, él se quedó dormido y ella salió del cuarto en puntas de pie, hacia el living, para sentarse al lado de Sergio en el sofá. Él le puso el brazo alrededor de los hombros. Miraron televisión por un rato, con el volumen muy bajo, aunque ninguno de los dos prestaba atención a la pantalla.

Sergio rompió el silencio:

–Mañana salimos con los muchachos a pescar al Río Manso. La semana pasada hubo buen pique en esa zona.

Alicia sabía que él estaba dándole tiempo a que ella se sintiera cómoda para retomar el tema que dominaba sus pensamientos, de modo que siguió el hilo que le brindaba:

–Parece una buena idea... ¿van cerca del lago, por la zona del camping, donde pusimos la carpa la última vez? – dijo, tratando de sonar natural.

–Queremos ir un poco más adentro del bosque esta vez y probar un par de arroyos más arriba. Los muchachos dicen que son buenos sitios, vamos a ver. Alicia se sintió forzada a responderle:

–Espero que sea un buen lugar para probar las moscas que armaste el domingo pasado–, comentó fingiendo interés. Pero él la conocía demasiado y asintió con la cabeza, para después preguntarle con dudas:

–¿Seguro que estás bien?

–Sí–, suspiró, tratando de sonreír–. Estoy mejor, así, con vos.

Él le acarició el pelo con ternura.

–¿Qué voy a hacer, Sergio? ¿Qué pasará si esos tipos vuelven?

Él se puso de pie y apagó el televisor.

–Nada–, dijo, y caminó hacia la cocina–. No tenés que hacer nada. Seguir con tu vida normal. No has hecho nada malo y no sabemos quién mandó a esos tipos, o quiénes son.

Mirando por la ventana la calle oscura, ella escuchó que él ponía agua a hervir.

–Hagamos una taza de té, nos va a venir bien–, dijo él, regresando junto a ella. Alicia se sintió una vez más

19

agradecida por su apoyo, por esas muestras cotidianas de que él estaba allí, a su lado.

–Nunca me voy a olvidar del olor a colonia de afeitar barata–. Las lágrimas brotaban otra vez–. Nunca pensé que una cosa como esta me podía suceder a mí–. Se secó la cara con el ajado pañuelito de algodón–. Pero no quiero llorar y nada más, llorar y no hacer nada, aunque ¿qué puedo hacer? Me siento *boleada*, como si alguien me hubiese dado con un palo en la cabeza.

–Me imagino–. La miró y ella notó por un instante temor en sus ojos–. Yo no hablaría de esto con nadie en la radio o en el diario.

–No, por supuesto, ¿con quién voy hablar de una cosa así?... Después de una pausa agregó, moviendo la cabeza–: Te juro que tengo miedo en serio. Yo creía que estas cosas habían terminado, que ya no andaban siguiendo y llevándose a la gente.

–Ya sé. Yo también estoy preocupado. Pero no quiere decir que sea lo mismo que estás pensando.

–No sé. El tipo habló de elegir mejor a mis amigas. ¿Qué amigas? ¿Martina? Si es ella esto puede tener que ver con el programa de la radio. En los últimos tiempos hubo tantos rumores de que les ponemos ideas raras en la cabeza a las mujeres. Como si las que escuchan fueran unas idiotas que no pueden pensar. Cosas que ellos llaman feministas y que nosotras insistimos son de sentido común. Yo te comenté esto antes. Debe ser ese tema. ¿Cómo no lo vi venir?

–No sabés si es por el programa. No te culpes, no te lleva a ningún lado.

Ella comenzó a hilar recuerdos sueltos:

–Vos sabés que Martina y yo hablamos sobre esto muchas veces, sobre la censura, las limitaciones que hay y tratamos de ser cuidadosas. Pero si no podemos decir nada que sea importante, decime, ¿cuál es la diferencia entre nosotras y los programas de recetas y moda que tienen por la tarde? Por ejemplo, el programa que hicimos sobre el analfabetismo de las chicas de los puestos de las estancias les cayó mal a todos. Otro que nos trajo problemas fue el comentario de que los afiches publicitarios tienen demasiadas fotos de mujeres semidesnudas para vender cualquier cosa. Les dio bronca que las mujeres de la audiencia estuvieran de acuerdo cuando llamaban.

—Seguro, hay cosas que tienen que decirse, pero por otro lado, si les cancelan el programa, ustedes van a perder toda posibilidad de hablar. Pienso que deberían bajar el tono, sin dejar de tocar temas que son importantes y de los que hace falta opinar y debatir. Ustedes tienen buen material y mucha audiencia.

Ella le sonrió, agradecida:

—Ojalá otros lo vieran así, en particular los auspiciantes como Schneider.

—Bueno, vayan con cautela. Hagan el trabajo pero con los ojos bien abiertos.

El sonido agudo de la pava al hervir los sobresaltó y Sergio la siguió a la cocina, apoyándose en el marco de la puerta mientras ella preparaba las tazas y ponía los saquitos de té en el agua. Un dulce aroma a manzanilla llenó el aire.

—Tenés razón, y aunque no me guste Schneider y lo que él representa, lo necesitamos de auspiciante para el programa, no podemos darnos el lujo de perder su apoyo.

—Es muy conservador, pero ¿quién sabe? También es un comerciante, y va a apoyar cualquier cosa que lo ayude a vender y puede llegar a ser flexible.

—No creo, casi nos amenazó con cancelar la última vez. Vos decís que él es razonable, porque lo tratás como amigo de tus padres, bonachón, cervecero, un miembro más del club alemán. Yo lo veo con otros ojos. Espero equivocarme.

—Vos sabés que yo sé exactamente de dónde viene y su pedigrí. Lo que digo es que a veces tenés que negociar el camino si querés llegar a algún lado. No te olvides lo que está pasando en el país entero.

—No me olvido. Nos estamos yendo a la mierda, eso es lo que está pasando.

Alicia había terminado de servir el té y caminaron juntos de vuelta al living. El perfume familiar y reconfortante la hizo sentir mejor, tal como la comida y la luz de la lámpara en la mesa un rato antes. Necesitaba que los sentidos le reaseguraran que todo era normal, que su mundo no se le escapaba de las manos, que aún vivía en su país, el mismo lugar donde nació y al que siempre había llamado hogar. Porque ya hacía años que las cosas no eran normales a su alrededor.

Después de sorber el té en silencio por un rato largo, inevitablemente, surgieron los últimos sucesos en las Georgias. Mientras se preparaban para la cama intercambiaron las novedades que tenían y ambos estuvieron de acuerdo en que las cosas habían llegado a un límite peligroso.

—Como si no tuviéramos suficientes problemas... —dijo por fin Alicia, apagando la luz de su lámpara.

Quedaron despiertos y pensativos en la cama hasta tarde. Sergio la abrazó fuertemente, en silencio, largo rato, antes de quedarse dormido.

La alarma sonó a las cuatro de la mañana. Alicia escuchó como su marido se vestía, armaba el termo con café y más tarde la puerta de entrada cerrándose, antes de dormirse nuevamente. A las ocho en punto la alarma sonó otra vez y ella abrió los ojos alerta, despejada, sin la familiar somnolencia de todas las mañanas.

El recuerdo de la noche anterior le produjo un estremecimiento, e hizo el esfuerzo para calmarse, mientras permanecía unos minutos más en la calidez de las cobijas. Imaginó a Sergio en el helado bosque desde el alba, esperando la claridad, para disfrutar de un par de horas de pesca con mosca en las limpias aguas del arroyo de montaña. Sólo una emergencia podría sacarla a ella de su tibia cama a semejantes horas de la madrugada.

Muchas veces él le había descrito esas tempranas horas de pesca, justo antes de amanecer, rodeado de la paz y el silencio del bosque con palabras que, si ella no conociera su agnosticismo y su pensamiento lógico, diría que se asemejaban mucho a una experiencia espiritual. Él necesitaba de esos momentos de calma y ella hubiese querido encontrar la misma paz, y la buscó ocasionalmente, sin éxito, en frustrantes y esporádicas incursiones en clases de meditación.

Hizo por fin el esfuerzo de dejar las tibias sábanas, calzarse las pantuflas de lana y tiritando en el frío aire del dormitorio, se envolvió en el deshabillé que estaba en una silla. A esta hora Sergio debía estar volviendo ya con los muchachos hacia la ciudad, cada cual a ocuparse de lo suyo, celebrando el éxito del pique o planeando resarcirse en futuras incursiones.

Las cenizas en el hogar del living estaban frías. Después de levantar el nivel de la estufa de gas, vistió al energético y juguetón Pablo que la había esperado de pie en su cuna, sostenido por los barrotes. Jacinta estaría por llegar, si es que el ómnibus que hacía el recorrido cada hora entre el centro de la ciudad y el Hotel Llao–Llao era puntual.

Terminaba de darle el desayuno cuando escuchó los suaves golpes en la puerta de entrada, discretos, como siempre. Jacinta colgó su grueso abrigo cerca de la entrada, y caminó hacia la cocina después de saludar. Los ocasionales diálogos de las dos mujeres eran cortos y concisos. Alicia había aprendido a leer los estados de ánimo de la muchacha y cada día apreciaba más su franqueza y honestidad. Por su parte, Jacinta parecía satisfecha con las tres horas matinales que, sumadas a otras casas de la zona, llegaban a completar ocho o diez al final del día.

Después de servirse otra taza de café Alicia puso la Olivetti eléctrica sobre la mesa y eligió algunas carpetas de su maletín. Pablo ya estaba sentado en su silla alta, rodeado de lápices de colores y papeles, concentrado en dibujar amplios círculos y líneas. Le sonrió con afecto y trató de organizar el trabajo del día pero su mente vagaba por otros rumbos. Los pensamientos volvían una y otra vez a la noche anterior y las posibles rutas que el encuentro podría haber tomado, caminos que en tantos otros casos habían llevado a desenlaces irrevocables, como tanta gente que murió en otras situaciones, en distintas épocas. Recordó *El Diario de Ana Frank*, regalo de tía Marga cuando cumplió once años.

—Esta es la historia de una chica jovencita en la guerra —le explicó.

Cuando los adultos hablaban de *la guerra* en esos años, se sobrentendía que estaban refiriéndose a la Segunda Guerra Mundial. Alicia había devorado las páginas de la económica edición en papel barato sin parar casi, hasta la última página. En cierto punto de la historia, y sofocada por la emoción, caminó con el libro en la mano hacia la cocina, donde la madre estaba preparando la cena.

–¡Mami, mami, no puedo creer que nadie ayudaba a esta gente! ¿Por qué nadie hizo nada? –la madre había mirado con tristeza y un poco de confusión.

–No sabíamos qué hacer en esa época, te digo la verdad. Leíamos las noticias y nos daba pena por toda esa pobre gente abajo de las bombas, pero te aseguro que no sabíamos que estaban matando así, en campos de concentración. Aquí algunos recolectaban donaciones y hacían festivales a beneficio para mandar ropa y unos pesos, pero no sabíamos cómo ayudar en serio. Ni se sabía todo lo que estaba sucediendo. Nos enteramos de los detalles mucho después.

Hubo un silencio y después la madre dijo, con un suspiro:

–No es fácil, Alicia. Nada es blanco o negro nada más; las cosas son mucho más complicadas. La gente ve el mundo desde donde está parada, por eso hay tantos puntos de vista distintos. Vos sos muy chica, muy jovencita todavía. Después te vas a dar cuenta...

–No soy chica. Quiero escribir y quiero saber por qué hay gente que mata a otra gente, así, porque sí.

–Seguro, hija –y había reafirmado sus palabras con un beso en la frente, que no alcanzó a borrar la frustración de Alicia.

El duelo que sintió por Ana Frank duró mucho tiempo. ¿Cómo era posible que el mundo hubiera mirado para otro lado cuando esas cosas sucedían? Le contó la historia a Carla, quien siempre la seguía a todas partes como a una hermana mayor, pero su prima se aburrió del tema, o no comprendió de qué hablaba.

–Así es que se la llevaron a Ana y la mataron con todos esos millones de personas –insistió Alicia. Carla parecía intrigada.

–Entonces no le voy a poner Ana a la nueva muñequita que me van a traer los Reyes Magos. No quiero que me la lleven. Ahora vamos, juguemos a la mamá y al papá. Yo soy mamá hoy.

Ella suspiró y le acarició la cabeza:

–Bueno, vamos.

Desilusionada por la frialdad que percibía en todos, se imaginó actuando heroicamente en una situación similar, defendiendo a quienes estuviesen en un peligro semejante. Y sin embargo, años después, viviendo una experiencia parecida, las cosas no eran tan claras. Eran exactamente como su madre dijo. Habían estado sucediendo cosas inquietantes a su alrededor durante mucho tiempo, pero ella tenía miedo y miraba para otro lado, empujada por fuerzas que no podía controlar. Se decía que detenían gente en cárceles secretas. Arrancadas de su casa. Aunque la prensa lo desmentía. Nadie se atrevía a hablar abiertamente por temor a ser considerado subversivo. Pero, ¿qué era ser subversivo? ¿Preguntarse qué ha estado pasando en realidad durante todos estos años? ¿Y qué había estado pasando exactamente? ¿Acaso alguno de los que la rodeaba lo sabía, de buena fuente?

Pablo pidió bajar al corralito. Le acomodó los juguetes alrededor y con un suspiro se dijo que las preguntas sin respuesta seguían apilándose.

Jacinta se preparaba para dejar la casa al mediodía cuando Alicia escuchó el auto de Sergio. Fuera de las temporadas los pequeños negocios y de la ciudad cerraban sus puertas por dos o tres horas en la tarde, para compensar los largos horarios que debían permanecer abiertos atendiendo a los turistas que llegaban del cerro y de las excursiones. Ellos se plegaron a la costumbre, felices de hacer un corte reparador en medio de la jornada de trabajo. Con buen tiempo en invierno hasta llegaban a hacer escapadas de un par de horas al cerro Catedral para disfrutar de las pistas con nieve fresca y, ocasionalmente, con pocos turistas.

Sergio llegó con su trofeo: una trucha arco iris, ya limpia y en una bolsa de nailon. Miró a Alicia con ojos brillantes y ella silbó admirada. A él le gustaban los gestos apreciativos de ella, después de una laboriosa madrugada de pesca.

–¿Cuánto pesa?

–Arriba de dos kilos. No está mal –dijo él, todavía sonriente.

Alicia disfrutaba el cocinar y saborear la delicada

carne, pero no quería involucrarse en la pesca. Su única experiencia había sido un fracaso: Hacia el final de un día de pesca, picó una linda trucha que ella atrajo con cautela hasta la orilla, pero cuando llegó el momento de quitarle el anzuelo de la boca, huyó cobardemente y le dejó el trabajo a Sergio. No podía ni siquiera mirar al pobre animalito sofocándose en el aire.

–Hay una reunión con Andrade, mañana, en la oficina de Huemul–. Su voz la trajo al presente–. Tienen la carpeta con mi proyecto y espero que lo aprueben, aunque no es nada seguro.

Los créditos bancarios para este tipo de obras seguían suspendidos, así que todos en la oficina estaban pendientes de un hilo. La economía de la zona iba de mal en peor, y el esfuerzo por mantener el nivel de vida los agotaba. Alicia veía el mismo cansancio reflejado en la gente que la rodeaba en su trabajo, en la redacción y en la radio. Los bajos salarios en general no eran suficientes para sobrevivir con dignidad, y ellos sabían que su situación personal, a pesar de todo, era mejor que la de muchos.

–Esperemos que sí –dijo ella con un suspiro–. Sería un problema si esto no sale, ya estamos atrasados en algunos pagos.

–Ya sé. Esperemos que sí.

Cada fin de mes, cuando traían el sueldo a casa, surgían las amargas discusiones y era evidente que Sergio no quería comenzar una hoy. Alicia no dijo nada; ella sabía cuánto él odiaba cuando hablaban del tema y ella no podía parar. Los desacuerdos siempre giraban alrededor de cómo distribuir la plata, a quién pagar primero, y qué cuentas iban a quedar pendientes hasta el mes que viene si no alcanzaba para todo.

–Las cosas van a mejorar –agregó él–. Un pago por vez. Las cosas tienen que mejorar, Alicia. Después de todo, lo que importa es que estemos bien, que estemos aquí, ahora. Todo lo demás tiene arreglo.

Ella lo miró, asintiendo.

–Tenés razón, tendría que estar agradecida porque estamos bien –dijo, con un poco de culpa, y ambos quedaron en silencio por un rato. Ella agregó conciliadora, haciendo una tregua por esta vez, fruto del miedo de la noche anterior:

–Espero que se pueda arreglar este país algún día. No quisiera que le dejemos este despelote a la generación de Pablo. Aunque no tengo muchas esperanzas.

II

El viernes dos de abril los diarios y boletines informativos de la radio trajeron la confirmación de lo que Alicia y Sergio tanto temían. La Junta que gobernaba el país desde el año '76 ordenó el desembarco de un grupo de marinos en la costa de las Islas Malvinas, en respuesta al entredicho con el Reino Unido. Las acciones de los ingleses nunca fueron muy claras, y a pesar del rechazo de muchos al gobierno militar, la emoción y la esperanza de por fin recuperar las islas galvanizó a una gran mayoría.

Los inmensos titulares del matutino Clarín de Buenos Aires eran ominosos y cubrían media página. Pero en lugar de alegrarse, Alicia sintió una profunda angustia. El país no había estado nunca en guerra en este siglo y esta decisión no podía traer nada bueno. La famosa marina inglesa seguramente haría trizas a los argentinos, y eso sin contar con la eventual asistencia de otros países para los británicos.

Se dirigió despacio, distraída, hacia la cocina. Sergio estaba preparando el café instantáneo en las tazas de desayuno y Alicia lo besó de pasada. Él había preparado el café por las mañanas desde que se fueron a vivir juntos, antes de casarse, años atrás, cuando los dos eran estudiantes, en Buenos Aires. Ella a menudo bromeaba:

—Vos sabés bien que soy una esposa sin desayuno incluido.

—Ah, sí, ¡qué bien! —él fingía desilusión pero había compartido con ella las tareas del hogar cuando hacía falta desde el primer día. Ella ni recordaba haber hablado del tema cuando se mudaron juntos. Se dio así, con naturalidad. Si estaban disponibles, los dos hacían lo que era necesario, sin poner precondiciones o tomar turnos.

Prestó atención frente a la puerta del dormitorio de Pablo, por si el silbido del agua hirviendo lo había despertado, y entró en la cocina.

—Estamos en guerra y nada menos que con los ingleses–. Él no dijo nada y ella lo miró, esperando. Es seguro que había leído los titulares, al entrar el diario Rio Negro, un rato antes. Por fin él suspiró, encogiéndose de hombros:

—Bueno, ya sabíamos que esto iba a pasar. Nos prepararon bien con propaganda por varios meses.

Su voz era calma y eso irritaba a Alicia. A veces ella odiaba la forma en que él aceptaba los hechos, odiaba la obstinación con que él se negaba a enojarse a pesar de la interminable cadena de políticas económicas desastrosas emanadas de Buenos Aires. Al mismo tiempo, una parte de ella admiraba silenciosamente su capacidad de control. Lo que para Sergio era natural, para ella era una lucha constante de la que, por lo general, salía perdiendo.

— ¡Sí que nos prepararon bien! –Estaba furiosa y él asintió en silencio–. La gente se traga cualquier cosa que viene de la televisión. ¿Es que no se dan cuenta? Me da tanta bronca. ¡Nos están hundiendo en un pozo y nadie hace nada para pararlo! Y ahora esto.

—¿Y qué pueden hacer? La guerra es una locura, pero unifica, y ni qué decir lo que distrae de otras cosas en las que no conviene pensar.

—¿No se dan cuenta que los militares quieren quedarse en el poder a cualquier costo? ¿Por qué se tragan esta historia de la toma de esas islas? ¿A quién le puede importar cuando estamos en estado de sitio, y nos patean constantemente? –Sergio no contestó. Ella tomó aliento y dijo con voz más calmada:

—¿Después de ciento cincuenta años, ahora, así de golpe, decidimos recuperarlas? Me parece demasiada casualidad.

—Por favor, no te des manija, Alicia. No podés cambiar la realidad. Tampoco sabemos bien qué pasa en esos negociados internacionales.

Ella iba a responderle pero no dijo nada. Era verdad, no valía la pena agarrarse un disgusto por algo que no podía modificar. Terminaron el café en silencio, convencidos de que esta guerra iba a durar largo tiempo. Sergio alzó su campera y las llaves del auto, besándola al pasar.

–Chau, nos vemos a la noche –dijo ella–. Acordate que Luis y Mary vienen después de comer. Traé un poco de chocolate casero de la Abuela Goye. Vamos a necesitar algo dulce para bajar el trago amargo.

Alicia hubiera querido tener un teléfono en casa para llamar a sus amigos y comentar las noticias. Pero ese era uno de los precios que pagaban por vivir en la Patagonia. La ciudad de Bariloche sufría un crónico déficit de líneas y estaban registrados en una larga lista de espera para conseguir una.

Pasó la mañana distraída con las inquietantes noticias, atendiendo mecánicamente a Pablo que esperaba jugar como de costumbre. Radio Nacional tenía programas especiales de comentarios políticos, analizando las noticias que llegaban e insertando llamados patrióticos en favor de la guerra. Las notas de las marchas que precedían a los informativos le traían sombrías evocaciones de golpes militares anteriores.

Pocos a su alrededor se quejaban de la situación. En realidad, Alicia no recordaba haber escuchado o leído un solo análisis político objetivo en los últimos años. Ella atesoraba furtivamente una caja llena de recortes de artículos y editoriales del entonces desaparecido diario *La Opinión*, de Jacobo Ti merman, ahora un periodista exiliado como tantos otros.

A veces creía saber, o mejor, sentir, que algunos de los compañeros de redacción opinaban como ella acerca del gobierno. Notó fugaces cambios de miradas, gestos aislados, aunque nadie hablaba abiertamente. No con ella, al menos. Y eso la hacía sentir sola. Extrañaba la vida de Buenos Aires y en particular a Susana, su mejor amiga. Añoraba la época estudiantil, la efervescencia de las ideas, los debates. Aún con militares al mando. En la época del General Lanusse existía un intercambio de noticias abierto. Durante esos años las cosas parecían más simples, el futuro siempre brillante.

Por aquellos años conoció a Sergio y pronto ambos habían encontrado que coincidían en mucho, a pesar de que lo más evidente que tenían en común era el ser hijos únicos. Sus padres trajeron a Sergio de muy pequeño al país, apenas terminada la guerra en Europa. Alicia sospechaba que ellos habían simpatizado ideológicamente con la Alemania Nazi en su tierra natal, aunque no parecía haber pruebas de ninguna participación. Franz, el padre, casi nunca hablaba de la guerra, lo que no era raro; la mayoría de los inmigrantes que llegaron en esos años no hablaban mucho de sus experiencias pasadas. Los argentinos no preguntaban tampoco. Era natural que los recién llegados quisieran olvidar vivencias penosas.

Franz era un padre cariñoso, afectivo, a veces hasta sobreprotector, y Sergio aceptaba su silencio mientras desarrollaba sus propias ideas políticas que estaban más cerca de las de Alicia que de las de su padre. Sergio se manejaba en terreno neutral con comodidad y ella se preguntaba cómo lo lograba. ¿Era por fortaleza o por negarse a ver las cosas? Concluyó que era por ambas razones; una estrategia para sobrevivir como cualquier otra.

Él había sido su amigo, amante y un imaginativo compañero de aventuras, con una madurez que no cedía a las presiones fácilmente. Alicia admiraba su flexibilidad, capacidad de adaptación y sobre todo, esa forma particular de aceptar los hechos que le permitía recuperarse rápido después de un traspié y mirar hacia adelante sin arrepentimientos.

Esa mañana las noticias de la guerra se sumaron a su ansiedad personal después del encuentro con los misteriosos hombres del Falcon verde. En ese contexto, una carta que ella envió al Intendente de la ciudad varias semanas atrás cobró entonces una importancia que en épocas normales nunca hubiese tenido. El motivo de la carta fue una nota que le encomendaron escribir sobre un nuevo sistema de calefacción, donado por el municipio a una escuelita pobre del Barrio Alto, ubicada en la ventosa y árida Pampa de Huenuleo. Quedaba sobrentendido que debería escribirla desde un punto de vista laudatorio para el Concejo Municipal.

—Siempre me dan estas pavadas para llenar espacio entre los avisos —se había quejado con Sergio—. Los tipos consiguen los mejores temas en la redacción. No me importaría tanto si tuvieran un poco de conocimiento de gramática, o de historia. La discriminación no me dolería tanto. Las únicas dos que hemos estudiado Ciencias

Políticas en esa redacción tenemos que escribir sobre cualquier otra cosa. Porque somos mujeres.

–Hablá con Carlos Álvarez –sugirió él–, para eso es jefe de redacción.

–Es inútil. A todos les gustan mis artículos, pero piensan que los hombres tienen que hacer las notas importantes. Ya te comenté que me dijeron que son los que tienen que mantener una casa y la familia, mientras que las mujeres trabajan porque quieren, y me tuve que morder la lengua para no decirles lo que pensaba.

Las maestras que entrevistó en la escuela estaban poco interesadas en demostrar gratitud a las autoridades por la caldera nueva. Tenían otros temas, más candentes. A los pocos minutos la directora carraspeó, y dijo en tono bien alto:

–Nos alegramos que haya venido, señora. El intendente y los concejales han cortado el programa de desayuno para los chicos y muchos de ellos pasan hambre hasta el mediodía–. Sentada detrás del escritorio y rodeada de dos maestras, miraba hacia el grabador resueltamente. Esto tomó a Alicia por sorpresa. Se movió incómoda en la silla y ellas parecieron, o fingieron entender que era un signo para alentarlas a seguir.

–Mire, necesitan la leche y el pan a la mañana. Si están en ayunas no pueden concentrarse o prestar atención a las lecciones.

La tercera se lamentó:

–Se quedan dormidos a media mañana en clase. Sin comida, no hay aprendizaje. Es así nomás de simple.

Las tres mujeres le hablaron de los niños, hijos de indios Mapuche que emigraban desde un Chile devastado por la crisis económica, y se radicaban en el humilde Barrio Alto buscando cualquier trabajo disponible. Alicia estaba desconcertada por el inesperado giro de la entrevista, y la incomodaba el vago, indefinido sentimiento de culpa que la invadía. Ella era la que manejaba las entrevistas, pero esta vez las dejó hablar.

–Muchos chicos no cenan a la noche en su casa. Toman *mate cocido* con pan, que es lo más barato –continuaron, modulando las palabras claramente hacia el grabador–. No se alimentan bien.

–Claro, por eso hay tantos chicos pobres que son menuditos y bajos –dijo rápidamente la más jovencita, notando la inquietud en los ojos de Alicia–. Si no comen bien, no se desarrollan como para alcanzar una estatura normal. El cerebro no se desarrolla del todo tampoco y el índice de inteligencia se frena para toda la vida.

Cuando salió del edificio, Alicia miró largamente a los chicos en el recreo, jugando en el patio polvoriento, cercado por alambre. Las mejillas rojas, batidas por el frío viento, el pelo negro lacio, los ojos orientales, las inmensas sonrisas blancas, despreocupados del mundo y de su incierto y penoso futuro. Incapaz de ignorar el asunto, escribió una nota balanceada, pero, como era de esperar, Carlos Álvarez se la rechazó con una amable excusa.

–Por supuesto, te vamos a pagar el trabajo, pero te darás cuenta de que no podemos publicar esto en el diario–. La sonrisa era amistosa pero decía, *no quiero problemas con los de Buenos Aires.*

Alicia se llevó el original sin más comentarios, pero sintió que debía hacer algo, cualquier cosa. Se rebelaba ante la idea de barrer todo bajo la alfombra. Tal vez algo más personal sería más efectivo, como por ejemplo una carta al intendente. La escribió en un arranque de piedad por los chicos, solicitando que se restituyera el programa de comidas en la escuela y comparando la importancia del tema con tanto gasto innecesario que el municipio hacía en otras áreas. Una vez escrita, la firmó y sin demora la envió por correo.

Si bien la carta no era razón suficiente como para inquietarse ni relacionarla con los hombres del Falcon verde, Alicia no pudo evitar sumarla a otra que había enviado antes; una larga carta del lector, publicada en el *Rio Negro*, en la que se quejaba del deficiente servicio de vacunación infantil del hospital local. La carta, para su sorpresa, levantó una polvareda en la comunidad y varios ilustres médicos se sintieron ofendidos. El hospital estaba, como todas las instituciones del país, bajo estricta intervención militar.

Cada paso dado en público últimamente parecía un desafío a la autoridad y eso tal vez la había puesto en una situación vulnerable. Pero algo no cuadraba bien: ¿Era todo eso suficiente como para merecer una amenaza como la que recibió de los tipos del Falcon? Y si no fuese así, ¿qué pudo haber motivado la intimidación?

Esa noche terminaba de lavar los platos de la cena cuando escuchó el auto de sus amigos. Controló el agua hirviendo para el café y preparó las tacitas, el azúcar, y abrió la caja de chocolates que Sergio había comprado. Mary rió de buena gana al entrar, dándole una que era la exacta réplica de la que ella recién abría. Se abrazaron. Mary era un poco más baja que Alicia, de pelo castaño oscuro, una franca sonrisa y andar lleno de energía.

–No hay forma de bajar de peso –dijo, y continuó su camino hacia el pasillo que llevaba a los dormitorios–. Voy a darle las buenas noches al nene.

Luis le dio un beso en la mejilla y la siguió. Sin hijos todavía, ambos adoraban a Pablo.

Por fin se sentaron todos a la mesa. Los cuatro se encontraban una o dos veces por semana, por lo general después de la cena, para disfrutar de un café y cigarrillos, escuchar música juntos y charlar de todo un poco.

– ¿Vieron las banderas en la calle? Todo el mundo está flameando banderitas –dijo Mary, moviendo la cabeza–. No tengo nada contra las banderas, al contrario, pero es una pena que haga falta una guerra para sacarlas afuera, ¿no?

–Totalmente de acuerdo –dijo Alicia con énfasis.

– ¿Soy yo que veo mal, o es que todos parecen tragarse esta historia así nomás? –preguntó Luis.

–Hasta en la redacción todos están fascinados con la guerra –dijo Alicia–, y discuten los juguetes bélicos que ven por la tele. Esa chatarra oxidada que nos han vendido a doble precio. Y son periodistas, o por lo menos están *laburando* como tal, parece mentira que no se den cuenta de algunas cosas.

–Y hay un ambiente de triunfo. Todos se sienten ganadores mandando al frente a esos muchachos que hacen el servicio militar, pero hijos de otra gente, claro –dijo Luis.

–Nadie piensa que va a haber muertos, parece.

–¿Creerán en serio que la Argentina va a recuperar las islas así nomás? ¿Habrán calculado el costo de una guerra?

–No sé. Y menos contra los ingleses. Pero por otro lado nadie se anima a hablar en voz alta –dijo Alicia–. Todos tenemos miedo.

–Como dice el jingle del gobierno en la tele, *la Argentina trabaja y avanza* –dijo Sergio y todos sonrieron burlones al oír las huecas palabras.

–Sí, pero ¿a dónde?– preguntó Mary.

–Al diablo, por supuesto –respondió Sergio y todos rieron, nerviosos.

–Lo peor de esto son los pobres soldados cumpliendo con el servicio obligatorio –dijo Alicia para romper el silencio.

–Sí –dijo Mary, pensativa–. ¡Son tan jóvenes! –Y volviéndose hacia Luis y Sergio–: Saben, muchachos, que si esta guerra va para largo, pueden llegar a llamarlos a ustedes también. Están en la reserva, no se olviden.

Luis miró a Sergio y le hizo un guiño.

–Crucemos los dedos –dijo.

–Esperemos que no suceda –agregó Alicia con un estremecimiento–. Además del hermano más chico de Jacinta, Alcides, no conozco a ningún otro pibe que esté en la milicia.

–Yo tampoco –dijo Mary.

Todos permanecieron en silencio por un rato. Sergio dijo al fin:

–¿Quién quiere más café? Voy a poner el agua.

Como siempre, charlaron por horas, seguros en la amistad que los unía y la confianza mutua que se profesaban.

–No sé qué haríamos sin esta terapia de grupo –dijo Mary con un suspiro.

–Comeríamos el chocolate a solas, supongo –contestó Alicia, sirviéndose otro trozo.

Después de trabar el cinturón de seguridad alrededor de Pablo en su sillita, Alicia se encaminó hacia la guardería infantil. Las profundas aguas del lago se veían oscuras y calmas. Los árboles del Cerro Otto estaban pasando del rojo fuego y los brillantes amarillos al pálido del marrón y beige, y ya las hojas habían comenzado a caer. Era una sensación extraña, el mundo parecía normal, pero ella sabía que nada iba a ser igual.

Estamos en guerra, pensó, con un estremecimiento. Muchos argentinos van a morir violentamente. Que idea extraña para su país.

Subió por la entrada de cemento frente al lago hasta la cabaña y dejó a Pablo en brazos de una de las encargadas. Camino a la ciudad, encendió la radio.

–Esta noche el General Leopoldo Fortunato Galtieri va a dirigirse al país acerca de la decisión de recuperar las Islas Malvinas–, dijo la voz familiar de uno de sus colegas del diario–La medida ha sido recibida con entusiasmo por los ciudadanos y la popularidad del presidente ha aumentado.

Alicia se perdió en sus pensamientos. Galtieri, del que se decía tomaba como una cuba, impuesto como presidente por la Junta actual, tan parecida a tantas otras juntas militares autodenominadas salvadoras de la patria.

¿Qué habían hecho de su país? Para fines del 1800, compitiendo con los centros internacionales, Buenos Aires fue un polo de atracción para inmigrantes de toda Europa y Medio Oriente. En la década de 1920 la Argentina era sexta en la economía mundial, pero el primer golpe militar de su historia, diez años después, inició la lenta caída hacia el puesto de insignificante país del Tercer Mundo en que el entonces estaba. Desde 1955 todos los gobiernos civiles fueron interrumpidos por revoluciones castrenses. La principal misión de cada golpe era solicitar préstamos en dólares a los bancos del exterior. Los jefes de los gobiernos *de facto* hablaban largo y tendido sobre libertad, amor a la patria, honor, democracia y la constitución, mientras incrementaban la deuda externa y desmantelaban la industria local. En una década más, el país estaría endeudado para siempre. Las condiciones para los préstamos del Fondo Monetario Internacional requerirían cortes en los servicios sociales, y en consecuencia el peso de los pagos caía sobre los hombros de la gente común. Y esos sacrificios ni siquiera pagaban el capital; alcanzaban apenas para cubrir los intereses, eufemísticamente llamados *el servicio de la deuda*. Alicia sentía que estaban hundidos en un océano de tarjetas de crédito al límite, condenando a generaciones que todavía ni habían nacido.

Tras una curva del camino se encontró con que el tráfico estaba parado, esperando a que un camión maniobrara en la angosta ruta. Ella volvió a prestar atención a las noticias.

–El Secretario de Estado norteamericano, Alexander Haig, va a llegar a Buenos Aires, buscando una solución al conflicto–. Aparentemente el locutor había continuado hablando todo el tiempo sobre el tema–. Estados Unidos es un aliado de nuestro país, aseguró un vocero presidencial. La embajadora estadounidense a las Naciones Unidas, Jeanne Kirkpatrick, reciente invitada de honor a una cena en la embajada argentina en Washington, es considerada una figura altamente confiable en este tema. Alicia sonrió amargamente. Sergio y ella coincidían en que los americanos no iban a apoyar a la Argentina esta vez.

No pueden, suspiró. Sobre todas las cosas ellos son ingleses y siempre van a apoyar a la Madre Patria. No podemos competir con Inglaterra.

El tráfico comenzó a moverse, lentamente, detrás del camión.

Voy a llamar a Susana hoy mismo, se dijo, resuelta.

Susana Machevsky era su querida amiga de la infancia y compañera de la escuela de periodismo. Vivía en Buenos Aires, sola, sin haber logrado hacer una pareja estable todavía. Sonrió con ternura. Las dos habían compartido la misma desconfianza por los golpes militares y el amor por los grandes ideales democráticos. Tenían como héroes a Mariano Moreno, el fogoso intelectual de la independencia argentina y a Thomas Jefferson, el padre de la constitución norteamericana. Tenían también gustos afines: el chocolate semi-amargo, los muchachos tostados y atléticos, la nueva ola del cine francés y los libros de ciencia ficción. Querida Susana.

En su última llamada telefónica, una semana atrás, le mencionó discretamente esos fantasmagóricos Ford Falcon verde oliva que seguían sin disimulo a la gente en la calle. Era un rumor que había circulado por varios años. Se sabía que los ocupantes pertenecían a los servicios secretos, o eran militares en ropas de civil, y se decía que forzaban a la gente adentro de los autos. Un auto como el que la detuvo a ella pensó temblando, pero no lo mencionó. No era un tema para discutir por teléfono. Se decía que las líneas a menudo eran interceptadas en nombre de la seguridad nacional.

—Hablando de otra cosa... —aventuró, apresurada, para evitar tocar el tema–, Pablo ya se sostiene de pie, aunque no ha dado ningún pasito solo todavía.

—¡No me digas! ¿Ya, tan pronto? –y como por arte de magia Susana se enfrascó en un interrogatorio sobre los detalles de los nuevos adelantos del que llamaba con ternura *mi sobrino.*

Poco menos de un mes y medio después del desembarco, y tan abruptamente como comenzó, la Guerra de las Malvinas se había dado por finalizada. El 14 de junio Puerto Argentino cayó bajo la presión de las fuerzas británicas. El fin de la guerra tomó por sorpresa a los argentinos, que, engañados por los erróneos y triunfalistas mensajes de los censurados medios de comunicación, creían sinceramente en el éxito de la empresa.

A la mañana siguiente hubo manifestaciones en Plaza de Mayo; miles de personas protestando contra la derrota, y pidiendo al gobierno que siguiera adelante con el intento, y apoyando la quimera de la recuperación. Todavía no había detalles de qué estaba sucediendo realmente en el Atlántico Sur.

Después de la masiva propaganda en favor de la guerra, este silencio era casi un vacío físico. Alicia intentó captar noticias en onda corta para saber el destino de los vencidos que seguramente habrían caído prisioneros. El comandante a cargo de las tropas en las islas, General Mario Menéndez, había firmado la capitulación en Puerto Stanley, dijo uno de los breves informativos.

Cuando el noticiero terminó, Alicia apagó la radio, incapaz de concentrarse nuevamente en su trabajo y se paró frente a la ventana del living, fijando su atención en el jardín. Las ramas desnudas de los árboles y las últimas rosas en flor de la temporada eran mecidas por el viento, bajo el pálido sol del avanzado otoño. Durante la noche anterior la fina nieve se derritió al tocar el suelo, pero hoy las nubes grises estaban todavía allá arriba, aún más pesadas y oscuras.

Recordó las imágenes de las islas que vio en

fotografías de la prensa. Pintaban un paisaje desolado, que el viento helado, soplando desde la Antártida azotaba sin piedad. Sentía una tristeza profunda, mezclada con culpa, por los chicos, adolescentes en su mayoría, a los que les tocó en suerte el servicio militar. Sacados de sus escuelas y hogares a los dieciocho, enviados con un mínimo de adiestramiento de combate a morir o quedar dañados para siempre, física y mentalmente, por la decisión de hombres que se habían apoderado del país a punta de pistola.

No se sentía con ánimos de volver a la máquina de escribir, y se encaminó hacia el lavadero, donde Jacinta estaba trabajando. Ella tenía su parte en la tragedia. Alcides, su hermano, tuvo la mala suerte de haber estado en una de las primeras divisiones que embarcaron al frente de batalla y no se sabía nada de él.

–¿Alguna novedad de tu hermano, Jacinta?

Secándose la espuma de las manos con el delantal, la muchacha se volvió a mirar a Alicia, la voz sombría y baja:

–No, señora, nada.

–Qué pena, pero estoy segura de que van a recibir noticias pronto.

No pudo encontrar nada mejor para decirle y era evidente que ninguna de ellas creía en las palabras de fórmula.

–Mi hermano no escribe mucho. Recibimos su última carta dos semanas después que él la mandó. Igual, no decía casi nada, que estaba bien, nomás–.

Se encogió de hombros y volvió al balde con agua espumosa, pero Alicia notó un ahogo en la voz.

Esa tarde en la redacción no pudo conseguir ningún detalle sobre el sorpresivo final de la guerra. El patriotismo y el odio a todo lo británico fue exacerbado en forma metódica durante casi dos meses de guerra y de pronto, ante el derrumbe, había una total ausencia de información. Todo lo referente a la guerra quedó en una especie de suspenso irreal.

Sus compañeros de trabajo en la redacción parecían tan desorientados como el resto. Rumores era lo único que circulaba, pero a los editores les daba lo mismo; Alicia estaba segura de que su semanario no iba a hablar del tema de la guerra más allá de alguna superficial referencia, si es que se lo mencionaba. Todos se informaban de la versión oficial de los hechos mirando la televisión y escuchando la radio, y los matutinos de Buenos Aires, que llegaban diariamente en el avión de media mañana, traían su cuota de material poco confiable. Alicia llamó a Susana, pero su amiga no sabía nada tampoco. La capital del país era un caldero de rumores.

En casa Sergio le preguntó si traía novedades.

—Se dice que le han pedido la renuncia a Galtieri —comentó Alicia mientras preparaban el baño para Pablo.

—Y sí, alguien tiene que pagar por esto para que todo quede igual.

—A lo mejor el resto de la junta lo culpa a él personalmente, porque cada cual quiere salvar su pellejo —continuó ella.

—Lo único seguro es que los muertos y heridos van a ser muchos, y si los rumores que circulan son ciertos, tenemos varios casos de comportamiento criminal de los oficiales altos en las islas —dijo Sergio—. Pobres muchachos.

—Cierto, tuvieron que ir así, sin experiencia —dijo Alicia, desvistiendo a Pablo—. ¿Y los que murieron en el hundimiento del Belgrano? Qué desastre. Para nada.

Sergio permaneció apoyado contra la puerta, levantando una y otra vez el jabón y los juguetes plásticos que caían al piso, para gran felicidad de Pablo.

—Se dice que los soldados nunca recibieron la mayoría de las donaciones, los tejidos, ni las golosinas —continuó ella.

—¿También eso?

—Sí. En la redacción escuché que un chico fue a comprar una barrita de chocolate y le vendieron una que tenía una cartita adentro del envoltorio; una cartita de otro chico para algún soldado anónimo. La barrita era parte de alguna donación, y la vendieron en el mercado negro.

Él estaba a punto de responder, pero Alicia levantó a un festivo Pablo de la bañera, que reía y salpicaba agua a su alrededor. Sergio ya lo esperaba con una toalla tibia y una amplia sonrisa. Por esa noche los temas serios no se tocaron más.

Veinticuatro horas después de firmar la derrota de las fuerzas argentinas en el ahora rebautizado Port Stanley, el gobierno argentino todavía no había emitido ningún comunicado explicando claramente qué sucedió en las islas durante la guerra y qué suerte corrieron las tropas. En Buenos Aires se armaron manifestaciones espontáneas en la Plaza de Mayo, pero esa vez pidiendo explicaciones.

Susana la llamó a la redacción al mediodía.

–Qué coincidencia –dijo Alicia, feliz de escuchar su voz–. Te estoy escribiendo una carta larga, en varias secciones, así que puede ser que en un par de días la mande por correo.

–Bueno, la espero. Escuchame, no me vas a creer, Alicia–. Había excitación en su voz y habló rápidamente–. Estamos caminando hacia la plaza, con un montón de gente. Te estoy llamando desde un teléfono público. Todos tienen mucha bronca y se planea una gran manifestación... las calles están llenas de gente, han venido de los barrios, bajando al centro en micros y trenes, hacia Plaza de Mayo. Le piden la renuncia a Galtieri.

Susana hablaba de corrido, como si le faltara el aire.

–Yo estaba de compras por el centro y ahora me voy a la plaza. Suerte que me traje los zapatos taco bajo –agregó con una risita nerviosa–. Te llamo más tarde.

–Cuidate, por favor –alcanzó a decir Alicia antes de que Susana cortara la comunicación.

Puso el tubo despacio sobre la horquilla, imaginándose la vieja plaza de Buenos Aires, frente a la casa de gobierno. Plaza de Mayo había sido el lugar de convocatoria desde la época colonial, cuando los porteños se reunieron a pedir la destitución del virrey español, un veinticinco de mayo de 1810. Querían respuestas, y ese acto fue la chispa que empezó la campaña por la independencia de la monarquía española. Era el equivalente del té volcado en el puerto de Boston por los americanos. El *reunirse en la plaza* adquirió un significado más profundo desde ese día lluvioso de Mayo.

Hacia la noche, ansiosa por noticias y antes de dejar la redacción, Alicia discó el número de Susana, quien atendió al instante.

–Me alegro de que me hayas llamado –dijo, excitada–.

Tendrías que haber visto a la gente, cubriendo toda la plaza.

Alicia acercó su silla y se sentó. Susana continuó, casi sin respirar:

—Escuché tantas cosas, tantos comentarios, hubiera querido tener el grabador conmigo, pero esto pasó tan de repente, cuando estaba en la calle, distraída comprando. Me enteré de la marcha y me iba con un grupo que caminaba para la Plaza, cuando te llamé. Las cosas andan mal, y esto de las Malvinas tiene mal color—. Alicia podía sentir la frustración en su voz—. Se dice que los heridos en los hospitales cuentan historias horribles del frente de batalla. Algunos oficiales dejaron a los muchachos sin equipo apropiado, sin ropa de abrigo, con rifles que no funcionaban, sin municiones y lo peor... con hambre. Estaban debilitados porque estos cretinos no tenían suficiente infraestructura para alcanzarles la comida a todos.

Se hizo un silencio en la línea. Alicia esperó.

—El padre de un soldado me contó que dos muchachos del batallón de su hijo fueron encadenados a una cerca en ese frío polar por haber robado un par de panes para comer. ¿Cómo diablos se puede ganar una guerra así?

Alicia no respondió por un rato; tenía un nudo en la garganta. ¿Qué podía decirle? Casi para sus adentros, murmuró:

—Qué desastre, pobres chicos.

Susana continuó, ahora hablando con voz calma y en un tono más bajo:

—Las noticias son sueltas, pero escuché que los ingleses embarcaron a los prisioneros en los buques y que tarde o temprano van a dejarlos ir. No quieren llevarse prisioneros. Mejor. Parece que los soldados están siendo enviados a los puertos del sur, Trelew y Puerto Madryn.

La voz de Susana, por lo general clara y cristalina, sonaba grave y afónica, como si hubiese hablado el día entero. O mejor, como si hubiese gritado por largo rato.

—Alguna vez, en tus peores pesadillas, ¿se te ocurrió pensar que esto podía pasarnos a nosotros? —Preguntó Alicia de golpe.

Hubo un largo silencio del otro lado de la línea y al fin la voz de Susana murmuró:

–No. Siempre pensamos que vivíamos en un mundo seguro. Pero estas cosas están pasando en serio.

La memoria de su escalofriante experiencia con los hombres del Falcon verde hizo latir el corazón de Alicia con fuerza. Necesitaba cambiar de tema. Había demasiados ruidos sospechosos durante las comunicaciones. Alguien podría estar escuchando.

–Ojalá estuvieras aquí para hablar en detalle de todo esto –dijo–. Hay tanto de qué charlar.

–Tenés razón, es más fácil compartir una conversación en persona–. Hizo una pausa–. Y esto es un quilombo, Alicia, no hay ninguna versión oficial ni nada que inspire confianza a la gente... no hay lista de los muertos, tampoco de los heridos... los familiares no saben nada. Estoy tan harta de estos atropellos–. La voz se quebró.

Alicia tenía otra vez el nudo en la garganta. Necesitaba a Susana cerca; necesitaba hablar con ella de lo que le había pasado con esos tipos. Ella era la única persona que la comprendería además de Sergio. Susana amaba a su país tanto como Alicia y por eso estaba de duelo, igual que ella.

De pronto se escuchó diciendo, sin pensar:

–¿Por qué no te venís para acá por unos días? ¡Hace tanto que me prometiste! Te va a hacer bien un corte, te hace falta. Vamos a hacer caminatas, si tenés ganas, o una excursión turística, o nos quedamos en casa, charlando.

Susana se tomó su tiempo para responder.

–No sé, che... tengo tantas cosas para hacer aquí...

–¡Vamos! Sabés que necesitas un descanso; que te lo merecés–. Alicia se sintió animada a seguir–: Esto es lo menos que podés hacer por tu salud. Y le va a venir bien un corte a tu vida amorosa también... ¿cómo anda el tema con aquel muchacho, cómo se llamaba...? ¿Mejoró un poco?

La carcajada de Susana llegó clara y burlona.

–Sí, seguro. Qué me preguntás, si ya te diste cuenta que eso se terminó.

La respuesta le dio pie a Alicia:

–Mejor. Nunca te llevaste bien con él. Dale, comprate un boleto y vení para acá. Viajando en ómnibus te sale más barato. Los coches son cómodos y te podés leer un libro entero. ¿Te acordás del viaje a Córdoba? Lo pasamos bárbaro. Y no va a ser tan caro como el avión –insistió, sin mucha esperanza.

Susana viajaba en avión seguido, pero por temas de trabajo; su sueldo no le alcanzaba para comprar pasajes en una aerolínea así, de improviso, para viajes personales. Además, Alicia sabía que últimamente estaba en plan de ahorro, ayudando a sus padres que recibían una magra jubilación. Pero insistió, por las dudas, y consiguió una media respuesta que le dio esperanzas.

Cuando salía de la redacción era una de las últimas personas en dejar el edificio. El aire del anochecer era seco, fresco y la luna estaba alta, iluminando difusamente parte de la ya oscura calle. Encontró las llaves del auto en su bolso y estaba por cerrar la puerta de la redacción cuando la voz de Carlos Álvarez llamó desde adentro:

—Alicia, ¡teléfono para vos!

Ella volvió sobre sus pasos, ahora con la familiar, opresiva sensación en la boca del estómago. El corazón le latía rápidamente cuando tomó la línea en el teléfono más cercano pero la voz de Sergio la sorprendió gratamente.

—¿Podés ir a buscar a Pablo camino a casa? —sonaba cansado—. Yo estoy todavía aquí en Huemul, en esta reunión que por lo menos va a durar hasta después de las ocho...

—Claro, no hay problema. Te veo en casa más tarde.

—Chau, hasta luego—. Hizo silencio —: Te amo.

—Yo también te amo—, respondió ella.

No se decían te quiero, como todo el mundo. Siempre se habían dicho te amo, desde una charla que tuvieron allá en los comienzos, cuando analizaban la diferencia entre querer y amar. Amar era más apropiado para lo que ellos sentían.

Él todavía estaba en la línea, y ella agregó:

—Ya sabés, no importa lo que pase con el proyecto, todo se va a arreglar.

—Sí, ya sé.

Alicia esperó a que él cortara para poner el teléfono en la horquilla. Las cosas no iban bien. Si el trabajo no se aprobaba iban a tener dificultades para cumplir con las cuentas de la casa en los próximos meses. Era difícil vivir de proyecto en proyecto, con toda la incertidumbre de no tener un ingreso fijo. Dejó el teléfono y le sonrió a Álvarez,

44

despidiéndose, mientras caminaba hacia la puerta.

—Hasta mañana, Alicia. Cuidate —dijo él.

Un estremecimiento le corrió por la espalda al pensar en la sombría ruta bordeando el lago que debía tomar camino a casa.

III

El mensaje que Alicia encontró en su escritorio al día siguiente la llenó de alegría:

Salgo hoy para Bariloche en COTAL. Te veo mañana a la tarde, llego 18:30. Besos, Susana.

Feliz, organizó su agenda alrededor de la llegada, dándose tiempo para pasar por el estudio de Sergio para charlar del tema en su camino a una conferencia de prensa.

Sergio compartía con otros dos contratistas una oficina de un ambiente en el segundo piso de un edificio en el centro de la ciudad. Los tres habían acomodado hábilmente los tableros y sus escritorios, ahorrando alquiler, teléfono y gastos generales; un buen arreglo. Los tres compartían el interés común por la pesca con mosca, así como una valiosa línea telefónica en la oficina. Alicia conocía a las familias de los dos, pero las parejas no se frecuentaban socialmente.

Sergio estaba trabajando en el proyecto para el cual Huemul le había encomendado, por segunda vez, que redujera el presupuesto. Eso significaba horas de nuevos cálculos y ninguna certeza de pago. Ella se sintió decepcionada una vez más cuando Sergio le comentó las malas noticias la noche anterior. Él, sin embargo, tomó con su habitual calma, con disgusto pero sin muchas protestas. Ella sabía que él estaba agotado con ese trabajo incierto, pero no iba a dar el brazo a torcer. Ese día había salido de casa más temprano, determinado a pelear otra ronda de una batalla que empecinadamente quería ganar. Iba a remar contra la corriente con paciencia y determinación, todo el tiempo necesario, hasta llegar a la meta, y ella sabía que iba a conseguirlo, tarde o temprano.

Sergio la miraba, divertido, mientras ella hablaba excitadamente:

—Vamos a preparar la cama portátil —dijo—. En el

dormitorio de Pablo. Susana no va a tener problemas, va a apreciar cualquier cosa que le acomodemos. Ojalá supiera cuánto tiempo se quedará. El mensaje no decía.

Ella caminaba hacia la puerta de salida, y él la seguía mirando sonriente.

–¿Qué? ¿Qué pasa, qué te da risa?

–Nada. Me gusta verte feliz. Le tiró un beso al aire–. Hace mucho que no te veía tan contenta. Me alegro de que se haya decidido a venir.

Alicia pasó gran parte del día preparándose para la llegada de Susana; quería que todo saliera bien. Sergio iba a buscar a Pablo a la guardería, y ella había dejado todo organizado para una cena rápida que él iba a poner en el horno antes de que ellas llegaran a casa.

Terminó sus cosas pendientes y llegó a la estación terminal con tiempo suficiente, a pesar de que el ómnibus venía adelantado media hora. Se sentó en la amplia sala de espera de COTAL, una de las dos compañías de coches de larga distancia que operaban entre las ciudades más importantes de La Patagonia, mirando al público mientras pensaba en la repentina decisión de Susana. Sin explicaciones; así era ella, y eso iba muy bien con Alicia. Era otra de las razones por las cuales se llevaban tan bien.

La gente en la sala de espera era en su mayoría local, pero vio a dos parejas que parecían turistas, y unos ruidosos adolescentes. Cerca de una de ellos había un muchacho con un corte de pelo a la americana, vistiendo una cara chaqueta de *duvé*, y leyendo una revista de deportes. Él levantó los ojos de la página y miró a su alrededor, cambiando una distraída mirada con Alicia. Los cortes de pelo a la americana no se usaban, y eran evidencia de alguien que estaba en alguna repartición militar o en algún servicio de seguridad. El hombre estaba absorto en la revista y después de unos minutos Alicia perdió interés en él.

Bariloche no tenía una estación terminal de ómnibus. Las dos compañías que hacían los viajes de larga distancia desde y hacia Buenos Aires, Córdoba, Mendoza y Rosario tenían una sola partida y llegada diaria en la puerta de sus edificios. Durante los horarios de llegada y salida, el tránsito se congestionaba y había una gran cantidad de movimiento de gente, ya que los ómnibus eran el principal transporte de turistas, a un precio más módico que el de los pasajes aéreos. Los confiables y económicos trenes que circulaban años atrás habían sido quitados de servicio uno por uno.

Quedaba un sólo tren de pasajeros funcionando, el *Lagos del Sur,* viejo y con pocas comodidades, haciendo el viaje desde y hacia Buenos Aires, cruzando La Pampa y las planicies de la meseta patagónica. El tren era usado por la gente de pocos recursos, o por estudiantes y mochileros, quienes no podían pagar el boleto de avión o de ómnibus. Alicia había sentido siempre un profundo afecto por los trenes en general, y el *Lagos del Sur,* una vieja reliquia de tiempos mejores, partía dos veces por semana de la pintoresca estación de Bariloche, construida con troncos y piedras de la zona y aparentemente destinada a ser obsoleta también. Desde que llegó a la ciudad tuvo oportunidad de tomar una serie de fotos del edificio, en blanco y negro, admirando su rústica belleza arquitectónica, clásica del Servicio de Parques Nacionales.

El ómnibus llegó como se esperaba, media hora antes. Alicia saltó de su asiento y salió, parándose con otros en la fría y ventosa vereda, aguardando a que se abrieran las puertas del vehículo. Habían anunciado nieve para la noche, y ella miró al cielo, calculando las posibilidades. El aire helado traía un dulce aroma de masas o pasteles de alguna panadería, mezclado con el acre olor de los escapes de los autos. Se apretó la bufanda de lana alrededor del cuello, mirando ansiosamente a la puerta del ómnibus. Varios pasajeros descendieron y finalmente divisó los rulos rubios y la cara sonriente de su amiga. Susana tenía unos seis centímetros más de altura que Alicia, y una figura atlética, comparada con la menuda y juvenil de ésta. Bajó con paso firme, un bolso al hombro.

Se abrazaron en silencio por largo tiempo, las mejillas apretadas contra el cabello de la otra. Los temores de Alicia se disiparon por un momento, eclipsados por la alegría de tener a su amiga cerca otra vez.

Esperaron en la vereda, mientras el maletero, enfundado en una gruesa campera y guantes, sacaba el

48

equipaje del profundo baúl debajo del vehículo. Controlaba despacio y deliberadamente cada ticket antes de entregar las maletas, y Alicia miró a su alrededor, calculando cuántos pasajeros habían dejado ya la terminal. Notó que el muchacho del corte de pelo a la americana que leía la revista de deportes estaba conversando con otro, más joven, evidentemente el pasajero al que estaba esperando. El pensamiento de que el otro hombre había estado en el mismo ómnibus que su amiga, por alguna indeterminada y sospechosa razón, cruzó por su mente, pero la desechó de inmediato, como una de las consecuencias traumáticas del alarmante encuentro. No encontró ninguna conexión entre los dos sucesos y volvió su atención hacia Susana, a quien ya le habían entregado la maleta. Caminaron hacia el viejo Citroën, estacionado en la calle.

—Estarás muy cansada, después de tantas horas en ese ómnibus. ¿Querés ir a casa directamente? —preguntó Alicia mientras la ayudaba a poner la valija en el pequeño baúl del auto.

—He dormido casi todo el viaje. Los asientos se reclinan casi horizontalmente, y son cómodos. No necesito descansar ahora, al contrario, he tomado suficiente café en las últimas tres horas como para mantener a un elefante despierto—. Susana entró en el auto, tiritando bajo el liviano abrigo de lana, y los zapatos taco bajo de cuero fino. Alicia se sentó al volante.

—Este lugar es siempre más frío de lo que espero. Ahora, contestando a tu pregunta, sí, me encantaría tomar una taza de chocolate caliente—. La voz de Susana era un poco más grave que la de Alicia, con un marcado acento porteño.

—Entonces paremos en El Viajero, antes de ir a casa—. Alicia sabía que el café de la chocolatería era uno de los lugares favoritos de Susana—. Es temprano, y no vamos a cenar antes de las nueve.

—Buena idea. ¿Todavía comprás el café molido para hacer a la turca, como nos gusta tanto?

—Sí. Y ya sabía que te iba a gustar la idea de parar allí un rato.

Después de un par de vueltas a la manzana encontró un espacio libre y caminaron rápidamente hacia el negocio brillantemente iluminado, con las grandes vidrieras llenas de elaboradas figuras de chocolate y dulces regionales de todo tipo. Adentro, los mostradores vidriados exhibían coloridas cajas de chocolates. Uno de ellos, largo y con sillas altas, se alineaba contra la pared de la derecha. Varios clientes locales tomaban té o café y un dulce perfume de cacao fresco inundaba el aire. Se sentaron en la barra y ordenaron, dando la espalda al amplio salón de ventas, lleno de turistas.

–Estoy tan contenta de que estés aquí–, suspiró Alicia–. Tenemos tanto de qué hablar. Necesito tu opinión sobre cosas que están sucediendo aquí. También quiero presentarte a Martina Salgado, mi colega en el programa de radio.

–Me va a gustar mucho conocerla. Por lo que me has contado, parece que están teniendo problemas por no hablar todo el tiempo de modas. Este es un pueblito bien anticuado, disfrazado de ciudad turística cosmopolita.

–Sí, es cierto. Martina y yo tenemos un montón de críticos y el principal es nuestro mayor auspiciante, pero tenemos una buena audiencia que nos sigue... Igual, vamos a tener tiempo de hablar de eso más adelante–. Alicia terminó su cafecito–. ¿Cómo están tus padres?

–Mamá te manda una cajita con algo y un montón de besos. Papá siempre pregunta por vos. Vos sabés, él te quiere mucho.

–Gracias, son unos viejos *macanudos* los tuyos.

–Sí, son buenos, y pacientes. Yo agradezco haber tenido esta suerte.

–Claro que tenés que estar agradecida–, dijo Alicia con voz emocionada. Siempre se esforzó por imaginar cómo sería haber tenido a sus padres más allá de la adolescencia. Ellos habían muerto jóvenes, mientras Alicia estaba en la secundaria. Y esa dolorosa realidad le hacía apreciar a los padres de su amiga aún más. Después de un par de minutos en silencio, Susana cambió de tema:

–¿Qué me decís de la renuncia de Galtieri? Escuché las noticias en el ómnibus –dijo casi en un murmullo–. Aunque no era el único responsable de este despelote. No creo que este otro... cómo se llama, Reynaldo Bignone, vaya a ser mejor. Están ganando tiempo.

Alicia bajó la voz también:

—Son todos iguales. ¿Vos pensás seriamente que después del desastre de las Malvinas van a llamar a elecciones libres?

—No sé... como siempre nos mienten... vamos a ver.

Instintivamente las dos amigas quedaron en silencio. Tenían un largo ejercicio de no criticar al gobierno en público. Susana agregó, mirando alrededor:

—Me voy a llevar chocolates. Pero de alguna fábrica chica. De La Abuela Goye, por ejemplo—. Con una sonrisa pícara agregó—: Los chocolates de este lugar están muy comercializados. Mucha grasa hidrogenada —y volviéndose le dijo con un guiño—: ¿Ves cómo presto atención a tus investigaciones periodísticas?

—No me hagas acordar. Esa nota sobre el chocolate levantó una buena polvareda en la redacción. Hubo llamadas de quejas, en especial de los dueños de este negocio, sin mencionar un par de avisos que cancelaron aquí y allá. Pero el café es bueno. Y yo no tenía nada personal con el negocio, me limité a informar lo que encontré en la investigación.

Se hizo otro silencio. Susana parecía satisfecha de estar allí. Alicia preguntó:

—Decime, ¿Qué planes tenés? ¿Querés hacer algo en particular en estos días?

—Quiero pasar el tiempo con ustedes. Había pensado en un paseo en catamarán a la Isla Victoria, pero no voy a tener tiempo suficiente para gastar un día entero en una excursión. Quedémonos por acá. A lo mejor una caminata, o un paseo en auto por el Circuito Grande y los lagos... lo que vos prefieras va a estar bien.

—Bueno, vamos a tocar de oído, entonces. Una de estas noches vamos a cenar con Luis y Mary, que se van a alegrar mucho de verte otra vez.

—Seguro. El tiempo vuela charlando con ellos—. Hizo un breve silencio—. Alicia, te vas a reír, pero voy a llevarme algunas artesanías, pero algo bueno, algo de los artesanos de El Bolsón, por ejemplo.

—Pero claro. ¿No es eso lo que hacen los turistas aquí?— rió Alicia—. Estás ayudando a la economía local. Podés gastar todo lo que quieras.

—Yo sabía que te ibas a reír. Igualmente, mamá quiere un par de cosas también. ¿Todavía está aquella *boutique* con cosas hechas a mano, Los Árboles?

—Claro, y está más linda que nunca. Los suéteres son caros, yo no puedo pagarlos. Pero siempre paso a mirar qué tienen de nuevo.

—Me voy a dar una vuelta. Me gusta copiar algunas ideas aquí y allá. Ahora estoy tejiendo uno de esos pulóveres gordos. Te lo muestro cuando lleguemos a casa. Tejer me ayuda a aflojar las tensiones y a sobrevivir los noticieros de la televisión—. Alicia rió de buena gana.

—Ojalá yo pudiera tejer como vos.

—Por favor, vos cosés ropa que le gana a mis tejidos por varios cuerpos—, dijo Susana, sonriendo.

Alicia disfrutaba viéndola feliz; esa sonrisa de modelo para avisos de pasta dentífrica era la misma que ella recordaba de la secundaria.

—La vida nos cambia tanto —dijo con un suspiro—. ¿Te hubieras imaginado ocho años atrás que hoy yo iba a estar cosiendo ropa a máquina para la familia y disfrutándolo como hobby? Increíble.

—Sí, es como si todas las lecciones domésticas de nuestras madres hubieran florecido de golpe, apenas nos fuimos por nuestra cuenta—, dijo Susana, sonriendo evocativa — ahora le pido recetas de cocina a mami, y ella está feliz, claro.

—Bueno, menos la limpieza de la casa, que yo odio tanto, y el inesperado cambio en mi vida cuando Pablo nació. Cuando estás embarazada nadie te dice lo mucho que cuesta ajustarse después.

—Bueno, vos sos la experta en esto. Para mí, lo que más me cuesta es controlar el pánico de estar llegando a los treinta y todavía sentir como si tuviera veinte adentro.

El negocio se estaba llenando de gente. Miraron a su alrededor. Susana preguntó:

—¿Nos vamos?

Alicia miró al inmenso reloj suizo decorado que colgaba en la pared:

—Qué me decís, estuvimos aquí casi una hora. Vamos a casa. Pero antes quiero llevarme un paquete de café molido.

Después de ordenarlo, caminaron unos pasos hacia la cajera, y Alicia se puso en la fila para pagar. Abrió la cartera y, mientras buscaba la billetera, escuchó a un hombre hablando muy alto. No entendió las palabras, pero algo en el timbre de la voz llamó su atención. Miró hacia atrás y, allí, parado no muy lejos de ella, vio al hombre del Falcon verde. Tenía la cara vuelta hacia el otro lado, hablándole a un muchacho joven y ella se quedó petrificada. El hombre estaba a sólo un par de metros y no parecía haberla visto. Alicia se quedó mirándolo, estaba segura de que era él. Sintió de pronto la mano de Susana en su brazo. Se volvió, alarmada, para encontrar a su amiga haciéndole seña con la cabeza para que avanzara; la mujer delante de ellas había terminado de pagar, estaba tratando de alejarse de la caja registradora y Alicia estaba en su camino. La mujer la miraba sonriente. Ella se movió al costado, murmurando una disculpa, la dejó pasar y con las piernas temblando se acercó a la cajera.

—Medio kilo de café molido–, dijo, extendiendo la orden que le dieron en el mostrador, y girando disimuladamente la cabeza hacia donde estaba el hombre. Pero él ya se iba caminando hacia la puerta, charlando animadamente con el muchacho, mezclándose fácilmente con los turistas en su campera de esquiar tan diferente del sobretodo de lana de ciudad que llevaba la noche del encuentro.

—¡Gracias! –dijo la cajera con una voz chillona, y le alcanzó el paquete ya preparado en una bolsita de nailon. Alicia lo recibió con un gesto automático y sintió que Susana la tomaba por el codo mientras cruzaban el salón y le murmuraba:

—¿Qué te pasa? Parece que hubieras visto un fantasma. ¿Qué pasó con esa cajera?

—Nada, no pasó nada con la cajera. ¿Viste al hombre que estaba atrás mío?– la voz de Alicia se quebró, mientras hacía un gesto hacia la puerta.

—¿Qué hombre?

—Ya se fue...

Salieron a la calle y Alicia miró alrededor, nerviosa, cerrándose el abrigo. Un viento frío corría por la calle Mitre, barriendo los pequeños granitos de hielo que habían empezado a caer. Estaba oscuro ya, y Alicia no se movió. Susana la miraba, incómoda.

–Decime, ¿estás bien? ¿Querés que volvamos adentro, que está calentito? ¿Qué te pasa?

–Estoy bien, estoy bien. Vamos al auto. ¡Qué frío hace!– Alicia tomó a Susana por el brazo y corrieron, tiritando. Después de poner el motor en marcha y girar el calor al máximo, miró cuidadosamente alrededor, buscando al hombre. Suspiró y se volvió a su amiga, esforzándose en sonreír–: Necesito tu honesta y franca opinión sobre algo.

Susana la miraba intrigada:

–Seguro –dijo, dándole tiempo a Alicia a recuperar el aliento.

Alicia manejó en silencio, despacio, y cruzaron el pequeño centro. Dejando la ciudad, tomaron la ruta al Llao-Llao, con sus curvas y el magnífico paisaje invisible en la oscura noche sin luna. Salieron del asfalto, y Alicia eligió un punto al azar, estacionando frente a una pequeña fábrica de velas artesanales, no lejos de donde tuvo el encuentro con los hombres del Falcon verde. Se volvió hacia su amiga, la cara iluminada por las luces de los vehículos que pasaban y por el pálido reflejo de la luz ámbar de gas del estacionamiento. Dejó el motor en marcha, y con el radiador de calor andando, le relató minuciosamente los detalles del peligroso encuentro. Desahogó sus miedos, la frustración y la amargura que estaba acumulándose en su pecho.

–El tipo me dio un susto terrible y hoy lo vuelvo a ver, quiere decir que está todavía por acá. ¿Vos qué pensás de todo esto?

En silencio, Susana sacó de su cartera una bandita elástica para el pelo. Alicia no esperaba ninguna reacción emocional de su amiga, ella no exteriorizaba sus sentimientos fácilmente. Pero supo que estaba preocupada cuando el silencio se prolongó un largo rato. Después de muchos años ella había aprendido a leer claramente sus silencios. Con un movimiento rápido levantó los bucles en una corta cola de caballo, mirando ausente las luces de los autos que pasaban, hasta que por fin los ojos azules profundos se clavaron en los llorosos de Alicia. Tenía la voz firme, como si lo hubiera pensado bien:

–Dejame que te diga, es una gran cosa que vos puedas llorar así y sacar todo afuera. Ojalá yo pudiera–. Dio un par de golpecitos en la mano de Alicia–. Ahora bien, te das cuenta que es jodido si estos tipos aparecen en tu vida. Es una cagada, pero al mismo tiempo es, en sí mismo, un buen signo de que el peligro no es tan grande.

Ahora era Alicia la que permanecía en silencio. Susana siguió:

–Bueno, en primer lugar, si estuvieras realmente en problemas con cualquiera de los servicios de inteligencia, ni lo verías venir. Te hubieran agarrado en cualquier parte, a la luz del día, en el mismo Centro Cívico si se les daba la gana. Si ese tipo del Falcon quería, podés estar segura de que te hubiera alzado de tu asiento por el pelo, y te hubiera tirado adentro de su auto en menos de un minuto. Eso es lo que dicen todos. Ese tipo parecería un operador menor, hasta podría ser un operador independiente, ¿quién sabe?

Sacó un paquete de chicles de la cartera y le ofreció uno a Alicia, quien aceptó para hacer algo con las manos. Hubiera encendido un *pucho* de buena gana, pero Susana había dejado de fumar hacía tiempo y ella no quería molestar a su amiga con el humo en un lugar tan cerrado como la cabina del Citroën. El dulce sabor de la menta disipó momentáneamente el gusto amargo que tenía en la boca. Afuera, la llovizna helada se había metamorfoseado en copitos de nieve, muy livianos todavía para acumularse en el suelo.

–En segundo lugar–, Susana siguió, como si hablara consigo misma –¿por qué razón este tipo se aparece otra vez hoy? Estoy segura de que quiere que sepas que todavía anda por acá. De otro modo no le hubieras visto el pelo, creeme.

Alicia estaba asombrada de la certeza en la voz de su amiga, quien prosiguió:

–Estos tipos han hecho de la tortura un arte, y la presión psicológica es una de las más elaboradas.

Con una sonrisa que no podía disimular su mirada sombría, agregó, mirando hacia el oscuro vacío donde estaba el lago, más allá de la pendiente:

–Por eso tiran los cuerpos maltrechos desde los autos y camiones en la calle, cerca de las paradas de ómnibus, después de que los hacen bolsa en las salas de tortura. Es una muestra de poder. ¿Quién sabe cuánto nos va a costar limpiar todo esto cuando se termine? Están apareciendo cuerpos mutilados en las costas del Río de la Plata. La gente dice que los entierran en tumbas sin marcar, para que no se los ubique nuca más.

–¿Qué estás diciendo? ¿Estás segura de eso? Mirá que eso es muy grave...

–Pero es cierto, y pocos tienen las bolas como para hacer algo. Es una causa perdida, no hay mucho para hacer. Los diarios no dicen nada. Yo creo que sólo una fuerte presión del exterior puede sacar a estos tipos, y la presión internacional es bien floja, para no decir nula–. Se volvió hacia Alicia otra vez–. Creeme, esta pesadilla se va a terminar, tarde o temprano. Se tiene que terminar. Debe haber muchos muertos. Poca gente vuelve de la tortura, y los que vuelven seguro que no hablan, imaginate.

Alicia se sentía sofocada, pero alcanzó a preguntar:

–¿Cómo te enteraste de todo esto? ¿A dónde lo escuchaste? –La voz le temblaba. Lo que Susana decía era espantoso pero al mismo tiempo ella sabía que las cosas habían estado descomponiéndose por un largo tiempo. El vago dolor de cabeza que había notado al salir de la chocolatería ahora era un martillo en sus sienes.

–La gente habla cada vez más–, respondió Susana–. Buenos Aires es un caldero hirviendo después de esta tragedia de las Malvinas. La situación viene de hace rato, del '76. Hubo un breve silencio–. ¿Por qué crees que cuando le dieron el Nobel de la Paz a Pérez Esquivel en Europa, la prensa de acá se quejaba de que el mundo estaba en contra nuestra? No quieren que se sepa todo esto.

–Es cierto–, murmuró Alicia–. Lo acusaron de todo, igual que a los que publican una crítica.

–¿Te acordás de los ataques de los editoriales a los grupos de derechos humanos? ¿Por qué de pronto es malo querer que se respeten los derechos humanos? La prensa no aclara nada. Decime, ¿cuál es la diferencia entre la prensa de Rusia, China o Cuba y la nuestra?

Permanecieron en silencio por un largo rato. Susana miró la hora y Alicia, mecánicamente, hizo lo mismo. Eran ya las ocho y diez y ella se sorprendió de lo rápido que el tiempo había pasado. Susana no dijo nada.

–Honestamente, que pasan cosas obscuras no es nada nuevo para mí. Sólo que no creía que era tan grave. Te aseguro, no sabía... ¿Quiénes son los que están en la oposición? ¿Estás hablando de las Madres de Plaza de Mayo? Son corajudas, yo no me animaría a desfilar en una plaza para servir de tiro al blanco.

–Si te hubieran arrancado a Pablo de los brazos te juego cualquier cosa que te ibas hasta Buenos Aires a pie para traerlo de vuelta–, dijo Susana rápidamente y con certeza.

–Y, sí, si fuera así... no puedo ni siquiera pensar que algo así esté sucediendo. ¿Cómo es que llegamos a esto? ¿Te acordás de *El Diario de Ana Frank*? He estado pensando mucho en ella últimamente. Cuando leí el libro me horrorizó que todos los de la edad de mis viejos habían vivido en esa época y no hicieron nada para pararlo. ¡Y ahora está sucediendo aquí!

–Sí, es de terror. Y me da mucho miedo. Desaparecen estudiantes, y hasta curas católicos que trabajan con los pobres de las villas han desaparecido. Los judíos también somos un buen blanco, somos doblemente peligrosos, porque se supone que también pertenecemos a una conspiración para dominar el mundo.

Alicia sacudió la cabeza:

–Ay, tenés que tener cuidado, prometeme.

–Tengo, tengo cuidado. Vos también cuidate.

Alicia sollozó por un momento, y Susana no dijo nada más. Afectuosamente puso su mano sobre la de Alicia, y le dio unas palmaditas.

–No te preocupes, Ali, aquí todo va a andar bien. Yo estoy segura que Bariloche, como siempre, es un mundo parte, las cosas aquí son distintas que en las ciudades grandes.

Alicia se sonó la nariz en el ya mojado pañuelito de algodón, y trató de componerse un poco, mirando sus ojos enrojecidos en el espejo retrovisor con un gesto automático:

–Fue natural cuando los milicos tomaron el poder en el '76, ¿no? Estábamos tan cansados de los terroristas de los dos lados, escuadrones de la Triple A matando guerrilleros y terroristas raptando gente, poniendo bombas... Hubo un quilombo tan grande cuando su mujer subió al poder después de que Perón se murió, asesorada por ese siniestro de López Rega... Pero no creo que nadie hubiera podido prever que el golpe iba a traer al país a los escuadrones de la muerte de esta forma.

–¡Culpa nuestra! Nos convencimos de que el remedio a los problemas era otro golpe de estado. Nosotros envidiamos a los norteamericanos, pero si ellos se merecen alguna admiración es porque los militares nunca van a animarse a tomar el poder en Washington a punta de pistola, como acá. Ese es el secreto de su éxito–. Susana hablaba con convicción y Alicia la miró, asintiendo.

–No se puede creer nada de lo que te dicen oficialmente.

–Bueno, estamos pagando el precio de vivir en un país de patio trasero, de segunda, proveedor de materia prima barata.

–Yo no creo que Washington quiera esto–, aventuró Alicia.

–No creo que tengan la intención, no, por lo menos no el público norteamericano. Esto va más allá de las nacionalidades. Es un problema económico, una ola histórica... Cuando a los intereses grandes no les sirvan más los norteamericanos, los van a dejar colgados y van a ir a otro lado. La gente no puede pararlo. Lo único que yo veo que puede cambiar esto es una contra-ola con el mismo peso. No va a suceder. No creo que nosotros podamos hacer un gran cambio, o, por lo menos, va a llevar mucho tiempo... –La voz de Susana tenía un tono lúgubre.

–¿Ni siquiera con una elección libre?

–Sé sincera, Alicia, ¿vos realmente creés eso?– dijo Susana, mirándola a los ojos–. Yo no estoy muy segura. Después viene otro golpe.

–Quiero creer. Si no, ¿qué nos queda?

Permanecieron calladas por unos minutos hasta que Susana dijo:

–No tengo ni que mencionarlo, sabés que no tenés que hablar de esto con nadie más que con Sergio. No le digas a nadie de tu encuentro con los tipos del Falcon tampoco.

–Claro que no. Sergio dijo lo mismo. Yo no voy a comentarlo. ¿A quién podría confiar algo así? Esos tipos me hicieron pasar un mal rato.

Se hizo un largo silencio. Susana jugueteaba otra vez con el pelo, fijando la banda elástica que apenas contenía los pesados rulos. Las manos de Alicia se aferraban al volante como si fuera un salvavidas.

—Nos deberíamos ir a casa ahora. Es más cómoda que esta cajita de auto que tengo–, dijo, tratando de componer la voz.

Susana sonrió aliviada, como si ella también necesitara cambiar de tema:

—Claro que sí, tenés razón. Quiero ver a la familia, vámonos.

Alicia puso primera y el auto dejó lentamente el solitario estacionamiento. La liviana nevada no había cuajado en una tormenta, pero el viento era constante. Puso la radio, que en las noches transmitía generalmente música suave. Miró furtivamente hacia Susana, y se sintió agradecida por poder tenerla cerca, aunque fuese sólo por unos días. Esta mujer compartía sus ideas, pensamientos y afecto, y era para ella una fuente de energía, algo que en ese momento necesitaba con desesperación.

Viajaron en silencio, mirando los árboles que bordeaban el camino, ondulados por el viento, y atentas a la helada ruta delante de ellas. Alicia no podía borrar la impresión de que su amiga sabía demasiado, y que probablemente conocía a gente que podría estar en peligro. ¿O sólo era fruto de su imaginación, estimulada por las cosas que estaban sucediendo? Lo que Susana le comentó sobre los judíos bajo sospecha la tenía preocupada. Se suponía que la gente había aprendido la lección ya, esto era la Argentina, un país de brazos abiertos que recibía a todos y a cualquiera por igual. O por lo menos ella siempre lo creyó así.

Miró hacia el costado otra vez. Susana estaba siguiendo con sus labios la letra de la canción del Chango Nieto que sonaba en la radio, mirando adelante, pensativa. Llegaron a la altura de ala calle Bock y Alicia giró hacia la izquierda, emprendiendo la lenta subida. Escuchó a Susana silbar bajito el bolero que habían comenzado a cantar Los Panchos y sonrió:

—No sé cuántas veces habré bailado este bolero mejilla

a mejilla...

—Yo también... —dijo Susana, asintiendo con la cabeza—
Lo pasábamos bárbaro en esa época, ¿no?

—Seguro que sí.

Desde lejos, la pequeña casa en la esquina tenía todas
las luces encendidas. Estacionaron en la entrada de autos
revestida de ladrillos. Inmediatamente la puerta de la casa
se abrió, y Sergio asomó la cabeza, sonriendo ampliamente.
Estaba esperándolas, y salió a ayudarlas a entrar el liviano
equipaje.

IV

–Margaret Thatcher se porta como un hombre vestido de mujer –dijo Luis, abriendo la lista de vinos– es la perfecta jefa de estado inglesa, inflexible y terca.

Susana había llegado el día anterior y habían salido a cenar con Luis y Mary.

–Claro que los nuestros no son menos tercos que ella–, agregó, y señalando una de las líneas de la carta preguntó –¿Qué tal si pedimos este Cabernet mendocino? No es muy caro.

–Me parece bien, si todos están de acuerdo–, dijo Sergio, mirando a los otros, que aprobaron inmediatamente.

–Volviendo a esos mercaderes de la guerra, la gente parece que se cree cualquier cosa si se la pintan con lindos colores –dijo Susana–. Se dicen por ahí las cosas más ridículas, y hablo de gente que se supone es inteligente.

–Si –dijo Mary–. No se puede creer. Es un lavado de cerebro total. Recién se acuerdan de que tenemos una bandera cuando les hablan de pelear con otros.

Alicia escuchaba mirándolos a todos con satisfacción. Una semana atrás no hubiera pensado que esta reunión fuera posible. A pesar de la presencia de Susana, todavía la sensación de vaga inquietud que últimamente la acompañaba no se había disipado. Por el contrario, la charla del día anterior después del encuentro parecía haberle agregado fuerza, pero ella estaba determinada a no dejar que ningún sentimiento negativo arruinara la felicidad de tener a todos juntos.

Miró a Susana que, sentada al lado de Mary, charlaba animadamente con ella y sintió una mezcla de respeto y orgullo, como si su amiga fuese una hermana mayor, más experimentada y sabia, aunque tenían la misma edad. Y la comparación con una hermana era justa, porque Alicia, como si fueran de la misma sangre, en ocasiones había tenido celos de Susana. Mientras crecían muchas veces ella hubiese deseado tener su físico atlético y la fácil y natural sonrisa que siempre había atraído a los muchachos hacia su amiga antes de que siquiera llegaran a fijarse en ella. Al pasar los años las cosas se nivelaron un poco; ahora Alicia se sentía más confiada con su figura delgada y con aparentar mucha menor edad de la que tenía. Después de los veinticinco, lo que fue un problema era ahora una ventaja y comenzaba a disfrutarlo.

Las dos amigas habían pasado la mañana de compras en el centro de la ciudad, poniéndose al día con las noticias de los amigos, de sus planes, y charlando sobre libros, películas y moda. Trataron de disfrutar el tiempo compartido, desechando por unas horas esas sombras imprecisas pero siempre presentes.

Entonces, y como si Susana le leyera los pensamientos, le dijo a través de la mesa:

—Le estaba diciendo a Mary que lo pasamos bárbaro hoy, haciendo compras.

—Sí, estuvo lindo. Pensaba en eso justo ahora.

—Yo te leo los pensamientos, ¿no sabías?–dijo Susana bromeando.

—Sí que me los leíste–, y volviéndose hacia Mary, agregó–: Me tomé el día en el diario y nos fuimos de compras con Pablo y después almorzamos con Sergio. La nevisca y el mal tiempo no ayudaron, pero lo pasamos bien.

Todos estaban de excelente humor y mientras los otros elegían qué comer, Alicia miró alrededor del salón. Excepto por unos pocos turistas, todos eran locales. Era un viernes a la noche, y la parrilla había abierto sus puertas hacía poco tiempo. Ubicada en los límites de la ciudad hacia el este, estaba junto a la boca de salida donde el río Ñirihuau desemboca en el lago Nahuel Huapí.

El salón era amplio, con adornos gauchescos. La música folklórica sonaba de fondo, discretamente, con el melancólico rasgueo de las guitarras acústicas y la percusión de los bombos, marcando el ritmo.

—¿No es un paisaje precioso? –La voz de Susana trajo a Alicia de vuelta a la mesa. Todos miraron hacia la ventana, que tenía, más allá de los amplios paneles de vidrio, una magnífica vista del lago y las montañas. La superficie del río en su camino hacia el profundo lago reflejaba la esporádica luz de la luna como una cinta de plata. Susana suspiró–: Es como vivir en una tarjeta postal. Ustedes tienen suerte.

Habían ordenado una parrillada mixta, una mezcla de carnes asadas al carbón de leña, y ensaladas. Después de tomar la orden, el mozo retornó hacia el mostrador de atrás y Alicia lo siguió distraídamente con la mirada mientras él cruzaba en su camino con dos clientes que recién entraban y estaban a punto de sentarse a una mesa. Algo llamó su atención porque se volvió a mirarlos otra vez. Eran los dos hombres que había visto en la estación de ómnibus cuando llegó Susana. Algo le dijo que era mucha coincidencia, pero después lo desechó, diciéndose que Bariloche no era una ciudad grande, y que no era extraño encontrarse con la misma gente en los lugares populares más de una vez. Muchos turistas permanecían un promedio de cuatro días, y, aconsejados por los agentes de viaje, tendían a visitar los mismos negocios y restaurantes que el resto de los grupos. Se dijo que era una casualidad, pero una insistente desconfianza hizo que se volviera hacia Susana:

–¿Ves a esos dos tipos ahí, sentados al fondo del salón?

–Sí, y uno está bastante bien. El otro no tiene ni siquiera veinte años.

–El mayor estaba en la estación de ómnibus cuando viniste, y el otro viajó con vos.

Susana miró a la mesa, frunciendo el ceño, como tratando de recordar:

–Sí, es cierto, estaba en un asiento solo, bien atrás.

Alicia creyó notar un poco de tensión en la voz de su amiga, pero también se dijo que su propio miedo la hacía esperar algún tipo de reacción sospechosa de parte de Susana. Los otros conversaban animadamente y sólo Mary había escuchado el diálogo. Un mozo trajo el brasero con cortes de carnes asadas y con movimientos expertos la ubicó sobre la mesa, junto a una ensaladera repleta de lechuga y tomates. Por largo rato la atención del grupo se concentró en la comida.

–No puedo dejar de pensar cómo nos apalearon esos ingleses en esta guerra. Me cuesta mucho admitirlo –dijo

Alicia sirviéndose más ensalada–. No nos perdonaron nunca que los sacáramos corriendo dos veces cuando nos quisieron invadir en el mil ochocientos.

–Y, sí... parece que el aceite caliente que les tiraron desde los techos las matronas porteñas les duele todavía...

–Querían quedarse con la Pampa y por eso no nos perdonaron–, dijo Sergio–. No sé si será cierto, pero dicen que durante la primera invasión, antes de que los echaran de Buenos Aires, se las arreglaron para despachar por barco a Londres cinco toneladas de monedas de plata y otros tesoros, y que la carga llegó al puerto de Portsmouth. Parece que el botín fue bien documentado.

–Fijate que se quedaron con la Pampa de todos modos –dijo Susana–. Hoy por hoy tienen tantas estancias en la Patagonia que más de la mitad es de ellos, con las ovejas y la lana.

Luis asintió con la cabeza:

–Y también con casi toda la industria de la carne, como el monopolio de Deltec. Compran la carne aquí por centavos y la venden en Inglaterra y Europa a precios carísimos. Nunca vamos a poder pagar la deuda externa si seguimos así.

–Bueno, por eso nos ayudaron tanto para que nos independicemos de España –dijo Mary–, y cobraron un buen precio por el trabajo de asesores.

–Tenés razón–, dijo Susana–. ¿Quién fue el que dijo que era mejor para ellos mantener el poder económico sobre las colonias españolas que conquistarlas por la fuerza? Totalmente cierto.

Se hizo silencio mientras los mozos llevaban la vajilla usada y limpiaban la mesa. Circularon el menú de los postres y ordenaron, agregando café. Algunos encendieron cigarrillos y compartieron los inevitables comentarios sobre los inefectivos esfuerzos por dejar de fumar que cada uno había hecho. Los ojos de Susana, fijos en Alicia, le recordaron claramente las dos firmes promesas de abandonar definitivamente los cigarrillos que le hiciera tiempo atrás. Alicia le devolvió una sonrisa culpable que su amiga no retribuyó.

En una charla entre ellos era imposible evitar el tema de la guerra. Imposible no desahogar la frustración contenida de las pasadas semanas. Luis retomó, en voz baja e inclinándose sobre la mesa, el hilo de los rumores políticos:

–Dicen que la Junta recibió una buena compensación desde Francia, de los comerciantes que tenían interés en poner los misiles Exocet en el mercado mundial, y no tenían ningún conflicto a mano que les dejara probarlos–, y con un movimiento de hombros agregó–: Bueno, eso es lo que se dice por ahí.

–Hmm... No me parece nada raro... –dijo Sergio, cortando un trozo de crepe bañado en dulce de leche–. Esos misiles son eficientes, por lo que leí. Te juego cualquier cosa que se van a vender como pan caliente en todo el mundo, en particular en el Medio Oriente, un conflicto seguro y que da ganancias.

Alicia iba a hablar pero Mary, inclinándose hacia ella, la interrumpió:

–Mirá quién viene para acá.

Bruno Schneider, con su mujer y otra pareja, se acercaba a la mesa, directamente hacia ella en ruta a la puerta de salida del salón. Inmediatamente Alicia se puso alerta; frecuentemente tenía esa reacción desde el día en que él trató de intimidarla a ella y a Martina por los temas que tocaban en el programa. Al llegar a la mesa reconocieron a Sergio e hicieron una pausa. Schneider y su mujer saludaron con la cabeza en general, sonriendo, detrás de Walter Fechner y Regina, su mujer, quienes se inclinaron de muy buen humor a hablar con Sergio. Con una voz que delataba más de un vaso de vino, él saludó, efusivo:

–Hola, ¿cómo estás, muchacho? –Sergio le devolvió la sonrisa con familiaridad e intentó ponerse de pie.

Fechner le puso una mano sobre el hombro, diciendo con voz afectuosa:

–Está bien, está bien, quedate así como estás, nomás, que nosotros ya nos vamos, los viejos se acuestan más temprano que los jóvenes–, y rió, divertido, mirando a toda la mesa. Los Fechner eran amigos de los padres de Sergio, y estaban bien establecidos como comerciantes en la ciudad. Propietarios de un antiguo y prestigioso hotel en el centro, ubicado frente al lago, pertenecían, como

Schneider, a la cámara de turismo local.

–Esta es mi amiga de la infancia, Susana Machevsky, nos está visitando por unos días –dijo Alicia y todos le sonrieron murmurando un saludo que Susana devolvió con su magnífica sonrisa. Alicia creyó notar una chispa de reconocimiento en los ojos de Fechner cuando ella dijo el apellido, aunque inmediatamente pensó que eran sólo exageraciones de ella. Él se volvió nuevamente hacia Sergio:

–Tus padres me mandaron a decir que vienen en Agosto. Me alegro de que ya tengan el plan hecho. Llamame uno de estos días, tenemos que organizar una salida cuando estén aquí.

–Sí, por supuesto, no hay problema. Estaremos en contacto –dijo Sergio, sonriendo amablemente.

–Buenas noches a todos y disfruten la velada –dijo Fechner mientras los otros murmuraban palabras de despedida.

El grupo caminó hacia la puerta de salida, zigzagueando entre las mesas cubiertas de manteles blancos.

Los padres de Sergio habían conocido a varias familias que residían en Bariloche y los alrededores desde los tiempos en que vivían en Europa. Cada vez que Franz y Emma visitaban la ciudad, Alicia y Sergio participaban de los paseos en grupo. Eran parejas entre cincuenta y sesenta años, centro–europeos, y algunas de esas amistades databan de la época de la guerra.

Disfrutaban las salidas a cenar, a esquiar y ocasionalmente una fiesta. Por lo general reservaban mesa en alguno de los muchos restaurantes alemanes, austríacos o suizos de la zona. Todos eran muy amables con Alicia. A menudo ella se había sentido culpable por pensar que muchos de ellos guardaban fantasmas del pasado, cuando tal vez solo se trataba de inocentes inmigrantes que no querían hablar de un época dura, plagada de guerra y miseria. En otros momentos no estaba tan segura; ellos disimulaban mal el desdén que sentían por judíos y criollos, particularmente los de piel oscura, y por todo lo que tuviera que ver con ellos.

Después de que el grupo se marchara, Alicia miró

discretamente hacia la mesa de los dos hombres. Estaban todavía allí, y uno de ellos la miró brevemente. Cuando volvió la cabeza, notó que Susana también miraba en la misma dirección, frunciendo el ceño con preocupación. Los ojos de ambas se cruzaron por un momento y Susana parecía avergonzada de haber sido sorprendida mirando hacia los hombres. ¿O eran sólo las persistentes dudas de Alicia que entraban en acción otra vez? ¿Habría sido totalmente sincera con ella, cuando hablaron en el auto, el día de su llegada? Se sintió miserable por dudar de la otra, y se odió por ser tan desconfiada y miedosa.

Cerca de medianoche, después de una última ronda de café y cigarrillos, dejaron el restaurante. Luis y Mary partieron en su nuevo Fiat 600, saludando con la mano al trío que caminaba evitando los pequeños y brillantes charcos de agua helada en el piso de asfalto hacia el auto de Sergio. Él limpió rápidamente la fina nieve acumulada en las ventanillas y abrió las puertas del Renault 12. Alicia y Susana se sentaron, tiritando de frío.

En casa encontraron a Lidia, la *baby-sitter*, una jovencita del barrio que se hacía unos pesos cuidando niños vecinos, dormitando en el sofá con un libro abierto sobre el regazo.

–¿Todo bien?–preguntó Sergio.

Sobresaltada, se puso de pie:

–Sí, sí. Todo está bien, señor Brauer –se apresuró, restregándose los ojos, feliz de verlos volver–. Pablo duerme. Temprano me pidió que le lea la misma historia un montón de veces hasta que se quedó dormido.

Lidia alzó su campera de *duvé* y los libros, apresurando su regreso a casa.

–Vuelvo enseguida –dijo Sergio, levantando las llaves de la mesa.

Ambos subieron al Renault y Sergio dio marcha atrás para salir de la entrada de autos. La casa de enfrente estaba desocupada, con un cartel de venta clavado en el jardín. Dos árboles de copa grande extendían sus ramas hacia la calle. Debajo de los árboles había un automóvil parado, con el motor en marcha y las luces encendidas. Sergio lo miró pero no pudo distinguir a los dos ocupantes, quienes estaban aparentemente conversando y no miraron en su dirección.

Sergio puso primera y avanzó lentamente, mientras el otro auto comenzó a moverse en la dirección opuesta. Sergio manejó despacio, mirando el vehículo por el retrovisor. De reojo miró a Lidia, quien no parecía haber notado nada anormal.

–¿Te fijaste en ese auto?

Ella se volvió a mirar atrás sobre el hombro.

–No. Ni me fijé que había un auto. ¿Estaba ahí cuando ustedes llegaron?

–No, no creo que estuviera ahí antes. Te pregunto por las dudas miraste por la ventana y notaste algo raro.

–No –dijo con seguridad pero después pareció pensarlo mejor–: Bueno, la verdad es que ni miré para afuera después de que se hizo de noche.

–Está bien, no te preocupes, seguro que eran un par de turistas que se perdieron en la zona, y estaban mirando el mapa, eso pasa todos los días –dijo él en tono casual.

De regreso encontró a Alicia y Susana de pie en el pasillo entre los dormitorios, hablando en voz baja para no despertar a Pablo.

–Me alegro de que no se hayan acostado todavía. Puede ser que no tenga importancia, pero cuando salimos con Lidia vimos un auto estacionado aquí en frente, con dos tipos adentro, o una pareja, no vi bien. No parecían sospechosos, pero me llamó la atención por lo tarde que es.

Alicia lo miró con alarma.

–Seguramente no es nada, se habrán perdido como tantos otros turistas, –agregó él.

Alicia dijo en un susurro:

–Estamos bien paranoides, no sé si se han dado cuenta. Si estos crápulas quieren asustar a la gente, sí que lo consiguen. A lo mejor no era nada, pero ya vemos sombras por todos lados.

Sergio dio un profundo suspiro:

–Mantengamos la calma. No sabemos qué está pasando realmente. Los tipos del auto bien pueden ser turistas.

–Seguro que sí –dijo rápidamente Susana.

–Tenés razón –dijo Sergio, pero al darse las buenas noches la calma en las voces sonó muy poco convincente.

V

–Shh... –susurró Alicia, caminando en puntas de pie detrás de Sergio quien salía del dormitorio, dejando a Pablo dormido en su cuna. Estaba amaneciendo, eran las ocho de la mañana y ella se había despertado al oírlo vestirse.

Prepararon el café y pusieron el pan a tostar. Sergio rodeó la cintura de Alicia con sus brazos y ella reclinó la cabeza en su pecho.

–¿Cómo estás? –preguntó él con ternura.

–Bien. Un poco nerviosa por lo del auto de anoche–. Ella se soltó del abrazo–, Sergio, te digo en serio, no quiero vivir así. Hoy voy a hablar con Martina. Tengo miedo de todo esto.

–Tranquila. Tratá de mantener las cosas en perspectiva. No sabemos qué pasa y por eso estamos así, pasan cosas raras, es cierto, pero no tenemos nada concreto. ¿Qué vas a decirle? Te va a preguntar por qué de golpe querés cambiar la tónica del programa.

–Le voy a decir cualquier cosa. Que Schneider está en desacuerdo con los mensajes y que no podemos perder el auspicio. Ella no necesita conocer los detalles de lo que pasa.

–Está bien, pero no le digas nada más que lo necesario.

–Por supuesto que no–. Alicia se sintió herida y dijo fríamente–: ¿Esto quiere decir que vos no confías en que yo pueda guardar un secreto?

–Alicia, por favor, dejate de pavadas, no empecemos otra discusión que no lleva a ningún lado, y vos lo sabés–. La voz de Sergio era baja y parecía fastidiado por las palabras de ella.

–Bueno, entonces fijate en lo que decís. Porque sonó bastante mal –contestó también en voz baja, pero irritada.

Sergio no respondió. Ambos hicieron un esfuerzo por concentrarse en las páginas del diario y terminaron el desayuno en silencio.

Los titulares anunciaban que el recientemente designado presidente de la nación, General Bignone, había jurado y corrían rumores de que los partidos políticos iban a ser autorizados a funcionar otra vez. El confuso y poco claro retorno de las tropas de las Malvinas era el otro tema de importancia y ellos trataron de enmendar los sentimientos heridos por la discusión, intercambiando un par de comentarios sobre las noticias hasta que escucharon a Pablo llamándolos desde el dormitorio. Susana se unió a la familia en la cocina y un poco más tarde las dos amigas partieron hacia la casa de Martina.

Los Salgados vivían en una casa amplia y moderna en uno de los nuevos barrios que se estaban construyendo en las primeras estribaciones del cerro Otto, camino al Catedral, sobre la llamada ruta de faldeo. Había un vehículo estacionado en la entrada de autos, detrás del Peugeot rojo de los dueños de casa.

–Tienen visita –dijo Alicia–. No nos vamos a quedar mucho tiempo. Tengo un par de cosas para dejarle y eso es todo, quiero que volvamos a casa para el almuerzo.

–Como quieras –dijo Susana, saliendo del auto.

Alicia quería cumplir con el plan de salir a la tarde y sabía que las reuniones sobre el programa podían llevar horas.

Siguieron a Martina, quien abrió la puerta con una sonrisa acogedora, hasta el living, amplio y de dos niveles, con paredes blancas. La escasa y bien elegida decoración, compuesta de artefactos nativos y fotografías, daba calidez al ambiente. Alrededor de una pequeña mesa estaba Julio, el marido de Martina, con otro hombre, sentados en confortables sillas de cuero.

Ambos se pusieron de pie y se acercaron a saludar. Julio presentó al otro como Roberto Flores, un antiguo amigo que había llegado a Bariloche un par de semanas atrás. Flores era alto, atlético, con un corte de pelo a ras que marcaba sus facciones, resaltando una mandíbula cuadrada y ojos claros. Estrechó la mano de Alicia con firmeza, pero algo en ese hombre no la convenció del todo; posiblemente su mirada un poco burlona, como si la situación o la gente a su alrededor fueran graciosos. Alicia no tuvo una buena impresión de él, pero no podía decir por qué. Intercambiaron algunas palabras intrascendentes y muy pronto, como siempre, la atención de los dos hombres se concentró en Susana.

La conversación giró hacia el cine y Martina le hizo una seña a Alicia para que la siguiera hacia la amplia cocina después de murmurar una excusa. Se ubicaron en la mesa del comedor diario y desplegaron los papeles de trabajo, Martina trajo una carpeta titulada LRA30 y Alicia las notas que llevaba en sus portafolios. Después de revisar y pulir el material para la siguiente edición del programa dominical, y antes de regresar con los otros, Alicia encontró la oportunidad para hablar de lo que la preocupaba.

Martina, para su sorpresa, estuvo de acuerdo con bajar el tono de las críticas sociales inmediatamente, si eso podía mantener los avisos que sustentaban la hora de transmisión.

–Yo también lo estuve pensando, te digo la verdad. Somos unas miedosas, ya sé, pero la cosa está difícil y es mejor un cobarde vivo que un héroe muerto. A mí también me molesta mucho que nos tilden de fanáticas feministas cuando no es cierto. Pronto nos van a sacar del diario también. Le ha pasado a otros.

Alicia suspiró con alivio. No hubo necesidad de elaborar más profundamente sobre el tema. Pero el salir del paso en este momento no le había traído ninguna satisfacción, por el contrario, mientras caminaban de vuelta al living, sintió que la cobardía de ese día iba a tener un costo, sin duda, y el pensamiento la inquietó aún más.

–Me alegro mucho de que estemos en la misma onda – se sintió impulsada a decir.

–Tenemos que estar en la misma onda, si trabajamos en la misma estación de radio–, bromeó Martina–. Vamos, a ver de qué están charlando en el living.

Parecía despreocupada. ¿Era una pose, o estaba disimulando delante de ella para levantarle el ánimo? Si bien Alicia estaba más tranquila con respecto al programa, una fastidiosa voz interior le decía que cada vez estaba dejando más de lado a la profesional con integridad que había aspirado ser cuando decidió estudiar periodismo. A lo mejor en ese entonces era una tonta idealista, nada más.

La conversación en el living giraba ahora alrededor de un *bestseller* y aunque Susana parecía interesada en el tema, cuando las vio regresar se puso de pie. Los hombres la imitaron. Martina las invitó a almorzar pero ellas dieron una excusa.

En el camino de vuelta a casa, Alicia preguntó con interés:

—¿Que te parecieron los Salgado?

—Ella es un dínamo y muy simpática. Julio es interesante también. Así que es un médico, yo no sabía. Parece que conoce mucho de arte pero tiene muy mal gusto en literatura.

—El que no me cayó muy bien es el visitante, Roberto—, dijo Alicia.

—Parecía un buen tipo... con algunas ideas chauvinistas, pero en general me cayó bien. Y qué *churro*, parecía un modelo. ¿No?

—Sí, pero no me gustó la forma en que mira a la gente, insistente y como burlón—. Hizo una pausa y como pensándolo mejor—: ¿Estaba flirteando con vos, o me equivoco?

—Sí, estaba de *levante*, creo.

—No sé, algo de ese tipo no me gusta del todo—, insistió Alicia.

—Es un mirón, sin duda, pero no creo que él se dé cuenta. Fijate vos, ha estado en la Marina, lo retiraron joven por una herida y ahora trabaja para el Ejército aquí, no lejos de la ciudad.

—Ah, ¿sí? Entonces por eso es que vive cerca del Centro Atómico —y después agregó, tratando de mantener controlada lo que ya le parecía paranoia—: Bueno, eso no quiere decir nada, después de todo.

—Claro que no. Pero por otro lado, también puede ser que trabaje para los servicios de inteligencia—. Susana estaba leyéndole el pensamiento—. Aunque esta ciudad parece un paraíso fuera del radar, esa gente está en todos lados. Vos ya tuviste una prueba, hace poco.

—Sí, y me pregunto si Martina ve alguna conexión o no. Bueno, igualmente, no va a discutirlo conmigo.

—Siempre queda la posibilidad de que nosotras estemos exagerando la cosa, claro —dijo Susana, poco convencida.

—Yo me lo digo a cada rato, pero igual, hay pilas de razones para sentir miedo. ¿Qué carajo es real y qué es imaginario? ¿Por qué nos sentimos así si no hemos hecho nada malo?

—Cierto. Es tan difícil saber por dónde viene la cosa en estos tiempos.

Hubo un tenso silencio. Después de unos minutos, Susana preguntó:

—Decime, ¿Julio simpatiza con el gobierno?

—No, no creo. Deberías escucharlo quejándose de cómo destrozaron el sistema de salud del hospital de Bariloche, un hospital regional que trabajaba, según dicen, como un reloj. Lo habían organizado un grupo de médicos jóvenes, progresistas. Ahora está desmantelado, y necesita de todo, como la mayoría de los hospitales públicos. Tenés que llevarte tus propias vendas y desinfectante si querés que te atiendan una herida en primeros auxilios. A Julio le revienta.

—En todos lados es igual últimamente —murmuró Susana.

Llegaron a casa alrededor de mediodía. El viento de la noche anterior había barrido las nubes y el sol entibiaba el aire fresco, seco y limpio. Sergio se llevó a Pablo con él a la oficina, y Alicia preparó rápidamente la mesa para el almuerzo.

—Hagamos un par de sándwiches –sugirió.

—Buena idea–. Susana puso los platos y servilletas, canturreando una balada de los Beatles–. Tengo ganas de ir a hacer una caminata después de comer. ¿Qué te parece?

—Vamos a hacer una caminata, entonces.

—¿Qué te parece si subimos un poco por la cuesta del Cerro Otto?

—Bárbaro–, dijo Alicia con entusiasmo–. Pero te aviso que es empinada. Vas a tener que tener paciencia con mis piernas. Hace rato que no subo una cuesta como ésa.

—No son tus piernas. Tus piernas no tienen nada de malo –respondió Susana con sarcasmo–. Es el cigarrillo que te tira abajo, y un día de estos te vas a enfermar en serio.

—Bueno, bueno, ya sé, tenés razón. Uno de estos días voy a dejarlo. Ya lo dejé antes, lo puedo dejar otra vez, esta vez para siempre. Estoy segura.

–Ojalá sea así, pero voy a esperar sentada, porque parada me voy a cansar.

–Esto es todo por hoy, queridos oyentes –dijo Martina, con voz profesional frente al micrófono–. Los esperamos el próximo domingo a la misma hora para otro encuentro con *Mujeres de Hoy y Mañana*–. Las notas de introducción de *En Broadway,* el tema de George Benson cerró la transmisión. Martina miró hacia la luz roja sobre la ventana de la cabina técnica que se apagó mientras el muchacho sentado frente a la consola les hizo un signo de asentimiento, cerrando el índice y el pulgar. Ambas respiraron aliviadas. Alicia se volvió hacia su amiga:

–Resultó un buen programa, todo salió como queríamos.

–Sí, ya me estaba preocupando, pero todo salió bien.

Recogieron las carpetas y apuntes de la mesa, esquivando los micrófonos, y cruzaron rápidamente la pesada doble puerta del sencillo estudio. La gente del programa siguiente entraría en cualquier momento, mientras las noticias de la hora eran transmitidas desde un pequeño cuarto adyacente a la cabina técnica. Cruzaron el hall y entraron a un recibidor que contenía los abrigos y botas de los empleados.

Unos minutos después al salir, enfrentando la enceguecedora luz de media mañana, Alicia dijo:

–Creo que hicimos un buen balance hoy. Tenemos que mantenernos así, estilo gallina. No hacer olas.

–Fuimos miedosas como las gallinas, la verdad. Pero igualmente no tenemos por qué darnos por vencidas en todo. Tratemos de balancear la cosa, es lo mejor.

Descendieron rápidamente los peldaños de madera de la entrada.

–Quería decirte, Alicia, gracias por traer a Susana a casa ayer. Nos alegramos mucho de conocerla. Ahora veo por qué ustedes dos son tan buenas amigas.

–Ustedes le cayeron muy bien a ella también.

Martina dijo con un guiño:

–Roberto, el amigo de Julio, me preguntó por ella.

–Ah, ¿Sí? – Alicia fingió sorpresa.

–Sí, estaba muy interesado. Es soltero... yo no lo conozco mucho, pero Julio y él son amigos desde la primaria. Fueron vecinos por años. Lo aprecia mucho.

–Es lindo tener viejos amigos–, respondió Alicia mecánicamente.

Martina entró en su auto y se asomó a la ventanilla:

–Bueno, planeemos algo para hacer antes de que Susana se vaya, como una cena mañana a la noche. ¿Qué te parece?

Alicia asintió, poco convencida pero pensando que eso iba a complacer a Susana.

Después del almuerzo Sergio partió para su oficina, no sin antes ofrecerse a llevar a Pablo con él, pero Susana insistió en que lo dejara con ellas. Era un día claro, con el pálido sol de los inviernos barilochenses. Algunas pocas nubes cruzaban el intenso azul del cielo. Manejaron en silencio hacia el oeste, prestando atención a Pablo que dormitaba en su sillita atrás.

Por fin, Alicia preguntó:

–No me comentaste nada de tu último romance. ¿Qué pasó? Saliste con el tipo por dos meses... parecía que te gustaba, según las cartas, ¿o me equivoco?

–Nada que valga la pena. Era un *boludo*. Uno más de la larga lista.

–Bueno, no todos los tipos son así, che. El hombre ideal está a la vuelta de la esquina, ya lo vas a encontrar, cuando menos te lo esperes.

–Me da igual. Tengo muchos amigos, vos sabés que no me falta con quién salir.

–Pero claro. ¿Te viste con alguno de los chicos del grupo últimamente? –Alicia, con los años, perdió la pista de varios amigos en Buenos Aires y siempre se interesaba por saber qué había sido de ellos.

–Te conté de la cena que tuvimos hace unos meses. No estaban todos. Ya sabés, muchos se fueron del país, Amanda y Juan José en Madrid, Lina Figueroa está con su novio en Brasil, todos con buenos laburos, por suerte. Pero debe ser duro. Empezar todo de nuevo, digo.

–Ojalá hubiera podido estar en esa cena.

–Todos preguntaban por vos, claro. Cuando vayas para allá vamos a organizar algo. Les prometí una salida a

Mariano y a su novia, y a Viviana y el novio, que ya se comprometieron en tan poco tiempo. Es un *churro* bárbaro el tipo, te aviso. A ellos los veo seguido, pero es difícil no perder la pista de los otros.

–Tenés razón.

Continuaron en silencio nuevamente por varios minutos, mirando el paisaje que cambiaba de continuo. Alicia encendió la casetera y el suave sonido del violín, en medio de una de las cuatro estaciones de Vivaldi llenó el aire.

–Hablando de amigos, ¿has visto últimamente a... cómo se llamaba? –dijo Alicia, fingiendo haberse olvidado y tratando de ver si Susana tenía el nombre en la punta de la lengua–. El que me prestó *La Ciudad y Los Perros,* de Vargas Llosa.

Susana se volvió a mirarla, sonriendo, y dijo burlona:

–Vamos, Alicia, te juego cualquier cosa a que te acordás muy bien del nombre.

–Bueno, sí, Gustavo Spinetti –concedió Alicia, sonriendo. Gustavo había sido la excepción a la lista de admiradores frustrados. Intelectual y físicamente interesante, se cruzó en la vida de Susana cuando todavía estaba muy comprometido en un divorcio complicado que tenía tramitando en Montevideo. Salieron muy enamorados por poco más de un año, y se separaron en forma amistosa después de que Gustavo se metiera en política con el Partido Peronista, unos tres años atrás. Las reuniones y proselitismo le absorbían todo el tiempo libre y Susana no tenía interés en trabajar en un partido político. Poco después ella terminó con la relación.

El romance, mientras duró, fue muy intenso y Alicia, si bien suspiró aliviada cuando rompieron, tuvo dudas cuando Susana le juró que ya no sentía nada por él. Ella la vio muy deprimida durante meses, y comprendió que por primera vez su amiga había estado seriamente enamorada.

–¿Y? ¿Supiste algo de él últimamente? –Insistió Alicia.

–No, para nada. Lo último que oí es que vino de Nicaragua hace un tiempo. Alguien lo vio en Buenos Aires, pero supongo que ya habrá vuelto a Managua. Tenía un buen trabajo como ingeniero de sistemas. Vos sabés, esos que se especializan en ese lenguaje COBOL para computadoras. Creo que está haciendo algo para la universidad. Esas computadoras son un misterio para mí, pero a él le gustan mucho. No sé, me pregunto si esas máquinas tienen futuro práctico y útil para la gente común. Él dice que sí.

–Es cosa de *bochos*, de matemáticos y estadísticos. Gustavo es un tipo muy inteligente –dijo Alicia–. Era muy amable y callado, una enciclopedia discreta, nunca hablaba mucho. Pero bastante metido en política, ¿no?

–Parece que te acordás bien de él.

–Sí, él me gustaba, sinceramente. Lo que no me caía bien es el divorcio y la situación de mierda en la que estaba metido con su mujer. Una *quilombera*, pero no sé si él se podrá haber sacado a esa *mina* de encima. A ella y a la familia. Tampoco me caía bien que estuviera tan metido en la Juventud Peronista. Eso es malo ahora.

–Supongo que sí –dijo Susana distraídamente, mirando hacia la ruta que ondulaba en frente de ellas.

–Siempre pensé que era posible que se metiera con los Montoneros, o algún otro grupo terrorista –se atrevió a aventurar.

–Ay, Alicia, qué exagerada sos. ¿De dónde sacás esas ideas? –dijo Susana con los ojos todavía en el camino.

–No sé, pero es una deducción lógica, supongo. A lo mejor es sandinista ahora, o simpatizante de ellos. Son la oveja negra en Latinoamérica, después de Cuba. Son los que van a recibir las piñas de ahora en adelante. Ellos no van a ganar ésta, y por la vía de la violencia no van a ningún lado, y Washington no va a permitir otro Castro.

–Tenés toda la razón.

–La gente común no quiere peleas ni revueltas, quiere vivir en paz.

Susana parecía haber perdido interés en el tema. Miró al asiento de atrás.

–Sigue dormido. ¡Qué hermoso es! Parece que el auto le sirve de somnífero.

–Nunca falla, se duerme inmediatamente–. Alicia comprendió que su amiga no quería hablar del tema, pero ella necesitaba decírselo. Era un asunto delicado porque Susana sabía la desconfianza que las actividades políticas de Gustavo le provocaban, pero aun así continuó–: Vos sabés que siempre pensé que él te podría traer problemas, y vos lo conocés mejor que yo. Miró de reojo a su amiga, que tenía una sonrisa burlona y no le devolvió la mirada. Ella continuó–: Está casado, y vos sabés que los divorcios en Uruguay aquí no valen, así que él sigue casado para todo el mundo, y con un hijo para mantener. Y una mujer llena de odio que lo hace reventar.

–Alicia, ¿Qué pasa que después de todo este tiempo me venís con esta historia? Te dije que hace rato que no lo veo.

–Te creo, pero si vuelve a Buenos Aires estoy segura de que te va a querer ver. Y es un tipo muy atractivo, con ese aire de *cowboy* solitario de película que tiene.

–Ya sé, yo te entiendo, pero yo ya no tengo interés. Gustavo no tiene paz interior, está siempre buscando algo, no sé qué, pero no es ni la mujer, ni yo, ni otras *minas*. Tiene una insatisfacción adentro, nada lo conforma.

Alicia tuvo valor para aventurar algo más:

–Además estaba metido en el ala izquierda del partido–. Susana la miró de reojo, como sabiendo lo que venía a continuación–. Por favor, no te lo tomes a mal, no quiero meterme en tus cosas, pero tengo miedo por vos.

–Ya sé. Pero mirá que podés ser pesada cuando te lo proponés, che. Ya te dije claramente, no lo he visto ni me ha contactado, y no tengo idea por dónde anda. A lo mejor ni vuelve, con la cosa como está por acá. Y si llama no le voy a dar *bola*, te prometo. Igualmente, él sabe bien qué tiene que hacer y qué vientos soplan ahora.

–Espero que sí–. Aunque parecía satisfecha con la respuesta, agregó–: Y espero que se cuide de hacer macanas.

–Seguro que sí, no es ningún tonto–. La voz de Susana sonaba impaciente ahora, como si necesitara terminar con el tema. No hablaron más por un largo rato. Se concentraron en el camino, mirando cada tanto a Pablo que aún dormía y disfrutando el paisaje del lago y el bosque que bordeaban la ruta.

Las palabras de Susana parecían convincentes, pero no disiparon del todo los temores de Alicia. Últimamente sentía miedo por todo; una inquietud interior que la tenía en constante alerta y la ponía nerviosa y cascarrabias. Y ahora estaba segura de que también había puesto mal a su amiga.

En otra curva de la ruta apareció en toda su magnificencia el viejo Hotel Llao–Llao, sobre una colina, rodeado del verde y ondulante campo de golf en pendiente hacia las aguas de los dos lagos que lo costean al norte y al sur.

El impresionante edificio, hotel y casino, una tradición patagónica, fue reconstruido por Parques Nacionales después de un incendio destructor más de cincuenta años atrás. Ahora, desde el golpe militar estaba cerrado, y probablemente deteriorándose por la falta de uso, pero la magnífica fachada de piedra y troncos, de varios pisos de altura, era un sitio favorito de los turistas para tomar fotografías. Más allá, las masivas rocas de los Cerros López y Capilla, con sus picos cubiertos de nieve fresca se elevaban imponentes hacia el limpio azul del cielo.

Susana dijo con un suspiro de admiración:

–Ese cerro sí que parece un volcán al que se le ha volado la mitad hace muchísimo tiempo.

Alicia rió.

–Creo que tenés razón, nunca lo pensé, pero eso debe haber pasado. Parece un anfiteatro gigante.

–Estoy tan contenta de haberme decidido a venir. Esto es tan hermoso. Si pudiera tener una choza de ermitaño en la punta de un cerro, y pudiera sobrevivir sola, me vendría aquí.

–No, no te vendrías. En verano estarías bien, pero en invierno te tomarías el primer ómnibus de vuelta a la Capital. Los inviernos en esta Patagonia pueden matar el entusiasmo de cualquiera si no tenés las comodidades suficientes. Nosotras somos del asfalto, de la luz eléctrica y el agua caliente en las cañerías. Y menos vos, que te gusta tanto el centro de Buenos Aires, con el gentío que hay. A lo mejor podrías sobrevivir en Bariloche, pero no en una cabaña en el cerro.

–Creo que tenés razón –suspiró Susana. Hizo una pausa y agregó nostálgica–: Vos sabés, este es el mejor domingo que he pasado en un largo, largo tiempo. Gracias por insistir en que venga.

Alicia no respondió, pero el comentario de su amiga la

llenó de felicidad.

El auto de Sergio ya estaba preparado, con el motor en marcha. Luis y Mary habían llegado a despedir a Susana y después de un café y de una corta charla de amigos, se marcharon a su trabajo. Susana los abrazó y acompañó hasta la calle donde estaba estacionado el Fiat 600.

–Alicia, vengan esta noche a casa para el café, los esperamos.

–Bueno, después de cenar nos damos una vuelta – respondió Alicia, ayudando a acarrear el equipaje de Susana. Pablo ya estaba en su sillita, listo para el paseo. Susana abrazó a Sergio y entró en el auto.

–Gracias por prestarme el bolso, no me di cuenta de que había comprado tantas cosas.

–Te llevás chocolate y mermeladas de frutas para toda la familia –rió Alicia.

–Si lo necesitás pronto te lo puedo mandar por correo apenas llego.

–No te preocupes, yo lo traigo cuando vaya para Buenos Aires. Como te dije, pronto tendremos que ir al bautismo de la nena de Carla. Me lo das ahí.

El viaje hasta la estación de ómnibus resultó más corto que de costumbre y llegaron al centro más rápido de lo que ellas hubieran deseado. El ómnibus de larga distancia ya estaba en su lugar de partida y varios pasajeros hacían fila para subir.

–¿A dónde voló el tiempo? –Dijo Alicia, mientras ayudaba a acarrear el bolso con una mano y sostenía a Pablo en brazos con la otra. Después de despachar el equipaje se sentaron un rato en la sala de espera, hasta que anunciaron la partida. En silencio caminaron hacia la línea de pasajeros en la vereda. El inmenso baúl del ómnibus finalmente fue cerrado y el chofer abrió la puerta para que los pasajeros ascendieran.

–No dejes pasar mucho tiempo sin escribirme o llamarme, por favor. Alicia tenía lágrimas en los ojos.

–Claro que no, pero no llores. No quiero que llores. Hemos pasado unos días hermosos, gracias por este fin de semana. Lo necesitaba en serio, vos tenías razón, como siempre–. La voz de Susana se quebró.

Se abrazaron fuertemente, apretando a Pablo, quien estaba en brazos de Alicia y emitió un quejido de fastidio.

–Vamos a tener otro lindo fin de semana cuando nosotros vayamos a Buenos Aires. Va a ser mejor, vamos a encontrarnos con todos para cenar.

Susana besó a Pablo en la mejilla, haciéndole reír.

–Chau, muñeco, sos una maravilla, da gusto estar cerca tuyo. Y vos estás haciendo un buen trabajo de mamá –dijo dirigiéndose a Alicia–. Tenés un hijo hermoso.

Sin agregar nada más, dio vueltas y subió al ómnibus rápidamente. Alicia se quedó parada en la vereda, tratando de ver a dónde se sentaba. Decepcionada, notó que estaba en el asiento del pasillo. Le tiró un beso al aire y Susana sonrió. Una mujer de mediana edad estaba sentada a la ventanilla y también le devolvió la sonrisa. El ómnibus estaba listo para partir, pero no cerraban la puerta. Hubo un cambio de palabras entre el chofer, la joven azafata y un oficinista que había salido del edificio. Alicia no podía captar qué se decían. La mujer sentada al lado de Susana sacó la cabeza por la ventanilla y le dijo al hombre que la estaba despidiendo, parado al lado de Alicia:

–Parece que están esperando a alguien que llega tarde.

Después de dos o tres minutos, un auto se apartó del tráfico de la calle y con una rápida maniobra se paró frente al ómnibus. Un hombre salió del auto, abrió la puerta de atrás y sacó una valija pequeña. Cerró la puerta y se inclinó a hablar brevemente con el chofer, quien enseguida adelantó el auto unos treinta metros, dejando espacio para que el ómnibus pudiera maniobrar. Con paso firme, el hombre se acercó y después de entregar su boleto, subió. Las puertas automáticas se cerraron detrás de él con un suave resoplido y el vehículo se puso en marcha, despacio, entrando en el carril de tráfico, para doblar en la esquina siguiente.

Alicia se quedó parada, mirando hacia donde había desaparecido y cambió a Pablo de brazo, notando por primera vez el peso del niño. Lentamente, caminó hacia la esquina y sus ojos tropezaron con el auto en que vino el tardío pasajero. Miró hacia el chofer, y su corazón dio un vuelco; apretó a Pablo porque sintió que se le aflojaban las rodillas. Sólo podía ver al hombre desde atrás, pero creyó reconocer la figura, el corte de pelo. Cuando ella estaba a unos metros, el vehículo se puso en marcha y rápidamente se integró al tráfico, sin darle tiempo a ver más claramente los rasgos del hombre, que se parecía mucho de atrás al del Falcon verde.

Alicia no estaba segura, y el corazón le galopaba en el pecho. Si era él, ¿qué estaba haciendo allí? ¿Quién era el tipo que hizo esperar al ómnibus? Entonces comprendió que estaba viendo a este hombre en todos lados. Era muy improbable que se materializara así, de golpe, alrededor de ella. Se trataba de un error y habría una explicación racional. Siguió caminando, enojada consigo misma, porque comprendía que esto se había convertido en una obsesión, al punto de jugarle trucos como éste. Besó la mejilla de Pablo y apresuró el paso hacia su auto.

VI

–Estoy tan feliz porque Susana pudo venir. Creo que también ella lo disfrutó –dijo Alicia con una sonrisa satisfecha.

–Sí, fueron pocos días pero todo salió bien –asintió Sergio, levantando los ojos de la página del diario. Las tostadas saltaron y Alicia las puso en un plato sobre la mesa, junto al café que ya estaba preparado.

–Charlamos mucho, ella y yo. Una pena que no vivimos más cerca.

Él se sirvió el café y se sentaron a la mesa.

–El ómnibus debe estar a mitad de camino ya –dijo Alicia–. Cruzando La Pampa. Es un camino tan monótono y largo.

–Largo y pesado.

–Pero es más barato que el avión. Hablando de eso, ¿No deberíamos comprar los pasajes para ir al bautismo de Verónica? Si es que podemos, claro. ¿Vos pensás que nos va a alcanzar la plata?

–Si querés que te diga la verdad, no, no creo que podamos. No hay noticias de Huemul todavía. No creo que me paguen el trabajo pronto. Ni qué decir del nuevo proyecto. No se sabe nada, si va a salir o no.

Después de unos minutos de silencio en los que Sergio volvió a su lectura, Alicia lo interrumpió nuevamente:

–Sergio, ayer, cuando Susana se fue, pasó algo raro. No sé si me estoy imaginando cosas, pero podría jurar que vi otra vez al tipo del Falcon verde. Sergio se quedó en silencio por un rato después de que ella terminó de contarle lo que creía que había visto.

–Pero no estás segura.

–No.

–Entonces es posible que no fuera él. No te olvides que estás nerviosa por todo lo que ha estado pasando.

–Bueno, por eso no te dije nada anoche. Quiero creer que estoy equivocada.

Él sonrió, tranquilizador:

–Yo creo que te equivocaste. Todo va estar bien, no te preocupes.

–Ojalá tengas razón.

–Yo siempre tengo razón –bromeó él, esperando la acostumbrada respuesta de ella.

–Lo peor es que vos te lo creés en serio –dijo, y ambos rieron.

Alicia sabía que posiblemente ella no se equivocaba, pero ninguno de los dos tenía la menor idea de qué hacer con esas sospechas, o qué esperar si eran ciertas.

Antes de salir a trabajar él la besó en la boca, con un beso más largo que de costumbre. Ella se apretó a él, y quedaron abrazados por un rato, tratando de desprenderse de los temores y de los opresivos pensamientos que habían revoloteado alrededor de ellos desde el día en que se les cruzó Falcon verde.

Alicia se concentró en su trabajo, mientras Pablo dormía. Las quietas horas de la mañana eran las más productivas. A las nueve en punto, el timbre de la puerta le anunció que Jacinta había llegado. El rostro curtido y tostado por el sol de la joven mapuche era impasible, como de costumbre. Miró discretamente a Alicia e intercambiaron pocas palabras. Alta y robusta, de unos veinte años, Jacinta tenía la nariz recta y los rasgos angulares que le recordaban a Alicia las viejas fotos de los nativos de América del Norte. Ella estaba casi segura de que esta mujer tenía sangre Ranquel en sus venas. Siempre lo habían intrigado esos nómades indígenas de la Patagonia, jinetes excepcionales que en el mil ochocientos fueron muertos en batallas con las fuerzas de Buenos Aires, o bien desalojados de las fértiles tierras de La Pampa. Sus descendientes llegaron hasta la cordillera de los Andes, donde las tribus Mapuche habitaban ambas laderas, la argentina y la chilena. Aunque la Campaña del Desierto, versión local de la Conquista del Oeste norteamericana, merecía una revisión histórica urgente, ella sabía que ese tema tendría que esperar.

Jacinta era parca en palabras y eficiente en su trabajo. Había tomado la mano de las tareas de la casa rápidamente. Para Alicia, que venía de frustrantes experiencias con jovencitas que no prestaban atención y terminaban haciendo desastres domésticos, Jacinta resultaba un soplo de aire fresco y una preocupación menos cuando tenía una entrega urgente y el tiempo era escaso. Para demostrar su aprecio por la labor que hacía, ella le pagaba un salario por hora un poco más alto de lo que era corriente en la ciudad.

La mayoría de las empleadas domésticas de la zona eran mapuches. Alicia tenía la impresión de que los indios de pura sangre y sus descendientes mezclados que vivían en la zona no aparentaban reconocer su herencia cultural, si es que habían tenido oportunidad de aprenderla. Pocos hablaban *la lengua,* como ellos llamaban al idioma Mapuche. La mayoría de las familias vivían dispersas en la ciudad y el campo, y, desde la perspectiva de Alicia y otros recién llegados, era difícil verlos como un grupo. Su música era un monótono batir, una percusión que no resultaba interesante a los oídos de la cultura actual, y no había sido integrada al folklore del resto de la Argentina, como otros sonidos indígenas del noroeste.

Alicia sentía curiosidad por la ascendencia de Jacinta. Leyó todo lo que cayó en sus manos sobre las tradiciones indígenas de la zona y hasta compró un diccionario Mapuche–Español que se había publicado hacía poco, para saber el significado de los nombres de los lugares y calles.

—No entiendo por qué Jacinta no está furiosa por que hayan llevado a su hermano al frente de batalla —le había comentado a Sergio en una oportunidad, hablando de la guerra de las Malvinas.

—¿Y por qué se iba a enojar? Estaba en el servicio militar. No te olvides que mucha gente, la mayoría, está conforme con recuperar las islas.

—Cierto, pero el gobierno está usando a los indígenas. Mataron a un montón en la conquista de sus tierras y ahora ellos les piden que mueran en una guerra salida de la nada.

—Son dos cosas distintas. Su hermano nació aquí, así que es argentino primero y después puede que se sienta indígena. Si él es un buen ciudadano, va a cumplir con lo que le pidan para defender a la patria.

–Hmm... Visto así, puede ser –había respondido ella, no muy convencida.

–El muchacho puede desconfiar de las razones de la guerra, o por qué aniquilaron a su gente hace mucho, pero son cosas distintas. Para esto de la guerra, nos ponen a todos en la misma bolsa, indios o no indios. Te mandan y tenés que ir. Para eso está el servicio militar. Si no va, lo buscan por desertor.

–Qué triste situación.

–Alicia, la gente no cuestiona estas cosas porque les dicen que la seguridad del país está en juego. La gente tiene miedo, y el hombre común no tiene muchos cuestionamientos. Además, ¿quién quiere parecer anti-patria, con toda esta propaganda?

–Totalmente cierto –admitió ella.

–Habrán perdido parte de la identidad indígena, pero en cierto sentido, ahora somos todos argentinos, nos cachetean a todos por igual, sufrimos problemas económicos por igual. Es mejor que ser identificado y enviado a vivir en una reservación o un gueto, como alguna gente de otros países.

Alicia asintió; estaba orgullosa de la integración étnica del país. Ella adjudicaba la mezcla de culturas y gentes a la presencia de los conquistadores españoles y estaba segura de que era una consecuencia directa de los casamientos interraciales que España había fomentado para consolidar la colonia. Y le irritaba cuando la gente culpaba de todos los males a la herencia hispánica del país, que ella valorizaba tanto, a pesar de sus aspectos negativos, que no eran pocos.

Un golpe en el lavadero interrumpió sus pensamientos, y lentamente se encaminó hacia donde estaba Jacinta, trabajando:

–¿Alguna noticia de Alcides? –La muchacha volvió la cabeza y dijo no con un gesto. Alicia notó su semblante demacrado y pensó que esa era respuesta suficiente.

–No, señora, nada todavía –murmuró.

–Es cuestión de tiempo, estoy segura de que van a recibir noticias pronto–, suspiró Alicia. No creía en sus propias palabras pero se sintió obligada a decir algo amable. Era una situación miserable para todos–. Va a volver pronto, ya vas a ver.

Cuando Alicia llegó a la redacción, Carlos Álvarez había dado por terminada la reunión semanal y el personal estaba saliendo de la pequeña salita.

–Alicia, tenés una entrevista con los directivos de la Cámara de Comercio –dijo él saludándola–. También quisiera que me escribas algo lindo y atractivo para las boutiques de la galería Patio Jardín. Están comprando una serie de avisos importantes para todo el mes y quiero que agregues fotos, muchas fotos. Vos sabés cómo hacerlo bien.

Otro *chivo* comercial, pensó Alicia, una publicidad sin identificación como tal. Ella ponía buena voluntad cuando le tocaba escribir este tipo de notas que se destacaban por el tono optimista, colorido, a doble página central, saturado de avisos y con un pequeño espacio para apretar algo de texto.

Suspiró, resignada. Bien podían correr rumores por todos lados acerca del mal manejo de la desdichada aventura en las Malvinas, pero no en esta redacción.

Revisó ansiosa su escritorio pero no encontró mensajes de Susana, quien había prometido llamar apenas llegara.

–Carlos, ¿ninguna llamada de larga distancia para mí hoy? –se sintió impulsada a preguntar, sabiendo la respuesta. Más tarde marcó el número del departamento de su amiga varias veces, pero el rápido sonido de línea ocupada la inquietó. Parecía fuera de servicio. Intentó nuevamente a la tarde, con el mismo resultado. Para calmar los nervios, se reprochó la creciente paranoia que la estaba dominando y eso la serenó un poco. Por otra parte, las fechas de entrega de sus proyectos se aproximaban y ella tenía muchas páginas para llenar y poco tiempo. Los editores en Buenos Aires no tenían paciencia cuando las hojas pautadas para corrección llegaban tarde a la oficina central.

Un par de horas después, necesitando hablar con alguien, llamó a Mary a su trabajo.

–¿Estás muy ocupada? ¿Te puedo robar unos minutos?

–Seguro. ¿Qué tenés en mente?

–He tratado de hablar con Susana, pero el teléfono me

da ocupado todo el tiempo. No me ha llamado como prometió. Estoy un poco preocupada.

–¿Llamaste a su mamá?

–Sí, pero no contesta nadie.

–¿Querés que nos juntemos a tomar un cafecito? Ya salgo en un rato.

–Me parece una buena idea.

–Te veo a las cinco y media. ¿Está bien?

Alicia valoraba la amistad de Mary y el hecho de que estaba siempre dispuesta a charlar con ella. Era una leal y buena amiga, en la que podía confiar. Mary llegó puntualmente y se sentaron en una mesa del pequeño y acogedor negocio vecino a la redacción que olía a café recién hecho, a chocolate y a facturas frescas. Se asemejaba a una prolija cocina de campo con manteles cuadrillé, pocas mesas y un mostrador pequeño. Se sentaron en un rincón.

–Estoy segura de que Susana está saturada de trabajo –comenzó Mary–. No sé por qué estás tan preocupada. Ella no llama tan seguido, ¿no? Debe estar en alguna entrega urgente después del fin de semana afuera.

–No. Esta vez me prometió llamar, y no estoy segura de que todo esté bien... es una historia larga –hizo una breve pausa, y se apresuró a agregar–: No me hagas caso, soy una obsesiva, eso es lo que pasa.

–Dejate de macanas, no sos obsesiva. Y Susana te va a llamar pronto, vas a ver.

–Ojalá tengas razón. Me pongo un poco nerviosa cuando pienso en las bolas que corren. Vos sabés, con tantos periodistas que andan en problemas y que desaparecen.

Los pensamientos de Alicia giraban alrededor del hombre del Falcon verde, pero no estaba dispuesta a hablarlo con Mary todavía.

–No te preocupes. Seguro que te va a llamar pronto.

Su amiga sonaba exactamente como Alicia el día anterior, tratando de tranquilizar a Jacinta ante la falta de noticias de Alcides.

–Tenés razón–. Y después de una pausa–: Me doy mucha *máquina*. Voy a llamar otra vez a Sonia, a ver qué dice.

–Buena idea–. Mary dio unos golpecitos afectuosos

sobre la mano de Alicia–. Dejame saber qué averiguaste.

–Seguro. Gracias por estar siempre ahí cuando necesito un paño de lágrimas.

Después de la entrevista con los representantes de la Cámara de Comercio, Alicia regresó a la redacción, para intentar una vez más la llamada. La línea seguía con el desesperante sonido y ella llamó al operador.

–Las líneas están mal, por la terrible tormenta que hemos tenido la semana pasada –dijo la anónima voz de hombre.

Tampoco Sonia contestaba su teléfono, aunque el sonido era el normal de línea ocupada. Alicia calculó que su amiga debería estar en Buenos Aires desde el día anterior. La mera idea de que podía estar en peligro le aflojaba las rodillas. Tratando de calmar los nervios, se dijo una y otra vez que no sabía nada seguro, que eran simple ataques de pánico que tendría que aprender a controlar y lo mejor era volver a su trabajo. También eso es lo que Sergio le diría.

El lunes Alicia ya estaba seriamente asustada. ¿Qué podía estar haciendo su amiga que no tenía un minuto para llamarla o mandar un mensaje, sabiendo que su teléfono sonaba fuera de servicio? Todavía no había logrado hablar con Sonia. Intentó llamar a amigos con los que no se comunicaba desde hacía tiempo. Llamó en primer lugar a Viviana Ramírez, quien trabajaba como analista financiera en una compañía multinacional y había visitado Bariloche últimamente con su novio. Ella contestó su línea directa y después de un amable intercambio de novedades, Alicia reunió el valor para preguntarle, en el tono más ligero posible:

–Susana estuvo visitándonos hace poco. ¿Te comentó algo?

–Me llamó antes de salir de viaje para allá. Habíamos quedado en juntarnos para almorzar esa misma semana y ella canceló porque decidió comprar un boleto de ómnibus para Bariloche.

–Sí, anduvo por acá un fin de semana y lo pasamos muy lindo. ¿Te llamó después de volver? –Alicia trató de sonar natural.

–No. No hablé con ella. ¿La llamaste al departamento?

–El teléfono parece estar fuera de servicio.

–Como siempre, las líneas están siempre cortadas aquí. Si me llama le digo que la estás buscando. Seguro que voy a hablar con ella, porque quedamos en vernos apenas vuelva.

–Gracias, Viviana –dijo Alicia y agregó–, recién encontré una carpeta que se olvidó en casa, y quiero saber si tengo que mandársela por correo expreso. Anotá mi número de teléfono, por las dudas, y llamame cargo revertido–, pudo decir con un tono neutral bastante convincente.

–Seguro, no te preocupes. Apenas sepa algo.

La llamada a otro par amigos tampoco le aportó nada. Nadie parecía haber hablado con Susana después del viaje. Ambos prometieron pedirle a Susana que la llame, o avisarle a Alicia que habían hablado con ella.

Esa noche sacó el tema con Sergio. Como era habitual, si él tuvo sospechas o temor no lo dijo directamente.

–Y, sí, es raro. Pero también puede ser que esté muy atareada con algún trabajo apurado y no haya tenido tiempo de llamarte. O viajó a otro lado y no le resulta fácil comunicarse. Han pasado semanas que ella no daba señales de vida. ¿Por qué ahora va a ser distinto?

–Porque esta vez me prometió expresamente que iba a llamar –dijo ella, impaciente–. Y el teléfono de Sonia llama y llama y nadie atiende... es raro que no esté en la casa, o que lo deje sonar así.

Al día siguiente apenas llegó a la redacción intentó el número de los Machevsky. Finalmente pudo discar el número completo y la llamada entró. Sonia respondió al primer timbre, para sorpresa de Alicia, y con una voz afónica y baja.

–Hola, querida. ¿Cómo estás? Perdoname, pero no te puedo atender ahora, estoy muy ocupada, tengo mucho que hacer en casa, no tengo tiempo para charlar–, y agregó, como apurada por cortar–, te llamo uno de estos días. Adiós, querida.

Sonia cortó la comunicación y Alicia se quedó petrificada sin atinar a colgar el teléfono. No le dio siquiera tiempo para responder. Lo había hecho ostensiblemente y viniendo de una mujer calma y estable como ella resultaba muy inusual. Había dicho que estaba ocupada con quehaceres domésticos. Qué extraño. Siempre estaba atareada en su casa. ¿Por qué no iba a querer hablar con ella, si la quería casi como una hija? Era una excusa poco creíble. Alicia sentía que algo malo estaba sucediendo y ahora tenía la confirmación.

Incapaz de reaccionar, se quedó por un rato largo sentada frente al escritorio, con la mano todavía apoyada sobre el teléfono que terminaba de colgar. Repasó en su mente la corta conversación. Sonia no era de actuar así. ¿Habría alguien con ella? Parecía amedrentada. Dijo que la iba a llamar, pero Alicia dudaba de que tuviera el número de la redacción. Los mensajes entre ellas siempre pasaban a través de Susana.

Alicia sintió pánico. La ansiedad acerca de la suerte de Susana se acrecentó. Algo estaba sucediendo. Sonia había dicho que la iba a llamar. ¿Cuándo? Alzó el teléfono otra vez y llamó a Sergio. Había salido por un rato. Dejó un mensaje para que la llamara. Tuvo que vencer la urgencia de salir corriendo de la redacción y abandonar la agenda del día, porque tenía una entrevista y después una reunión a la que no podía faltar.

¿Qué hacer ahora? Necesitaba intercambiar ideas con Sergio. Se sentía tan confundida y aterrada que no podía pensar claramente. Llegó la hora de ir a la entrevista con la Asociación de Pequeños Comerciantes y Sergio no había llamado todavía.

Sentada en una salita anónima con un grupo de representantes, leyendo las preguntas de fórmula que preparó de antemano sobre la próxima temporada de turismo, le resultaba difícil concentrarse en las respuestas. Mientras el grabador registraba la entrevista, ella repasaba mentalmente una y otra vez la conversación con Sonia, y su angustia crecía más y más.

Para calmarse trató de volver su atención a lo que se estaba hablando. Debía poner más interés en este tema, personalmente todos estaban involucrados en el éxito o fracaso de la temporada turística. Si Sergio no cobraba los trabajos que le debían de pequeños proyectos privados, con el magro salario que ella recibía del diario no iban a poder pagar las cuentas a fin de mes. El programa de los domingos era *ad–honorem,* y los avisos de los auspiciantes apenas pagaban el espacio radial.

Al salir, por fin, se encaminó directamente hacia Melipal. Durante la cena se desahogó con Sergio, repasando una y otra vez la extraña conversación telefónica. Él admitió que era muy extraño. Conocía a Sonia y la conducta de esta tarde resultaba inverosímil, a menos que existiera alguna razón de mucho peso.

Sergio puso a Pablo en la cama y mientras le leía su libro de cuentos, Alicia trató de concentrarse en el metódico proceso de relajación para calmar sus nervios. Sergio entró en la cocina y le puso su brazo cariñosamente alrededor de los hombros.

—¿Está asentado el café ya? —cuando le sonrió, asintiendo, él le pasó un cigarrillo que había encendido y ella aspiró el humo con fruición. Llevaron las tacitas al living.

—Cómo necesitaba esto. Gracias —y levantando el cigarrillo—: Vos sabés bien, esta porquería nos va a matar, tendríamos que dejarla. En serio.

Sergio aprobó con la cabeza. Habían dejado de fumar dos veces antes, pero siempre volvieron a encender ese primer cigarrillo, un año o dos después de haberlo dejado supuestamente para siempre. Y claro, ahí terminaron las buenas intenciones.

—La próxima vez va a ser la última. Si yo lo dejo otra vez, ahí si va a ser de veras —dijo él —, pero no voy a dejarlo por ahora. No estoy preparado todavía.

—A mí me pasa lo mismo.

—Voy a prender la tele para escuchar el noticiero —dijo Sergio poniéndose de pie. En ese momento sonaron dos golpecitos discretos en la puerta. Sergio abrió y saludó a alguien. Alicia se acercó a la ventana y cuando vio el auto de sus amigos en la entrada de la casa fue hacia la puerta, sorprendida.

Luis y Mary entraron con un gesto de preocupación inusual y luego de ponerse de acuerdo con una mirada, ella dijo:

—Alicia, no sé cómo decírtelo, porque parece tan traído de los pelos... Luis recibió una llamada para vos esta tarde.

Miró hacia Luis–. Te traemos un mensaje de la mamá de Susana.

Luis se adelantó, también nervioso:

–Parece una cosa rara, pero me llamaron de larga distancia. La voz de un muchacho joven, preguntó por mí, y me pidió que escribiera un mensaje y te lo diera lo antes posible. Después cortó. Aquí está –y le extendió media hoja de papel doblada por la mitad. Alicia la recibió con ansiedad y leyó en la clara letra de imprenta de Luis:

Susy ha desaparecido desde el día que volvió de Bariloche. No sabemos nada de ella. El teléfono ha sido desconectado. Tampoco llames a casa. Llamá a este número y preguntá por mi prima Sara. Dejá tus mensajes con ella. Sonia.

Para cuando Alicia llegó a la última de las prolijas líneas las letras comenzaron a desenfocarse. Al pie de la nota había un número de teléfono de Buenos Aires. El mensaje era de Sonia, no cabía dudas. Era la única persona en el mundo que llamaba Susy a su amiga. Era un apodo íntimo entre ellas. Y no era un malentendido. Esta pesadilla estaba sucediendo.

Hizo un esfuerzo para sostener el papel en su mano que temblaba. Miró a Sergio a los ojos y le pasó la nota en silencio, volviéndose hacia sus amigos, que no decían palabra. Después se sentó en una silla, tratando de organizar sus pensamientos. Los demás se sentaron alrededor de la mesa y Alicia levantó el paquete de Marlboro Suaves, sacó un cigarrillo y lo encendió, aspirando profundamente el calmante y familiar humo, sin notar que otro cigarrillo había quedado olvidado, a medio fumar, en un cenicero cercano. Sus amigos permanecían en silencio mientras Sergio terminaba de leer la nota y se volvía hacia ellos con ojos interrogantes.

–Esto explica la llamada –dijo Alicia mirándolo.

–¿Qué llamada? –preguntó Mary. Alicia le detalló la extraña conducta de Sonia y mientras hablaba reparó en que su amiga tenía lágrimas en los ojos.

Sergio sirvió el café lentamente, como si necesitara hacer algo, mientras se turnaba con Alicia poniendo al tanto a sus amigos.

–Nosotros nunca la conocimos a esta señora

personalmente –dijo Mary–. ¿Cómo consiguió el número de la oficina de Luis?

–Yo le supe dar el número hace muchísimo tiempo a Susana, por las dudas algún día no se pudiera comunicar conmigo en la redacción, o con Sergio. Ella se lo debe haber pasado, también por las dudas.

Alicia estaba devastada pero los pensamientos se atropellaban en su mente y saltaba de una posibilidad a la otra. Mary y Luis estuvieron hasta tarde acompañándolos, y la conversación giró alrededor del tema, tratando de mantener la calma pero nadie dijo en voz alta lo que todos pensaban: Susana bien podía estar en grave peligro, sufriendo tortura o incluso estar muerta. Sergio puso parte del pensamiento general en palabras:

–Tengamos mucho cuidado de ahora en adelante. Es nuestra amiga y la han secuestrado, la gente que ella conoce también está en peligro. Mantengamos los ojos bien abiertos.

–Si nosotros no hemos hecho nada. Y ella tampoco, estoy segura–, dijo Alicia, angustiada–. Dios mío, ¿qué hacemos ahora?

–No creo que podamos hacer nada –dijo Mary.

Alicia sintió vergüenza por tener miedo, por pensar en ella y en el riesgo que podía correr su familia, cuando su amiga estaba en peligro. Se sintió desesperada. No había forma de confrontar lo que sucedía. ¿A quién iban a acudir? Era un peligro sin rostro, sin identidad que podía arrancarlos de golpe de su vida cotidiana. ¿Cómo oponerse? Barajó mentalmente varias ideas locas, irresponsables, ninguna con real posibilidad de éxito, mientras daban vuelta al tema. Era evidente que ellos estaban quedándose hasta tarde a hacerles compañía, solidarios en su angustia. Todos sabían que era poco lo que podían hacer para ayudar a Susana.

Alicia tenía miles de preguntas sin respuesta en su cabeza. Sin poder dormir, repasaba una y otra vez las líneas del mensaje de Sonia, mirando a la luz que se colaba por las cortinas de madera de las ventanas y se reflejaba en el cielorraso. Decidió que tenía que hacer algo, y rápido. Era más que una intención, era una urgencia que nacía de la insoportable angustia que le oprimía la boca del estómago con un nudo que la ahogaba. Una sensación que había empezado esa tarde y estaba creciendo dentro de ella. Casi sofocada, se incorporó en la cama con la terrible certeza de que Susana estaba sola donde quiera que la hubieran llevado, y que si ella no hacía algo, estaría perdida. Sentada tratando de respirar hondo para calmarse, decidió que tenía que actuar.

—Yo te prometo, Susana, que donde sea que estés, te voy a encontrar, voy a buscarte y yo sé que te voy a encontrar... —el nudo de su estómago se deshizo en lágrimas que brotaban sin parar, como una vertiente, y sollozó por un rato, volviendo la cabeza a la almohada.

Sergio se movió en la cama y abrió los ojos. Cuando notó que ella lloraba, extendió un brazo y le rodeó los hombros, atrayéndola hacia sí. Permanecieron abrazados largo rato, en silencio, y cuando él sintió que ella se había calmado, volvió a dormir. Alicia besó con ternura el fuerte y sólido brazo que la rodeaba, y cerró los ojos.

Sabía exactamente lo que iba a hacer, y rezó con fervor por el éxito de la misión en la que estaba por embarcarse.

VII

A partir de esa noche, Alicia comenzó a despertarse sobresaltada una y otra vez, incapaz de conciliar el sueño por largo rato. El pensamiento de Susana maltratada por desconocidos, la posibilidad de que estuviese sufriendo un castigo físico, de que la torturaran, hacía que se despertara de pronto, lúcida, como si llevara horas durmiendo, e incapaz de permanecer en la cama, caminaba un rato, tiritando de frío, por la casa. Una especie de opresión dolorosa se había instalado desde aquella noche en su pecho, y aunque se esforzaba por volver calladamente a la cama, sentía náuseas, y conciliaba un sopor liviano, sin sueños, del que despertaba, alarmada, un par de horas después.

—Te escuché varias veces anoche. ¿Cómo te sentís hoy? —preguntó Sergio al día siguiente, sorprendido porque ella se había levantado de la cama antes que él. Era evidente que quería ayudarla pero no sabía qué hacer, y ella, en su dolor, agradeció el silencioso apoyo.

Esa mañana llegó a la redacción más temprano que nunca, desesperada por saber detalles a través de la prima de Sonia. El maquillaje cuidadoso y un poco cargado que llevaba no disimulaba del todo los ojos hinchados, de manera que inventó una vaga historia de una discusión conyugal y un fuerte dolor de cabeza que sonaron bastante convincentes. Carlos Álvarez asintió, comprensivo, cuando ella le dijo con aire de urgencia:

—Necesito hacer una llamada personal a Buenos Aires. ¿Puedo usar la salita de conferencias?

—Pero claro —respondió, sin duda ligando la supuesta pelea conyugal con la llamada.

Alicia discó el número de Sara, escrito en el ahora

arrugado pedazo de papel. Tenía una lista de preguntas que había anotado para no olvidar. El teléfono sonó dos veces y una voz de mujer atendió.

—Estaba esperando su llamada —dijo la otra con cautela. El tono no era muy amistoso. Alicia pensó que bien podía tener miedo por lo que había sucedido y si era así no iba a querer comprometerse hablando mucho.

—Tengo un par de preguntas —aventuró Alicia y la otra no respondió—. ¿Qué pasó con Susana?

La mujer fue más directa de lo esperado—: Un grupo de tipos entraron al departamento, se quedaron ahí y la esperaron. Cuando llegó de la casa de Sonia, se la llevaron. Los vecinos vieron algo, pero los tipos iban muy armados y empujaron a los vecinos adentro de sus departamentos. Rompieron y robaron un montón de cosas. Se llevaron todo lo de valor. El departamento es un desastre, dice Sonia.

La mujer terminó su narración con lo que a Alicia le pareció un sollozo. Ambas permanecieron en silencio por un rato.

—¿Eso pasó el mismo día que volvió de Bariloche?

—Sí, la misma noche. Cuando llegó de Bariloche tomó un taxi desde la estación de ómnibus hasta acá. Más tarde salió para la casa de Sonia, y cuando volvió, los tipos estaban ahí. El portero le dio los detalles a mi pobre prima.

—¿Saben a dónde se la llevaron? —dijo Alicia en un sollozo. La voz se negaba a salir, y sentía dificultad al respirar.

—No, no sabemos nada. Sonia y Roberto están buscándola por todas las oficinas públicas. Ella está desesperada.

—Por favor, dígale que yo la voy a volver a llamar. Gracias, Sara, por darme estos detalles.

—Te digo que voy a tener cuidado, te lo prometo. La voz de Alicia era firme—. Nadie va a saber que estoy buscándola.

Sergio permaneció en silencio. Fingía estar ocupado, buscando algo dentro de la heladera. Alicia se sintió alentada a seguir:

—El bautismo en la casa de Carla es el pretexto perfecto, ¿no te das cuenta?

–No sabés ni siquiera qué diablos está pasando por allá –dijo él, con fastidio en la voz, como si le hubiera explicado varias veces el tema y ella no entendiera–. ¿Cómo puede ser que te decidas a ir así nomás, al voleo, sin siquiera saber a dónde? ¿Puedo preguntarte dónde miércoles vas a empezar a buscarla?

Sin tomar nada de la heladera, Sergio cerró la puerta y se volvió hacia ella. Alicia vaciló, había sincero disgusto en sus ojos, pocas veces lo había visto así, tan enojado con ella.

–No me grites –atinó a decir, tratando de ocultar los nervios que le producía su reacción.

–No estoy gritando –dijo él, bajando la voz.

El desayuno servido ya estaba casi frío mientras los dos se miraban a través de la pequeña mesa de la cocina como contrincantes listos para la lucha. Ninguno hizo intento de tocar las tostadas que se apilaban en un plato junto a un bol con la mermelada de moras silvestres que Alicia había hecho al final del verano. La discusión había comenzado antes de sentarse a la mesa y estuvieron peleando, cada cual en su firme posición, por más de media hora. Sergio se mostró inusualmente disgustado, y ella, aunque sorprendida por su resistencia, no estaba dispuesta a ceder en su plan. No con este tema.

–Alicia, por favor. ¡No seas inocente! –Dijo él, y buscando algo para hacer, abrió nuevamente la heladera–. No puedo creer que me estés diciendo esas cosas. Sabés bien que te pueden seguir si quieren. Van a estar buscando a la gente que está relacionada con Susana–. Sirvió agua en un vaso y bebió la mitad. Con un gesto de la cabeza le ofreció el vaso a Alicia quien no pudo evitar una sonrisa involuntaria. Incluso ahora, a pesar de la furia que sentía con ella, no podía dejar de ser atento y considerado.

–Gracias –le dijo, y bebió un trago, dándose cuenta de que tenía la boca seca después de la amarga discusión que habían tenido. El agua le dio energías–: Entiendo tu punto, pero vos te olvidás de que Susana estuvo aquí de vacaciones, en un área turística, un parque nacional que todos visitan, y no hay nada de malo en que haya estado con nosotros. Te digo desde ya, ella no hizo nada malo, ni aquí, ni en Buenos Aires. Vos sabés eso. Sabés que la deben haber llevado por ese hijo de su madre que salía con ella hace mucho. Estoy segura. ¡Yo tenía tanta razón al tenerle desconfianza!

Sergio no respondió. Ella prosiguió:

—Esto va a ser un viaje a Buenos Aires como tantos otros, hemos ido muchas veces y ahora está el bautismo. Esta es una buena razón para ir. Voy a tener cuidado, te prometo.

—Esto es un capricho. La verdad, yo no quiero que vayas.

—¿Vos no querés? ¿Vos no querés? ¿Y desde cuándo yo sigo tus órdenes, o vos seguís las mías? Esto es demasiado importante para mí. Voy a comprar el boleto de ómnibus hoy mismo, así que ya sabés.

Él sacudió la cabeza, fastidiado.

—Es un secuestro y vos no sabés los detalles. La madre parece aterrorizada por lo que pasó y vos te vas a ir para allá, justo al lugar donde todo eso está pasando —hizo una breve pausa—: ¿Qué puedo decirte? —La voz era más alta, estaba casi gritando mientras buscaba las palabras adecuadas. Por fin agregó—: No te reconozco, sinceramente, vos nunca actuaste así, tan... irresponsable. ¡Estás chiflada!

—Calmate, che, y razoná un poco. Mi mejor amiga desapareció, se la llevó un escuadrón de la muerte. Es la hermana que no tengo. Si yo tuviera una hermana haría cualquier, cualquier cosa por ayudarla. ¿Vos no?

—¡No-la-po-dés-a-yu-dar! ¿No te das cuenta? —casi gritó él, inclinándose hacia adelante y apoyando las manos sobre la mesa. Ella hizo un instintivo movimiento hacia atrás a pesar de lo lejos que estaban, pero se recuperó.

—No me grites. Bajá la voz. Pablo se va a despertar.

—Ah, ahora pensás en Pablo. Tenías que haber pensado en él cuando se te ocurrió este viaje.

Alicia lo miró con rencor, mientras sentía que las lágrimas resbalaban por su cara. No quería llorar, trató de parar el llanto, pero él había ido muy lejos. Sabía bien que la iba a herir en lo más profundo con esas palabras.

—¿Cómo me podés decir eso? Qué injusto sos—. La voz se le quebró en un sollozo—. Vos sabés bien cuánto me importa y cómo lo quiero. Nunca lo pondría en ningún peligro, y además, él va a estar con vos, seguro, aquí.

Tengo todo planeado, la camioneta de la guardería infantil lo va a recoger todas las mañanas, a la hora que quieras, y lo traen de vuelta a la tarde, si no podés ir vos.

Sergio, que estaba caminando ida y vuelta el corto espacio de la cocina, se paró y volviéndose hacia ella le dijo, despectivo:

—¿A quién le importa el transporte de la guardería? ¿Qué si te pasa algo a vos? Alicia, yo te quiero—, dijo, conmovido y buscando las palabras adecuadas—. Te quiero a vos y a lo que tenemos juntos, a lo que nos costó tanto sacrificio. ¡No quiero que te pase nada malo!

Ella comprendió que él había puesto en palabras lo que era el nudo de la resistencia a sus planes. Si ella hubiera estado en su lugar, habría hecho lo mismo. La ira que sentía se iba disolviendo en algo parecido a la culpa y no podía permitir que eso debilitara su resolución.

—Lo siento, Sergio —dijo suspirando y buscando una tregua, moviendo la silla hacia la mesa. El café estaba frío ya y distraída tomó una tostada, y levantando mermelada con el cuchillo comenzó a cubrir el pan. Él todavía estaba de pie, esperando una respuesta, tratando de recuperarse. Ella concluyó con voz más calma ahora—: Voy a ir, y esto es en serio.

Alzó los ojos hacia él, que estaba mirándola con un gesto que decía claramente algo así como *debés estar loca*.

—Tengo que ir. Quiero que lo entiendas claro: no podría vivir en paz el resto de mi vida si no trato de hacer lo más que pueda para ayudarla. Yo sé que es inocente, sé que no hizo nada grave como para merecer esto. Por favor, Sergio.

—Eso ni siquiera se discute aquí. En un mundo normal, si hubiera hecho algo malo la llevaban a un juicio y se veía qué pasaba. Acá no importa si hiciste algo malo o no. Da igual —dijo él, la cara roja por la furia. Alicia lo había visto así una sola vez antes, y se puso tensa, las piernas temblando bajo la mesa. Él continuó—: Estos tipos son unos criminales. Les importa un carajo la ley. ¿Cómo no lo entendés?

Alicia no supo qué contestar. Bajó la cabeza y fijó los ojos sin mirar en la tostada que tenía en la mano. Después de un rato levantó los ojos. Él movía la cabeza con un gesto que parecía casi una admisión de derrota y le dijo con voz calma:

–Por última vez, Alicia. Yo estoy seguro de que vas a terminar haciendo lo que se te dé la gana, pero yo no estoy de acuerdo y no voy a mover un sólo dedo para ayudarte con este disparate. Es increíble. Estás dispuesta a arriesgar todo. Sabés que ahora mismo te pueden estar vigilando–. Salió de la cocina y ella lo siguió, con la tostada todavía en la mano. Él agarró su llavero del portallaves en la pared–. Cuando ese tipo te amenazó en la calle estabas muerta de miedo, llorando. Ahora, de golpe, ¿sos Supermujer? Algo no funciona bien aquí; no sos más la misma que ha vivido conmigo todos estos años, te convertiste en una irresponsable.

Alicia estaba reclinada contra el marco de la puerta de la cocina, todavía en pijama y pantuflas, la tostada en la mano y mermelada en sus dedos. El corazón le latía fuerte y trataba de contener las lágrimas que pugnaban por salir otra vez.

–Tenés razón, pero nunca me pasó una cosa así antes. Nunca pensé que íbamos a vivir en este terror, con miedo a hablar, a quien se te acerca en la calle, con miedo de todo–. Hizo una pausa para respirar profundamente–. Sólo sé que tengo que ir, Sergio. Tengo que ver si puedo ayudarla, averiguar qué pasó. Alguien tiene que saber algo.

Él levantó la gruesa campera de *duvé* del perchero cercano a la puerta de entrada y se volvió hacia ella:

–Eso es completamente ridículo. La estupidez más grande que escuché en mi vida.

Ella lo miró de frente.

–Vos me conocés bien, yo no ando metiéndome en problemas, no soy ninguna estúpida que corre riesgos. Y voy a ir, ya lo he decidido –dijo con determinación.

Él abrió la puerta y un golpe de aire helado entró súbitamente. Afuera estaba soleado, seco y brillante, uno de esos días claros y frescos de invierno, con el intenso azul del cielo como marco y la nieve blanca y enceguecedora cubriéndolo todo. Sergio salió dando un portazo y Alicia sintió como si le hubiera dado un golpe en la cara. Pocas veces lo había visto tan furioso y sin embargo, se sentía incapaz de enojarse con él: ella, en su lugar, hubiera actuado así o peor. Él tenía sus razones, pero ella tenía un deber ineludible, que era más fuerte.

Se volvió hacia la cocina y puso la tostada entera todavía sobre el plato, se enjuagó la mano de mermelada y, con un movimiento mecánico, tomó una taza limpia del estante. Sirviéndose café aspiró el perfume familiar. Había mucho por hacer en los próximos días. Cosas pequeñas pero que debería terminar antes de sentarse en el ómnibus de larga distancia que la llevaría a Buenos Aires.

Su corazón latía agitado después del colérico intercambio de palabras y gritos, pero más allá de la frustración de no poder hacerle ver su punto de vista, ella sintió una especie de certeza, una seguridad interior de que sus motivos eran válidos y su razonamiento coherente.

Durante los últimos años viviendo en Bariloche resultó más fácil ignorar la realidad. Ahora había llamado a su puerta y ella tenía que mirarla cara a cara. Sintió que en su humilde, pequeña escala, necesitaba hacer algo, no darse por vencida. Su decisión de ir a Buenos Aires ahora era una especie de poderoso impulso que venía de adentro y no podría acallar. Y sentía que no estaba errada. Era lo que debía hacer y no sólo por Susana, sino por ella misma. Aunque las posibilidades de éxito fueran muy escasas.

Un quejido que venía del dormitorio de Pablo la sacó de sus pensamientos y se dedicó a atenderlo y a jugar con él. Cuando Jacinta llegó, Alicia le había dado el desayuno y él estaba entretenido en su corralito. La mujer, después de mimarlo un rato, se dirigió a sus tareas cotidianas. Alicia, todavía planeando los detalles del viaje no vio nada anormal hasta más tarde, cuando se cruzó con ella en el pasillo.

—Pero, ¿vos estás bien, Jacinta? Te veo muy pálida.

La muchacha sacó de su manga un arrugado pañuelito de algodón y se sonó la nariz discretamente. Estaba llorando y tenía los ojos hinchados y rojos. Se acercó insegura de qué era lo correcto hacer y atinó a poner una mano sobre el hombro de Jacinta.

—Disculpame, ni me di cuenta que estabas llorando. ¿Qué pasó?

—Mi hermanito está en el hospital, señora, no en las Malvinas, nos dijeron que lo llevaron a un hospital en

Trelew. Mi mamá está buscando cómo llamarlo, a ver si puede hablar con él. No sabemos si lo van a trasladar a otro lado.

—Ay, Jacinta, qué pena. ¿Cuándo se enteraron? ¿Está muy herido?

Jacinta sollozó con sentimiento un par de minutos. Alicia apretó su mano sobre el hombro.

—Le dijeron a mi mamá. Ya le cortaron una pierna y parece que va a perder la otra también. Una granada, dicen. Estuvo herido, pobre Alcides, tirado en el campo mucho tiempo, no lo habían visto, dicen. Mi mamá está como loca. No sabemos qué hacer. Nos prometieron darnos más detalles. Estuvo de prisionero de los ingleses y lo devolvieron junto con todos los heridos.

—No tendrías que haber venido a trabajar.

—No quiero estar en casa. Es un manicomio. Todo el mundo llora y estamos todos nerviosos.

Y agregó, mientras las lágrimas brotaban otra vez:

—Tengo mucho miedo, señora. No sé qué va a pasar.

En un impulso, Alicia colocó sus brazos alrededor de los hombros de Jacinta y ella se quedó quieta, petrificada por la acción inesperada, como avergonzada de sentir el abrazo de su empleadora.

Así, de cerca, olía a humo, como si hubiese estado en un camping, una mezcla familiar de comida y leños quemados que, por ninguna razón en especial, provocó en Alicia una oleada de compasión por la muchacha. Probablemente la cocina de campo que tenían en la casa, sin un buen sistema de ventilación, humeaba, una cosa muy común en las humildes y precarias viviendas de la zona.

El nudo que apretaba la garganta de Alicia se disolvió en lágrimas incontenibles que ella no trató de frenar como ocurrió mientras conversaba con Sergio esa mañana. Apoyada en el hombro de Jacinta lloró con sentimiento por unos minutos. Después se serenó y se separó de la muchacha. Las dos permanecieron así, una frente a la otra, sollozando calladamente. Profundamente heridas, sin hallar las palabras para compartir el dolor.

—Perdoname, Jacinta —dijo Alicia un poco más calmada—. Es una situación tan fea para todos. Espero que las noticias de tu hermano sean mejores y después de todo no sea tan grave lo que le pasa.

–Gracias, señora, muchas gracias–, murmuró, sorprendida por el desahogo emocional y las lágrimas de la otra.

Alicia sintió que debía explicarse de alguna manera:

–Una muy querida amiga mía está en un grave problema, sabés, y tengo miedo por ella. Por eso estoy tan triste.

–Qué pena, señora.

–Recemos porque todo salga bien. Recemos por tu hermano y mi amiga.

–Sí–, dijo Jacinta–, yo rezo todos los días por él, pero no sé si sirve para algo o no.

–Estoy segura de que sí. Seguro que sí sirve–, dijo Alicia con una convicción que la sorprendió. Si Dios no quería, o no podía escuchar, o si Dios no existía, como ella sospechaba, por lo menos las plegarias servirían para calmarlas, para serenarlas a ambas.

Mucho antes del mediodía, Alicia le dijo a Jacinta que se fuera a casa, y se tomara todo el tiempo necesario para averiguar qué pasaba con Alcides. Después de prometerle estar en contacto con ella y llamarla a la redacción para tenerla al tanto, Jacinta se marchó. Con los ojos llenos de lágrimas Alicia miró desde la ventana la figura envuelta en el largo y muy usado abrigo de nylon gris forrado en lana, caminando hacia la calle Böck, rumbo a la parada de ómnibus.

Alicia preparó un almuerzo ligero, y Sergio llegó a casa antes de la una de la tarde. No intercambiaron más que dos o tres palabras imprescindibles en la mesa. Alicia terminó con los platos y preparó la bolsa para la guardería. Él se puso a trabajar en sus planos y ella se preguntó si habría notado sus ojos enrojecidos e hinchados. Pablo percibía la hostilidad entre sus padres y estuvo molesto y llorón todo el tiempo. Alicia, mortificada por el silencio de Sergio y mientras se llevaba a Pablo, dijo:

–Lo voy a recoger esta noche a la guardería, así que no te preocupes.

–Bueno.

No levantó los ojos de sus papeles, lo que hirió a Alicia, quien se sentía impotente por su inhabilidad para convencerlo de su punto de vista. Pero no iba a ceder en eso. Con Pablo en brazos, salió golpeando la puerta, lo que provocó un ataque de llanto de parte de él, sobresaltado por la violencia del golpe. Ella lo ubicó en su sillita y le limpió las lágrimas, pero dos cuadras más adelante debió parar a calmarlo otra vez, sin éxito. Después de dejarlo llorando, se marchó de la guardería sintiéndose culpable.

Ya en camino a la redacción, Alicia no podía quitarse de la cabeza lo empecinado que estaba Sergio. Estaba segura de que no iba a correr ningún riesgo inútil. Le dolía su falta de confianza en ella.

¿Estaría realmente poniéndose en peligro? Cualquier duda que surgía en su mente era superada muy pronto por la total convicción de que debía hacer algo por su amiga.

El único problema para ella, después de haber tomado la firme decisión, era el gasto que insumiría el pasaje a Buenos Aires. Sergio no había mencionado siquiera el tema, pero para ella era un real problema en ese momento. Iba a ser lo más económica posible. Hablaría también con Carlos Álvarez acerca de los días que necesitaba tomarse, y cuanto antes él supiera esto, mejor, ya que no necesitaba un obstáculo de trabajo demorando su plan. Apenas llegó a la redacción, se encaminó a su oficina.

Álvarez estaba de buen humor, haciendo una agenda de trabajo para la próxima visita del dueño del diario. La sonriente bienvenida la alentó para encarar el tema directamente:

–He recibido una invitación para el bautismo de la primera hija de una prima hermana en Buenos Aires y quiero ir, Carlos–, comenzó–. Tengo que tomarme una semana, y quería saber si no tenés problemas.

Él no pareció muy afectado.

–Supongo que no. ¿Qué tenés pendiente? ¿Te quedaría algo de urgencia sin hacer?

–No, para nada. Estoy haciendo notas de corto plazo, y lo que tengo a largo plazo está marchando despacio. Nada va a salir antes de Julio.

–Y bueno, entonces no hay problema. ¿Cuándo te vas? Alguien siempre te puede remplazar, si hace falta.

–Si puedo salgo este próximo fin de semana, o a más tardar el domingo. No tengo los pasajes todavía.

–Sabés que es difícil conseguir boleto de avión. Tendrías que haberlo comprado con tiempo.

–Mirá, la verdad es que no voy en avión. No había pensado en ir, pero no puedo decirle que no a mi prima Carla, está tan ilusionada con que vaya. Soy la única parienta cercana que tiene después de la madre.

–Claro que tenés que ir. Seré curioso: ¿Se puede saber por qué no pensabas ir?

–Por la plata, para empezar. Te voy a decir la verdad, no pienso volar. Voy a ir en ómnibus.

–¿En ómnibus? –Álvarez la miró con sorpresa–. Vas a perder dos días en el viaje.

–Ya sé. Pero no podemos pagar un boleto de avión. Estamos un poco ajustados de presupuesto en casa últimamente.

–Dejame ver... –abrió el cajón superior de su escritorio, buscando algo–. Dejame ver, creo que tenemos todavía uno de esos boletos de intercambio con Austral... Sí, mirá, acá los tengo. Si podés encontrar asiento en un vuelo, son tuyos –agregó, extendiéndole dos boletos verdes, intercambios que Austral, la línea aérea de cabotaje, entregaba por espacio publicitario en el diario. Esos eran boletos estrictamente para viajes de negocios, no por razones personales.

Alicia estaba inmóvil y sorprendida ante el inesperado y generoso gesto del ahorrativo Álvarez. Él agregó, insistente–: Pero tenés que llamar ya, es medio tarde para conseguir plazas para el fin de semana.

–¿Estás seguro de que puedo usarlos yo? –Dudó ella, extendiendo la mano hacia los brillantes boletos que la podían llevar a Buenos Aires en tres horas–. Carlos, no sé cómo agradecerte esto.

–Podés decirme gracias, si querés, y sí, podés usarlos nomás–. Le guiñó un ojo, cómplice. Alicia no sabía qué era lo que la había sorprendido más, si la inesperada generosidad o el inusual hecho de que su urgente necesidad de viajar hubiera sido solucionada en forma tan providencial en pocos minutos.

–Dios mío, creeme, no sé cómo darte las gracias.

–Ya sé, ya sé –dijo él sonriendo–. Todos los centavos cuentan. Pero vos trabajás bien y nosotros estamos contentos con vos.

Parecía un poco avergonzado por lo que estaba diciendo. Alicia estaba sinceramente conmovida y tal vez como consecuencia de los altibajos emocionales de los últimos días, sus ojos se llenaron de lágrimas:

–Gracias. Vos no sabés lo que esto significa para mí.

Él sonrió, enrojeciendo un poco.

–Me alegro de poder ayudar. Andá, y disfrutá de la familia.

Carla emitió un gritito de alegría cuando Alicia le dijo que iba a ir al bautismo de la nena, pero se mostró sorprendida al saber que Sergio y Pablo no viajaban con ella. Alicia la llamó desde una cabina de la compañía telefónica; después del generoso gesto de Álvarez no quería abusar haciendo una llamada de larga distancia.

–Te digo en serio, tengo todo organizado ya desde acá. Desde la redacción reservaron un cuarto de hotel porque voy a trabajar, como te dije. Tendré que escribir a máquina y tomar notas de las entrevistas que haga. No quiero molestarlos en tu casa.

–No importa, podés quedarte en casa igualmente. Sabés que tengo espacio de sobra para que puedas trabajar.

–Sí, gracias, querida, pero vos vas a estar ocupada con los preparativos del bautismo, atendiendo a la nena, la fiesta, es mucho. Pensá en todo eso, no vamos a tener tiempo para estar charlando de todos modos. Ir a un hotel me parece lo mejor en este caso, voy a estar cerca de tu casa, pero no en el medio cuando ustedes están atareados.

–Pero yo quiero que vos estés aquí, en casa.

–Ocupate de las clases en la iglesia, con los padrinos de Verónica, vas a tener mucho qué hacer, y yo no tengo nada que ver con esa parte. Me vas a tener a un par de cuadras de distancia.

–¿Estás segura de que querés dormir en un hotel?

–Pero claro. Necesito tiempo para mi trabajo, también. No te olvides de que mi jefe paga el viaje y la estadía.

Alicia respiró aliviada cuando Carla se dio por vencida sin sospechar nada raro. Pero, ¿qué podía sospechar ella? No existía ninguna conexión entre las dos. Su prima nunca había sido compañera de salidas y andanzas cuando adolescente por la diferencia de edad, pero conocía a Susana, quien había frecuentado la casa de Carla cuando Alicia ya vivía con sus tíos, después de la muerte de sus padres. Por otra parte, no se habían visto por años, y Carla nunca preguntaba por Susana, un detalle que ahora la tranquilizaba.

–El avión llega a las 19:30, es tarde, así que me voy directamente al hotel para poder levantarme temprano. El martes a la tarde, después de almorzar, voy para tu casa. Mintió con calma. Desde ahora en adelante, tendría que mentir fluidamente, sin dudar.

–Bueno, te espero con el mate entonces y te quedás a cenar.

–Dale cariños a la tía Marga y a Guillermo –se despidió Alicia, satisfecha por haber establecido la agenda con la familia. Sentía un poco de culpa por las mentiras, pero iba a ser así de ahora en adelante, de modo que tendría que acostumbrarse.

Tenía muchas ganas de ver de nuevo a tía Marga, la única hermana de su madre y la mujer que la había recibido en su casa como a una hija cuando quedó sola. Ella era la única conexión directa con su familia materna, una serie de primos y primas lejanos con los que mantenía muy poco contacto. Estaba contenta de verla otra vez, pero no así a Guillermo. El marido de Carla tenía su misma edad, pero nunca se habían llevado bien. Desde que su prima lo trajo a la casa, él apenas había ocultado la antipatía que Alicia le provocaba con sus opiniones demasiado liberales.

Conservador hasta la médula de sus huesos, celebró puntual y sinceramente cada ruptura del proceso democrático, dado la bienvenida a todos los golpes de estado. También se había beneficiado en gran medida con el íntimo conocimiento de las políticas económicas antes de que se hicieran públicas, gracias a tener un alto cargo en el mundo bancario local. Carla había elegido, según sus propias palabras, un hombre de carácter, capaz de salir adelante en la vida.

Alicia se repitió una vez más que estaba en todo su derecho ocultando la verdad. El tener una familia y quererla no significaba abrir todos los flancos y perder su identidad. No iba a ser fácil, pero a medida que reafirmaba su decisión de correr en ayuda de su amiga, se sentía más segura de sí misma y con más aplomo para hacer lo que fuera necesario y manejar con soltura las situaciones que se presentaran.

Con las piernas temblando, Alicia caminó con un grupo grande de pasajeros hacia la puerta de salida del salón. Unos minutos antes había dejado a Pablo llorando y llamándola a gritos, en brazos de Sergio, quien estaba de pie en la sala de espera del pequeño aeropuerto de Bariloche. Con sentimientos encontrados y de culpa, se batía entre la necesidad de seguir adelante y el deber que sentía hacia su hijo. Cuando tomó la decisión no creyó que iba a dudar así. Sergio la había despedido con un beso en la mejilla, rápido, todavía furioso por la inflexibilidad de ella. Pero aun así la acompañó en silencio, incapaz de negarle completamente su presencia y la de Pablo, ayudándola con el pequeño equipaje.

–No tengo que repetirte esto, pero lo voy a decir igual: tené mucho, mucho cuidado, por favor. Llamame todos los días si podés.

Si bien hubo ternura en su voz, ella sabía que él estaba todavía enojado. No lo culpaba. Ella hubiera hecho lo mismo o peor, entrado en pánico, y seguramente no hubiera sido tan amable con él en un momento así.

El Boeing 737 de Austral Líneas Aéreas levantó vuelo con un rugido. Era una tarde soleada y fría. Alicia miró por la ventanilla, ya borrosa por innumerables roces y raspones, cómo el edificio del aeropuerto, con sus paredes de ladrillo y troncos barnizados, quedaba atrás. La aeronave ganó altura en su ruta hacia Aeroparque, el aeropuerto de cabotaje de Buenos Aires, y pronto alcanzó las pocas nubes blancas que flotaban lentamente contra el azul, pasando raudas sobre los picos nevados de las montañas vecinas y sobre las oscuras aguas del Nahuel Huapí. El avión hizo un círculo sobre el lago y enfiló hacia el noreste, hacia la planicie de la meseta patagónica, dejando atrás los cerros mientras terminaba su ascenso.

Durante los preparativos del viaje Alicia no había dudado ni un instante sobre lo acertado de su decisión, pero ahora, mientras el avión subía lentamente, no estaba tan segura de que había sido acertado ir contra el consejo de todos los que la conocían y sabían lo que estaba pasando.

¿Qué si Sergio tenía razón? Era muy tarde para eso ahora. Ella no era una ingenua y sabía bien que si no tenía cuidado podía correr riesgos. Mary y Luis, a quienes ella siempre escuchaba con respeto, opinaban igual que Sergio. Por primera vez desde que la conocía, su amiga había llorado el día anterior, al despedirla, cuando la abrazó fuerte sin decir una palabra. Luis, sacundiendo la cabeza incrédulo, le dijo fingiendo mal un tono gracioso:

—Portate como una buena chica en la ciudad, ¿eh?

Pablo, sintiendo que algo no estaba bien, pero sin entender qué era había actuado como un malcriado durante los últimos tres días, llorando y encaprichado con cualquier cosa. Alicia esperaba sinceramente que todos estuviesen equivocados esta vez. Tenía que hacer este viaje, de modo que ahora debería recobrar la confianza en sus decisiones que sintió flaquear durante las despedidas.

El pasajero sentado en el asiento contiguo se sumergió en su libro después de una amable inclinación de cabeza. Apenas terminó el servicio de bocadillos y bebidas, Alicia, incapaz de concentrarse en una lectura, acomodó su cabeza en la pequeña almohada y dormitó durante el resto del viaje.

La voz del capitán anunciando desde la cabina la temperatura en tierra y la hora de llegada la despertó completamente. Iban a aterrizar. Alicia se restregó los ojos y miró hacia abajo.

Ahí estaba Buenos Aires.

La noche caía rápidamente y las luces de las calles ya estaban encendidas, hileras a veces cortadas por algún irregular hueco apagado, seguramente un parque. Más allá un estadio de fútbol, con sus luces brillantes, rompía la monotonía de las líneas otra vez. Parecía como si algún gigante hubiese volcado un balde de luminosos diamantes sobre un trozo de terciopelo negro. A la derecha, el gran vacío oscuro del río, bordeado por una ondulante línea de puntos ámbar; la avenida Costanera, que marcaba la ruta hacia el aeropuerto, al norte.

Más allá, las aguas del Río de La Plata, con la orilla opuesta invisible en la distancia, acunaban titilantes lucecitas viajeras. Quién sabe, tal vez un barco pesquero, algún rápido ferri cruzando atareado al país vecino, o una plácida boya, flotando sin meta ni apuro. El ancho río acarreaba aguas que habían viajado larga distancia desde la selva brasileña, se abrían en delta y marchaban lentas hacia el Atlántico Sur.

Buenos Aires, apoyada en la costa del magnífico río, centraliza todo, en particular el sistema de transportes del país. Las rutas y caminos convergen en la poderosa ciudad de la costa como los rayos de un semicírculo. Las rutas ferroviarias, de propiedad inglesa hasta 1945, y luego las aéreas, habían seguido el mismo modelo.

En el siglo anterior las provincias combatieron a sangre y fuego las cadenas económicas de la aduana porteña, y si bien ganaron la batalla por el nombre del sistema, república, en efecto perdieron la guerra, pues la Argentina resultó, en la práctica, un país unitario en el que la macrocéfala capital manejaba todos los hilos.

Alicia suspiró; aún soberbia y egoísta, la ciudad era única.

Descendió con los otros pasajeros la escalera del avión, donde la recibió el frío y húmedo, familiar aire del río. El pequeño transporte que esperaba a pocos metros del avión los acercó a una de las muchas puertas de vidrio que dan a los salones transitados por cientos de pasajeros trasladándose de uno a otro lado del edificio. Recogió su equipaje, y disfrutando del bullicio y la gente que la rodeaba, se encaminó hacia la parada de taxis, más allá de la entrada que daba a la avenida Costanera.

El sonido de la campanilla la sobresaltó y despertó sin saber dónde estaba. Después de unos segundos recordó y levantó el teléfono. Del otro lado una voz chillona le dio los buenos días y la hora. Ella agradeció y cortó, volviendo a caer sobre la barata almohada de espuma de goma, desperezándose lentamente.

El hotelito era sencillo, el precio razonable y la apariencia austera y limpia, cerca de las avenidas Pueyrredón y Santa Fe, en el Barrio Norte. A pocas cuadras del departamento de Carla, llenaba todas las necesidades de residencia que Alicia tenía esa semana.

Estaba en Buenos Aires otra vez. Ahora por su cuenta.

En esa ciudad donde había vivido los años más intensos de su vida, cuando todo estaba en el futuro y no había mucho pasado más que el dolor de haber perdido a sus padres tan pronto.

Buenos Aires.

Había caminado tantas veces por las calles del centro, viajado en los pequeños y rápidos *colectivos,* tomado sol en sus parques, gustado cortaditos en los tantos cafés al paso, amado y odiado con pasión juvenil. Había disfrutado por igual del Barrio Norte con sus elegantes avenidas y finas *boutiques*, como de la zona sur, en la decrépita belleza de los edificios de la Calle Lima, antes de la demolición de la Avenida Nueve de Julio. Con su vieja Kónica fotografió en blanco y negro los ennegrecidos edificios, aún nobles e imponentes en su últimos días, que albergaban recovecos maravillosos como los murales de la vieja Botica del Ángel. Había acariciado las altas fachadas con sus ojos y los de la cámara, perpetuándolas en un pedazo de film que se deterioraría con los años y los viajes.

En esa ciudad Alicia había analizado durante horas y horas con sus amigos las películas de la Nueva Ola francesa, y revisado con curiosidad los libros en las ahora casi desaparecidas librerías de usados.

Buenos Aires la había tratado con la ternura y la rudeza de una buena amiga. Era un apoyo emocional extraño, que venía de un cúmulo de ladrillos y cemento, empedrados y arboledas, pero que Alicia sentía tan real como si se tratara de una persona.

La noche anterior bajó a cenar en un pequeño y cálido restaurante italiano en frente del hotel. Buenos Aires bullía a toda hora con una actividad incesante. Se podía ordenar la cena hasta altas horas de la madrugada en cualquier restaurante céntrico y a nadie le extrañaría. Disfrutando los sonidos y colores de la ciudad, recordaba con cariño sus andanzas con Susana y otros amigos. Los amaneceres que habían esperado hasta que el sol se levantara sobre las aguas del río, sentados en la vieja costanera, comiendo medialunas con café y tiritando de frío en los livianos abrigos de fiesta. Era a principios de los '70 y ellas eran jóvenes, intensas y llenas de sueños, tan distintas de estas mujeres que eran hoy. Ellas habían cambiado y también la ciudad. Buenos Aires no era la de entonces. La importación masiva de electrónicos y variadas *cachivaches* de Asia inundaba las otrora elegantes calles y muchas *boutiques* refinadas ahora eran baratillos donde se apilaban objetos de plástico por docena en vidrieras polvorientas.

Recordando lo que Susana le comentó acerca de la muerte y la tortura que estaban sucediendo ahí mismo, se le erizó la piel. Su querida ciudad también sufría y, como con una vieja amiga, ella se sentía identificada. De regreso en su habitación, se derrumbó sobre la cama y, por primera vez en muchos días, durmió profundamente toda la noche. La campanilla la había despertado y ahora estaba despejada y alerta. Saltó de la cama, y miró por la ventana con alivio; el día iba ser claro y con sol. Se apresuró en el baño caliente, se vistió con ropa y zapatos confortables y bajó rápidamente a la calle. Respiró la familiar, húmeda mezcla de olores a comidas, café, pan fresco y humo del escape de los automóviles y comenzó a caminar por las viejas y desparejas veredas de su ciudad.

VIII

El tránsito era vertiginoso, tal como lo recordaba, y después de vivir varios años de quietud en las calles de Bariloche, los sonidos estentóreos, la velocidad y el interminable desfile de autos llenando todos los carriles le resultaba abrumador. Se detuvo frente a la parada del colectivo, en línea con otros pasajeros.

El popular 60 hacía la ruta más larga de la ciudad, saliendo desde Plaza Constitución hasta el verde y tropical barrio de El Tigre, uno de los suburbios más tradicionales del delta del Paraná. Alicia ascendió al colectivo y pagó su boleto. El conductor le dio el vuelto, y ella avanzó hacia el pasillo, sin poder quitar los ojos de la increíble maniobra que el hombre ejecutaba con toda naturalidad. Mientras la mano izquierda sostenía los billetes en abanico, separados por valor, la mano derecha dispensaba los boletos, recibía el dinero y daba el cambio. Todo esto, sosteniendo el volante con una y a veces con las dos manos. Alicia se maravillaba de la habilidad necesaria para, además, manejar el colectivo y estar atento al tráfico. No es extraño, pensó ella, que los conductores de Buenos Aires tengan fama de malhumorados e impacientes.

Tomó asiento prestando atención a las calles. El viaje iba a ser corto. A través de Sara había concertado un encuentro con Sonia, y por razones de seguridad, en un lugar público, ya que temía que su casa estuviese vigilada. La cita era en el Jardín Botánico, un parque muy antiguo en el barrio de Palermo que Alicia no había visitado en años.

Descendió del colectivo y caminó hacia la esquina, uniéndose a un grupo de peatones para cruzar la avenida Las Heras. Palermo era una hermosa zona, con plazas, amplios espacios abiertos y elegantes edificios de departamentos. Era temprano todavía, de modo que caminó despacio, disfrutando de los lugares familiares.

El Botánico estaba justo enfrente suyo, y un poco más al norte ella podía ver las austeras y macizas puertas de la Sociedad Rural, el amplio predio donde los orgullosos estancieros mostraban todos los años sus más preciados ejemplares de ganado. La feria anual duraba un mes entero y Alicia había ido varios años con sus amigos en domingos soleados, a disfrutar de comidas tradicionales y aprender un poco más sobre la vida en las estancias de la Pampa húmeda, la zona verde y fértil ubicada al norte de la meseta Patagónica. La vida y las costumbres en las grandes estancias ganaderas habían sido elevadas a un nivel aristocrático, que dignificaba todo lo que tuviera que ver con la cría de animales y la posesión de grandes extensiones de tierra.

Lentamente se acercó hacia los enrejados portones del Botánico. Sara sonaba muy misteriosa en el teléfono. ¿Acaso estaban siguiendo a Sonia? Probablemente no, pero después de lo que había sucedido con Susana toda la familia debía estar sobresaltada y con miedo, era natural. En un acto reflejo, miró atrás sobre su hombro, y se encaminó bajo la fresca sombra de los árboles y las plantas, por la solitaria vereda hacia la derecha, tal como Sara le indicara.

Frente a ella, una mujer se adelantó, vestida con un grueso abrigo gris y un sombrero tejido, caminando por un sendero que se unía al principal. Alicia detuvo el paso hasta que la otra se acercó lo suficiente como para reconocerla.

Sonia hizo un gesto con los brazos:

–¡Alicia, hija...!– Permanecieron en el estrecho abrazo por un largo rato, sollozando, en silencio. Después Sonia la tomó firmemente por el brazo:

–Vamos para allá, cerca de esa pared, está más solitario y a esta hora ya no hay casi nadie. Los empleados de oficina ya volvieron del almuerzo. Por ahí pasan algunos chicos que salen de la escuela, nada más–. La voz era calma y firme, como Alicia la recordaba. No quedaban vestigios del miedo y de la vacilación con que había atendido el teléfono días atrás.

Se sentaron en un banco de madera, rodeadas de

palomas que revolotearon, buscando migajas. Alicia permanecía en silencio, sin saber qué decir, emocionada por el encuentro.

–Sabés que es peligroso que te vean conmigo, ¿no? – Empezó a decir Sonia y pareció vacilar un instante–. Quiero decir, que te vean con un pariente cercano de alguien que secuestraron.

–Yo necesitaba verla, de cualquier forma.

Sonia tenía una de las manos de Alicia entre las suyas y el tacto era suave, tibio. Los menudos y fríos dedos descansaban cómodos en esas manos fuertes y sólidas que le recordaban a las de su madre. Sonia tenía los ojos enrojecidos y Alicia notó que parecía mucho más vieja de lo que era, tenía las arrugas marcadas y un infinito gesto de cansancio. No la había visto hacía un año, por lo menos, y el cambio la sorprendió. Los rasgos eran los de Susana, las mejillas altas y marcadas, la boca todavía juvenil, el color claro de los ojos.

–¿Cómo anda don Roberto? –Roberto Machevsky, unos doce años mayor que su mujer, se retiró unos meses atrás de la empresa de contadores donde trabajó casi toda su vida y estaba esperando el primer pago de la jubilación, mientras tomaba trabajos sueltos en su casa. Ella estaba segura de que lo ocurrido a Susana había sido terrible para él. Sonia lo confirmó:

–Ahora está bien, pero tuvo un pequeño infarto, lo tuvimos que llevar corriendo al hospital y estuvo internado unos días. Ya está en casa, medicado, pero mejor.

–Ay, Sonia, cuánto lo siento, me imagino lo terrible que debe haber sido para ustedes –dijo Alicia, insegura de que eso fuera lo adecuado para decir, ya que no encontraba palabras–. Me alegro de que ya esté mejor. ¿Y usted, cómo anda?

–Y, tirando. Sí, fue muy difícil, todas las cosas juntas, lo de Susy, después Roberto, que tuve que cuidarlo mientras iba de un lado a otro para ver si la encontraba... Por suerte Sara nos ayudó mucho. No sé qué hubiéramos hecho sin ella. Roberto anda mejor pero muy medicado, ha sido un golpe muy grande. Pero yo tengo esperanzas, la vamos a encontrar, estoy segura.

Sonia le narró detalles del secuestro y de su

peregrinación por las oficinas policiales y militares, golpeando puertas y rogándole a funcionarios, sin lograr extraer ni una pista sobre el paradero de su hija. Preguntó detalles del fin de semana en Bariloche y Alicia se extendió en la evocación de los momentos compartidos y las largas charlas. Suspirando, abrió su cartera y tomó un sobre con fotografías.

–Las sacamos cuando ella estaba allá. Pensé que le gustaría tener una copia.

En silencio y muy despacio, Sonia se detuvo en cada foto, mientras las lágrimas rodaban por sus mejillas. Alicia, incapaz de quedarse sentada, comenzó a caminar alrededor del banco de madera, estirando las piernas y alborotando sin querer a las palomas que aleteaban ruidosamente al abrirle camino. Por fin, Sonia cerró el sobre y lo guardó.

–Gracias, Alicia. Yo sé cuánto se quieren ustedes. Gracias por venir hasta acá, por mandarme mensajes, por ayudarme. Recién estoy empezando a ver qué pasó. Estoy aprendiendo mucho. Estoy segura de que la vamos a encontrar.

–Por supuesto, yo sé positivamente que la van a dejar ir. Seguramente es un error, y vamos a ponerlo en claro. Si sólo supiera qué hacer para ayudarla.

–No es fácil. A mí me han dejado esperando horas, me han tirado la puerta en la cara, me han dicho que soy una mala madre porque no la eduqué bien... Me han dicho de todo; que Susy se debe haber escapado del país para esconderse, que seguro está bien tranquila en otro lado, o metida en un grupo guerrillero. Que las fuerzas de seguridad no tienen a nadie escondido en ningún lado.

–¡Qué cosas terribles para decirle a una madre! Es increíble. ¿Presentaron un hábeas corpus?

–Es lo primero que hicimos, pero no sirve de nada. Un abogado de los derechos humanos nos dijo que no esperemos milagros. Que los jueces les tienen que preguntar a los militares si tienen a alguien prisionero y ellos contestan siempre que no, que no tienen a nadie en custodia, así que los tribunales terminan rechazando el pedido, porque en realidad no sirve para ayudar a nadie.

–¿Qué quieren decir con que no tienen a nadie detenido?

–Tienen a un montón de gente, claro, pero como muchos de los jueces fueron nombrados por la Junta, todo queda en la nada con ellos–, dijo, secándose las lágrimas que corrían otra vez por sus mejillas–. Los diarios no se animan a escribir sobre esto. Pero igual, hay muchas familias que se han juntado y trabajan. Yo me uní al grupo de madres que nos juntamos en la Plaza de Mayo.

–Yo escuché rumores sobre las madres de la plaza, ¿están todavía trabajando? Sé que algunas madres desaparecieron también. Se sabe tan poco, los diarios no dicen nada y es tan difícil recibir noticias.

–Están muy bien organizadas y tienen de su lado a muchos grupos de derechos humanos, que colaboran. Las respetan en todo el mundo, menos aquí, claro. Vamos todos los jueves a la plaza, sin falta, a protestar y pedir que suelten a nuestros hijos.

–Sonia, en serio, usted es muy valiente.

–No soy valiente. Estoy desesperada. ¿Qué importa lo que me pase a mí, si puedo ayudar a Susy? Daría cualquier cosa, me entregaría yo presa a cambio de ella, si pudiera sacarla de donde está y traerla de nuevo sana y salva. Hizo una pausa para respirar profundamente–. No vamos a parar de caminar alrededor del monolito y de pedir y de gritar hasta que nos devuelvan a nuestros chicos sanos y salvos.

Se quedaron sentadas en silencio por un largo rato, mirando a los pocos transeúntes que pasaban caminando despacio bajo las altas copas de los árboles por el camino principal.

–¿No intentó por el lado de la sinagoga? Ustedes conocían a un rabino muy bueno, ¿lo fue a ver? –Preguntó poco convencida, sabiendo que ellos no eran muy practicantes de su religión.

No quieren comprometerse. Te dicen que van a ver qué hacen pero que no conocen a nadie. Tienen miedo. Nadie se quiere meter, eso es lo que pasa. Fijate, ni la iglesia católica aquí hace nada. El Papa habló del tema, pero aquí matan curas y hasta asesinaron a un obispo. Y no pasa nada con la jerarquía. Tienen miedo o son amigos de ellos, no sé.

–Qué camino cuesta arriba, Sonia. Pero no pierda las esperanzas, poco a poco esto va a cambiar –dijo, odiándose porque no se le ocurrían más que palabras de fórmula ante el inmenso dolor y desesperación de la otra.

–Lo malo es que te toman por una terrorista. Dicen que les hemos enseñado mal y por eso se fueron por ese camino y se hicieron criminales. No todos los desaparecidos son terroristas, pero muchos padres no quieren ni siquiera hablar o juntarse porque tienen miedo de que los confundan a ellos también.

–Qué triste.

–Nosotros sólo queremos justicia. Que los lleven a juicio, que no los tengan encerrados a escondidas, que salga a la luz del día si es que han hecho algo malo... –la voz se quebró otra vez por el llanto.

–Sonia, esto le hace mal, no quiero ponerla peor.

–¿Vos creés que yo puedo tener otra cosa en la cabeza? No, y me hace bien hablar. A veces creo que voy a explotar en pedazos, de tanto que me duele adentro. Porque no es que ella tuvo un accidente y está en el hospital. Así sabría qué es lo que pasa. No, hija, lo peor es no saber, no saber qué pasa y dónde está. Eso nos está matando a Roberto y a mí.

–Me imagino –dijo Alicia con sinceridad, ya que era exactamente lo que ella sentía.

Rodeó el brazo de Sonia y apoyó la cabeza en el sólido hombro. Después de unos minutos, Sonia abrió su bolso, guardó el pañuelo de algodón en una bolsita de nylon y tomó uno limpio. Forzando una sonrisa, señaló a dos o tres pañuelos planchados y prolijos en un bolsillo interior.

–Últimamente ando por todos lados con varios de repuesto, por las dudas, como lloro tanto...

Alicia asintió, en silencio. Se levantaron del banco y caminaron del brazo hacia el portón de salida del parque, despacio, como si las oprimiera un gran peso.

–Ah, me olvidaba –exclamó Sonia–, entre las cosas que sacamos del departamento de Susy hay un bolso liviano de nylon azul marino, que tiene tus iniciales bordadas adentro. Tiene todavía algunas cajitas de chocolate de Bariloche. Ella me llevó un par de cajitas a casa esa tarde... se ve que las otras eran para los amigos. El bolso debe haber estado lleno... no sé por qué los asaltantes no se lo llevaron también.

Alicia sintió que el peso en su pecho era todavía más sofocante.

–Sí, ese bolso es mío–. La voz se cortó en un sollozo–. Yo se lo presté.

Sonia le dio un par de golpecitos cariñosos en el brazo.

–Ya sé, querida, ya sé. Te lo voy a traer la próxima vez que nos veamos–. Caminaron varios pasos en silencio.

–Quiero que vengas el próximo jueves a la Plaza de Mayo. No quiero que te acerques ni nada. Sólo traé un libro y te sentás en un banco cerca de la pirámide. Quiero que veas la marcha. Va a ser importante para mí tenerte cerca. Después de la marcha, no te acerques ni me hables. Te vas directamente y tomás el subte de la línea A hasta la estación Pasco. Yo te voy a encontrar una hora más tarde en un cafecito que hay en la esquina de Pasco y Rivadavia.

–Seguro que sí, ahí voy a estar, Sonia, va a ser un honor estar cerca suyo durante una marcha –dijo Alicia, tratando de dominar la emoción.

Después de que Sonia partió en el colectivo que la llevaría a su casa, Alicia decidió que tomaría un taxi para llegar al departamento de Carla. Mientras el taxista zigzagueaba con habilidad su camino a través del rápido y ruidoso tránsito, Alicia repasaba mentalmente el encuentro con Sonia. Nunca antes había reparado en lo parecidas que eran madre e hija. Susana heredó la agudeza de Sonia, y ambas tenían una buena relación. Si tan sólo pudiera ayudarlas a reunirse otra vez.

El taxi navegó milagrosamente por las calles de Palermo, rumbo al Barrio Norte y unos minutos después, Alicia llamó al portero eléctrico desde el hall de entrada del edificio. Carla respondió inmediatamente, y Alicia empujó la pesada puerta de vidrio, entrando al elegante salón donde un portero se ocupaba de acomodar un macetero que sostenía un helecho. Alicia respondió al saludo y pasando bajo la inmensa araña con caireles, tomó el ascensor hasta el departamento, un amplio semi–piso.

Su prima había mencionado varias veces que tenía una sorpresa, y Alicia se preguntaba qué sería: o bien un nuevo auto o algún viaje a algún lugar exótico del mundo. Guillermo no era mezquino y le gustaba disfrutar del dinero que ganaba comprando objetos caros y manteniendo un alto nivel de vida. Carla era feliz con su nuevo estatus económico y se sentía orgullosa del éxito laboral de Guillermo, a quien había conocido cuando era un pobre estudiante de Ciencias Económicas, ambicioso y lleno de planes para triunfar. Ella se dedicó al hogar y a sus actividades sociales de canasta y fiestas de beneficencia, y tenía muchas amigas nuevas del club al que pertenecían, uno de los más exclusivos y caros de Buenos Aires.

Alicia tenía ganas de verla y comprobar si la reciente maternidad y la presencia de Verónica la habían cambiado en algo. Como con una hermanita menor, ella siempre se había sentido feliz por los éxitos de Carla, sabiendo cuánto deseaba su prima dejar atrás la inestabilidad de su hogar de clase media. Tenía sentimientos encontrados, sin embargo, con respecto al ascenso meteórico de Guillermo en el ambiente de las empresas financieras. Carla y él eran uno de sus pocos familiares cercanos, y ella trataba de no juzgarlos. Hasta ahora le había sido fácil, pero cada vez le costaba más ignorar la indiferencia con que miraban al mundo a su alrededor y el profundo daño que la llamada *patria financiera*, a la que pertenecían, causaba al país.

El ascensor llegó al piso tercero y cuando Alicia salió, Carla estaba esperándola con los brazos abiertos y una sonrisa feliz.

La novedad que tenía para ella era que recientemente habían cerrado la operación de compra de un piso entero en un nuevo y lujoso edificio que se estaba terminando de construir en la Avenida Libertador, frente a los Bosques de Palermo. El folleto, impreso en papel brillante era, en sí mismo, una obra de arte. El lugar elegido, uno de los más caros de la ciudad. Los felices propietarios parecían dos chicos con un juguete nuevo, y ella se sumó sinceramente a su felicidad.

Carla parecía manejar su reciente maternidad con madurez, y Verónica a los seis meses era una beba bonita y tranquila, con una frecuente sonrisa que le iluminaba las mejillas rosadas.

Carla insistió en que llamara a Sergio desde allí, mientras ella preparaba cena. Alicia había hablado con él desde el hotel una vez, y él respondió frío y formal. Pero sonaba sorprendido y, según dijo, feliz de que ella llamara a una hora inesperada aunque hablaron brevemente. Pablo había tenido dos o tres berrinches y había llorado mucho, pero para entonces estaba más calmado. Nevó mucho en los cerros y se anunciaba una buena temporada turística. Todo parecía estar bien, con excepción de Jacinta, quien había dejado un mensaje en la oficina diciendo que Alcides no mejoraba de la grave infección y que le habían amputado la otra pierna. Sergio se despidió con cortesía nada más y ella quedó dolida, prometiéndose no llamarlo más que lo estrictamente necesario.

Después de la cena, Guillermo la llevó hasta la puerta del hotel. Ella subió y se fue directamente a la cama. Estaba agotada por el largo día y satisfecha consigo misma por haber sido capaz de controlar la lengua y mantener una conversación trivial y entretenida toda la tarde y durante la cena con sus primos. En particular con Guillermo.

Desde la cama llamó a Viviana Ramírez; necesitaba verla lo más pronto posible. Viviana estaba todavía levantada, mirando televisión, y quedaron en encontrarse para almorzar aunque el nombre de Susana no fue mencionado.

El día siguiente, a las doce en punto, Alicia entró en el amplio lobby del edificio. Era una institución financiera importante y ella había ascendido hasta un puesto de jefatura intermedia y se la consideraba una profesional con gran futuro. Comprometida formalmente con un abogado que estaba haciendo carrera en una corporación multinacional, tenía planeado casarse al año siguiente. Si el éxito se medía por el nivel económico y el estatus social, Viviana era sin duda la más exitosa de todo el grupo que se había conocido en la secundaria.

—Se te ve muy bien, como siempre—, dijo Alicia con sincera admiración. Vestida con un trajecito sastre impecable y con el maquillaje fresco que cubría las aborrecidas pecas de pelirroja que la habían mortificado en la adolescencia, su amiga lucía espléndida.

—Gracias, vos también estás linda, como siempre —respondió Viviana con cortesía.

—Lo decís por cumplir. Estoy horrible.

–Qué vas a estar horrible. ¿De dónde sacaste eso? Tenés cara de cansada, nada más.

Se decidieron por una pequeña y ruidosa cafetería al lado de edificio. Estaba llena de gente y encontraron una mesa discretamente ubicada fuera del tráfico de los mozos. Al terminar el almuerzo Alicia juntó valor para preguntar si es que había visto a Susana a su regreso de Bariloche.

Viviana levantó los ojos sorprendida y Alicia comprendió que todavía no había sospechado nada desde su llamada.

–¿Por qué? –Su expresión cambió. Los agudos ojos verdes delataban lo alarmada que estaba–. ¿Le pasa algo? No me digas que no la has visto desde que me llamaste desde tu casa... porque no la has visto, ¿no? ¿Hablaste con ella?

–La verdad es que no.

El gesto y el tono de la voz de Viviana cambiaron súbitamente. Era evidente que estaba incómoda y preocupada.

–Espero que esté bien–, murmuró por lo bajo. Alicia hubiera querido decirle que no, que seguramente Susana no estaba bien y que ella le había ocultado todo porque no sabía a dónde acudir, a quién preguntar.

–No, no la he visto, pero creo que debe estar bien...

Viviana la interrumpió sin ceremonia:

–Ay, Dios mío, Susana está en problemas. Decime la verdad–, murmuró con urgencia, casi enojada. Alicia asintió con la cabeza.

–Me preocupa que no conteste el teléfono. Nadie parece haberla visto últimamente–. No mencionó la conversación con Sonia o que el portero le contó los detalles del secuestro. No tenía coraje para decirle una cosa así–. ¿Tenés alguna idea si está saliendo con alguien?

Viviana le dijo que no había oído de Susana y no, no sabía con quién estaba saliendo.

–Hace rato que Susana anda atareada, entre la revista, las notas *freelance*, y los libros no se la ve mucho...

Se hizo un silencio incómodo. Por fin cambiaron de tema, hablando de cosas triviales hasta el final del almuerzo, cuando le pagaron la cuenta al mozo.

Viviana se inclinó sobre la mesa y, hablando en voz

baja, mientras la miraba a los ojos, le dijo con franqueza:

–Espero que no te lo tomes a mal, Alicia, pero tengo que ser sincera con vos. No sé qué le ha pasado a Susana y sinceramente espero que esté bien, pero si la han metido presa, o se la han llevado, como le ha pasado a tanta gente que andaba metida en cosas raras contra el gobierno, *yo no quiero ni saber qué pasó*. No quiero tener absolutamente nada que ver con este tema. Y si vos decís que me hablaste de eso hoy, lo voy a negar. Espero que ella nunca más me llame–. Vaciló por un instante–. Mirá, yo he trabajado mucho y muy duro para llegar a donde estoy y no pienso arriesgar ni mi trabajo ni mi futuro porque una amiga mía se volvió loca y se metió en cosas turbias.

Alicia la miraba con los ojos desorbitados, fijos en los brillantes y fríos de la otra. No podía creer lo que estaba escuchando. Había anticipado varios tipos de reacciones, hasta miedo, pero nunca esta lección dicha con reproche, con odio. Se trataba de una buena amiga de Susana, o eso era lo que ella había creído hasta entonces.

–Tenés miedo. Estás cagada de miedo–, dijo Alicia sosteniendo su mirada, con bronca.

Viviana se revolvió en su silla, incómoda.

–No, no tengo miedo, para que sepas–. Bajó los ojos y hurgó en la cartera hasta que sacó unos pesos para dejar de propina al mozo. Después miró nuevamente a Alicia, quien le dijo con calma y desprecio:

–Sí que tenés miedo. Y yo también tengo miedo. Todos tenemos miedo ahora–. Viviana asintió con la cabeza, como si lo estuviera pensando.

–Te digo la verdad, yo tampoco me banco a este gobierno, pero no ando con un altoparlante anunciándolo, como andaba Susana. Siempre pensé que se iba a meter en un *quilombo* hablando así con cualquiera.

–¿Desde cuándo es un crimen decir que el gobierno hace desastres? Ellos trabajan para nosotros, ¿no te acordás? Son empleados nuestros, esos tipos–. Y calló, aunque tenía mucho más en la punta de la lengua, frenó su impulso. No iba a servir de nada. Ni tenía la fuerza de ponerse a intentarlo, herida por las duras palabras de unos minutos atrás.

–Olvidate de que hablaste hoy conmigo –dijo Viviana,

levantándose de la silla–. No es nada personal con vos, es que no quiero tener nada que ver con esta situación. Nunca pensé que ella se iba a meter en algo realmente ilegal.

–No está metida en nada ilegal, che –respondió Alicia en voz más alta, levantándose también–, cómo decís eso...

–Shh... –Viviana hizo un gesto, mirando a su alrededor con sospecha.

Dejaron la cafetería y caminaron en silencio hacia el edificio vecino.

–¿De dónde sacaste esa idea? –Preguntó Alicia, herida, una vez que salieron–. Vos la conocés bien, es tu amiga, ¿no?

–Sí, somos amigas, pero ahora veo que todas esas quejas contra el gobierno y los militares eran más que palabras. ¿A quién diablos le importa lo que hacen esos tipos? –Viviana se interrumpió por un par de segundos y agregó con firmeza–: En una palabra, yo no quiero estar metida en esto, y listo.

–No te preocupes. No estás metida en nada. Y yo tampoco, pero vos tenés razón, ¿para qué hablar más?

Habían llegado frente a la imponente puerta de entrada del edificio. En un impulso, y con un gesto medio avergonzado Viviana le dio un beso de despedida en la mejilla.

–En serio, che, me dio gusto verte hoy. Cuidate mucho.

–Igualmente –respondió, esforzándose por hablar con calma– un gusto verte.

Cuando Viviana cruzó las puertas de vidrio y caminó hacia los ascensores, Alicia se dio vuelta, alejándose de allí despacio por la vereda llena de gente, tratando de sujetar las lágrimas de frustración e impotencia.

IX

Alicia caminó hasta la estación de subterráneo más próxima conteniendo el llanto que se le anudaba en la garganta. No sabía exactamente qué hacer en las próximas horas, debía serenarse y pensar con calma. El tiempo se le escurría entre los dedos y comprendía que no estaba cumpliendo ni con sus más modestas expectativas. Ilusamente imaginó que sólo bastaba ir en persona para conseguir resultados tangibles, pero hasta ese momento no había ayudado a Sonia más que dándole apoyo emocional, y eso no contribuía a la búsqueda del paradero de Susana.

El próximo nombre en su lista era Mariano Ruiz. Si fallaba con él también, le quedaría un sólo amigo para contactar, Alberto Suárez, a quien ella conocía lo suficiente como para atreverse a preguntar por Susana.

Le llevó un buen rato recuperarse de las duras palabras de Viviana y de su actitud cobarde. Después de varios intentos y tres cigarrillos fumados uno tras otro, consiguió hablar con Mariano en el estudio de arquitectura donde trabajaba. Pareció muy feliz de escuchar su voz y la invitó a cenar inmediatamente. Alicia sugirió en cambio un trago después del trabajo, y él aceptó complacido.

–Me alegro de que hayas llamado hoy, porque es una tarde quieta aquí. Nos podemos encontrar a las seis y media, si querés. ¿Sergio vino con vos?

–No, él está muy ocupado como para viajar. Estoy visitando a mi familia.

Alicia sintió sus esperanzas renovadas, a lo mejor él tenía alguna pista. Mariano también pertenecía al grupo de amigos que Susana frecuentaba por la época en que salía con Gustavo Spinetti, y lo conocía personalmente. Tal vez pudiera echar un poco de luz sobre las sospechas que ella sentía por él. Caso contrario, Alicia volvería a casa con las manos vacías, una triste perspectiva que no quería considerar todavía.

Cuando entró al tradicional Café Tortoni, en la Avenida de Mayo, no lejos de la plaza donde al día siguiente iba a presenciar la marcha, Mariano estaba esperándola sentado en una mesa discreta contra la pared. La saludó con la mano, y ella notó que él había perdido peso desde la última vez que se vieron. También su pelo era un poco más ralo que antes, pero la sonrisa era la misma, cordial y sincera. Ya había pedido un whisky con hielo, y la recibió afectuosamente. Ella pidió lo mismo y después de ponerse al día con las novedades personales él no perdió tiempo en preámbulos:

–Creo que sé por qué estás aquí–, dijo con lo que Alicia interpretó como una mirada significativa.

–Ah, ¿sí? – él la había tomado por sorpresa.

–Es por Susana. ¿O me equivoco?

–Y, sí...–. Le hablaba con tanta soltura que ella no quería decir una palabra de más.

–No te preocupes. Estás entre amigos. Sabemos exactamente lo que le pasó y también tenemos una idea aproximada del porqué. Espero que podamos ayudarla desde aquí.

Alicia estaba francamente sorprendida y no lo disimulaba. Con el corazón latiéndole aceleradamente, preguntó:

–¿Nosotros? Dijiste nosotros, ¿quiénes son nosotros?

Él sonrió tranquilizador, con un gesto de disculpa:

–Unos amigos y yo, perdoname, ahora me doy cuenta de que tenía que haberte explicado mejor. Estos amigos no tienen nada que ver con la política, así que no te preocupes, te veo una cara como de dudas. Nos enteramos de lo que le pasó a Susana por terceras personas, digamos, y ahora estamos tratando de averiguar exactamente por qué se la llevaron.

–¿Y cómo? ¿Cómo van a averiguar eso? –preguntó, un poco incómoda por la forma casi despreocupada con que él había encarado el tema, en particular después de haber visto el miedo de Viviana.

–Vamos a intentarlo de varias formas –dijo él. Ella lo

miró expectante y él pareció reparar recién en lo poco que le había dicho hasta entonces–. Bueno, veo que te agarré por sorpresa y no te expliqué bien. Antes que nada, te cuento que estoy yendo a una parroquia muy comprometida con la gente pobre. Tenemos un párroco que es de oro, infatigable, trabaja para la gente de las *villas* y se ha tomado mucho interés en las familias que buscan a sus parientes desaparecidos. Imaginate, con eso arriesga la vida... –. Notando las dudas que todavía ella sentía, agregó con firmeza–: Te sorprendería saber cuánta gente se ha cambiado a esta parroquia por él, y ahora vienen a misa y contribuyen. Es una iglesia chica, pero se llena en las horas de misa. Lo que sucede es que Caritas tiene muchas formas de ayudar, aunque no siempre directamente, y éste es un cura que se pone a trabajar en serio, por la causa de Jesús.

–Mariano, no entiendo la conexión con Susana–. Alicia estaba segura de que su amiga no se había envuelto con una parroquia católica, no importaba el tema. Era judía, y ni practicaba su fe, así que tampoco iba a unirse a otra religión. Para colmo, se sentía un poco incómoda con la abierta religiosidad que él demostraba, así, de golpe.

Él continuó, mirándola a los ojos, estudiando su reacción:

–Susana estaba trabajando con un grupo de abogados jóvenes que habían tomado *ad–honorem* casos individuales de gente muy pobre a la que han despedido injustamente, accidentes de trabajo y ese tipo de cosas. Susana hace trabajo voluntario en los ratos libres.

–Ah, ¿sí? no me digas–. Alicia iba de sorpresa en sorpresa. ¿Qué otra cosa importante de su vida no le habría contado? ¿Cuántos secretos todavía tendría para descubrir? Herida por lo que percibía como una deslealtad de su amiga, y tratando de ocultar su decepción ante él, buscó en su bolso el paquete de Jockey Club Suaves. Necesitaba un cigarrillo y un buen trago de whisky.

–Sí. Ella y otra periodista que yo no conozco, creo que hicieron un *free lance* juntas hace un tiempo. Es un trabajo de voluntaria, a lo mejor ni te lo dijo, lo hacen fuera de hora, escriben a máquina documentos legales y petitorios para los abogados. Susana es muy trabajadora, vos la conocés.

Mariano ordenó otro whisky. Ella le ofreció un Jockey Club. Después de aceptarlo, él encendió ambos cigarrillos, todavía en silencio mientras el mozo le servía el trago.

Alicia miraba distraídamente a su alrededor, disimulando la oleada de rabia contra Susana que la invadía. Ella creía que había sido totalmente sincera. ¿Por qué le ocultó cosas como éstas? Hubiese querido tenerla delante para echárselo en cara amargamente, pero inmediatamente volvió a la realidad. No, si la encontraba no le diría ni una palabra, se prometió a sí misma, con culpa. Entonces sus ojos se cruzaron con los de Mariano, que ahora la miraba con una sonrisa tristona:

—No la juzgues mal, Alicia. Ella hace lo que cree que es su deber, lo que la conciencia le dice que tiene que hacer. Como hacemos todos. No podés volverle la espalda a la gente que necesita ayuda–. Hizo una pausa, como evaluando si había ido muy lejos. Alicia recordó la escuelita del Barrio Alto, los chicos mapuches y la carta que mandó por correo en un impulso al Intendente, poniéndose en evidencia. ¿Quién era ella para juzgar a Susana, o a nadie?

—Ya sé–, dijo mirándolo a los ojos. Él prosiguió, alentado por el gesto de ella.

—Mirá, Alicia, yo soy católico, a mí me enseñaron que tengo que respetar y querer a la humanidad entera. Esos tipos que torturan gente y después van a la iglesia, se confiesan y predican valores cristianos... ¿Cómo pueden ir a misa, o volver a sus casas? Yo no puedo ni pensar en hacérselo a un animal, ¿cómo es que pueden hacer esas cosas con seres humanos?

Alicia se sentía conmovida por sus palabras. Eran un poco apasionadas, pero evidentemente él las sentía profundamente y se sintió agradecida por haber encontrado a alguien que mostraba piedad después de las palabras de Viviana, y antes de lo que ella sabía que iba a tener que escuchar de su propia familia uno de estos días.

—Yo estoy totalmente con vos en esto, a mí tampoco me entra en la cabeza–. Y después, tratando de retomar el hilo – ¿Por qué se la habrán llevado exactamente? ¿Vos qué pensás?

—¿Exactamente? ¿Quién sabe? Primero pensábamos

que habían tratado de desbandar al grupo de abogados, pero no, a nadie le ha pasado nada. Tiene que haber alguna otra razón. Pero Susana es discreta y no creo que esté metida en nada raro. Puede haber alguien más involucrado.

–Voy a tomar al toro por las astas, Mariano, ¿vos qué pensás de Gustavo Spinetti? ¿Te acordás de él, no?

Él parecía estar esperando la pregunta. Asintió con la cabeza inmediatamente:

–Claro que sí. Y es posible que la cosa venga por ese lado. Sé que ha tenido problemas y se ha estado escondiendo, seguramente. Pero como ellos salieron por un tiempo, no sería raro que hayan conectado a Susana con él, o algo así.

Temiendo la respuesta, porque no quería saber si ella le había mentido, Alicia preguntó:

–¿Tenés idea si se vieron últimamente?

–No. No creo. Bueno, puede ser que no me lo dijera, pero no creo.

–Puede ser que no te lo dijera – insistió ella. Susana podría haberle mentido acerca de eso también. Pero, ¿por qué?

–No prejuzguemos, Alicia – dijo él con un tono admonitorio–. Spinetti estaba metido en líos desde hace mucho, y si lo detuvieron pueden haber encontrado los datos de Susana en su casa. No sabemos. Pero si es eso lo que pasa, sumado a que seguramente tienen al grupo de abogados marcados, puede ser suficiente prueba contra ella.

–Tengo miedo por Susana. Sinceramente, tengo mucho miedo.

–Y yo también. Pero nosotros tenemos contactos, y puede ser que nos averigüen a dónde la llevaron, y si tenemos suerte, hasta cómo está.

Ay, Mariano, me vas a dejar saber inmediatamente, por favor...–. Y sacando una lapicera escribió en una servilleta de papel–, aquí tenés el número del hotel donde estoy parando y éste es el número de mi oficina en el diario. Dejá un mensaje y te llamo de vuelta desde un teléfono público.

–Sí, no te preocupes, te voy a llamar. Y por favor, no pierdas las esperanzas, ¿eh? Ella va a volver pronto, quién sabe, no mucha gente desaparece últimamente. Lo peor ya pasó, lo peor era cuando ni sabíamos siquiera que esto estaba pasando, cuando la Junta subió.

–Pero por la misma razón, en una de ésas no la dejan salir libre, y eso me vuelve loca–. Y después de una corta pausa–: ¿Vos sabés cómo contactarte con Sonia, la mamá?

Él sonrió misteriosamente.

–No te preocupes por eso. Nosotros le avisamos a ella si sabemos algo.

–¿Cómo puedo agradecerte? Tené mucho cuidado, por favor.

Él hizo un gesto con la mano, como si no tuviese importancia.

–Yo me cuido. Sé que a veces me siguen, pero no soy tan importante como para que pase nada. Soy un tipo metódico y aburrido, con una vida tranquila y formal, la mayoría del tiempo.

–Hay una confabulación de silencio con todo lo que está pasando, es una pesadilla.

–Ya duró bastante, se tiene que terminar pronto.

–Eso es lo que dijo Susana, y mirá vos lo que pasó. Ojalá tengas razón.

–Te acordás del dicho: cada vez que llovió, paró. Tiene que parar.

Se despidieron en la entrada de la estación de subterráneo. Alicia tomó el de la línea A, hacia Primera Junta en Caballito. En una confitería y café al paso frente a la plaza compró un postre liviano y tomó el colectivo a Flores, el siguiente barrio sobre la larga avenida Rivadavia, que cruza la ciudad de este a oeste. Volver a esa zona y visitar a tía Marga era un viaje a su pasado, y ella había aceptado de muy buena gana la invitación a cenar.

–Te venís temprano, así tenemos tiempo de charlar –le había dicho tía Marga–, antes de todo el bochinche de la fiesta en lo de Carla.

Alicia creyó notar sarcasmo en su voz. Muy posible, ya que la tía no ocultaba su antipatía por Guillermo, al que siempre había mirado con desconfianza y después de la boda resentía abiertamente. Alicia sospechaba que eran celos maternales, ya que él tomó control de Carla de una manera casi absoluta y tía Marga se sentía abandonada.

Alicia extrañaba a su tía, y estaba segura que la

esperaría con algún plato favorito, como de costumbre. Ella amaba al barrio de Flores, donde había recibido refugio y cariño de sus tíos y prima cuando más lo necesitaba, después del accidente de tránsito que se llevara a sus padres. Tía Marga y tío Emilio la protegieron y apoyaron como padres substitutos hasta que ella decidió volar por su cuenta. Formaban una pareja sencilla, sin complicaciones. Se casaron a comienzos de los '50, comprado un modesto pero cómodo departamento en un edificio cerca de las avenidas Nazca y Rivadavia y habían pasado toda la vida allí. El tío fue uno de los empleados que se beneficiaron con la relativa soltura económica que gozaron la clase media y la obrera en los años del gobierno de Perón. La decoración del departamento, que en aquellos años era moderna y atractiva, con el transcurso del tiempo había tomado una pátina antigua y sobria pero sumamente confortable para Alicia. Rezumaba estabilidad, y eso era lo que ella disfrutaba cuando volvía de visita.

Un año después del casamiento de Carla, tío Emilio había fallecido de un paro cardíaco y tía Marga se había quedado completamente sola en el amplio departamento. Sintiéndose en parte responsable por la soledad de su madre, Carla le había contratado una acompañante que la ayudaba en los quehaceres domésticos y también compartía salidas y entretenimientos con ella.

Alicia estaba segura de que la cena iba a ser corta, ya que tía Marga se acostaba temprano, y su conversación giraba solamente alrededor de temas hogareños.

Cuando Alicia llamó por el portero eléctrico desde la entrada al edificio, vio a tía Marga caminando hacia ella. Había bajado a recibirla. De menuda figura, ágil y elástica para casi setenta años, hablaba con la aguda voz de su hija, un fuerte acento porteño y tenía un rostro sonriente y ojos inquisitivos. Con placer, Alicia notó que se había teñido las canas a un juvenil castaño claro.

–Ay, tía, estás hermosa, por lo menos diez años más joven. Qué cambio en pocos meses – exclamó Alicia y se abrazaron por un rato largo.

La mesa ya estaba puesta y la tía, con un guiño, le informó que la señora que la acompañaba "cama adentro" no estaba; ella le había dado la tarde libre y pedido que volviera después de la cena.

–Nos llevamos muy bien las dos, ella es discreta y bastante despierta –dijo–. Tenemos gustos parecidos, así que a Carla le salió redondo este asunto. Mi único problema es que como es joven, uno de estos días va a hacer pareja y la voy a perder. Ya me acostumbré a tenerla cerca, y también hay que considerar que conversa conmigo, mientras que los muebles y las fotos viejas no–, terminó con una risita cómplice.

El plato favorito de Alicia, milanesas con puré de papas, fue servido prontamente y las dos se enfrascaron, para deleite de Alicia, en una animada conversación sobre las novedades familiares y evocaciones cariñosas del tío, que la remontó muchos años atrás, a otras largas charlas con ella, cuando le ayudó a navegar la adolescencia como una madre. Tía Marga estaba hablando de las horas que había empezado a trabajar como voluntaria en la iglesia local.

–No me acuerdo de que vos fueras a la iglesia, aparte de algunos domingos con nosotras, y eso porque la monja del catecismo de la primera comunión de Carla se quejaba de que no íbamos.

–Cierto, pero vos sabés, cuando una se hace vieja, las cosas cambian y te ponés a pensar en qué hiciste hasta ahora, qué dejás de positivo atrás tuyo–, hizo una pausa, como buscando la respuesta–. Yo no hice nada más que ser ama de casa y madre, así que ahora que tengo tiempo libre, lo puedo usar en algo útil para otros. Vos sabés que a mí me aburre la tele, y los ojos no me dan para leer mucho.

Alicia amaba a esta mujer y siempre se preguntaba cómo habría sido su madre si estuviese viva todavía. ¿Se parecería a ella? Alicia siempre recordaba a su madre en las maravillosas imágenes fijas de la infancia. Suspiró, volviendo al presente.

–Contame qué haces en la iglesia, quiero decir, ¿de qué te ocupás?

–Tenemos un grupo de mujeres, algunas son jubiladas, otras amas de casa. Hacemos colectas para la parroquia, el padre tiene un montón de necesidades, y nosotras tenemos un par de proyectitos andando.

–Ah, ¿sí? Qué interesante, contame más–, dijo Alicia,

gratamente sorprendida de que tía Marga estuviese metida en trabajo comunitario. Pero ella prosiguió por otros rumbos:

–Bueno, primero le redecoramos el altar al padre, y ahora estamos haciendo lo mismo en la oficinita que tiene detrás de la iglesia. Le hemos comprado unas cuantas cosas nuevas–. Alicia se apoyó contra el respaldo de la silla nuevamente, ¿qué había esperado escuchar? – Estamos organizando una rifa y hacemos feria de platos todos los meses. Por ejemplo, antes de que termine la guerra, mandamos unas cuantas cajas para los soldaditos que estaban en las Malvinas, pobres–. Hizo una pausa, pensativa y Alicia no pudo evitar preguntarle:

–Tía, ¿no tienen miedo de que esos paquetes de donaciones no les hayan llegado a los muchachos en el frente? –la otra la miró intrigada.

–Claro que no. ¿Por qué íbamos a dudar? Seguro que les llegaron bien... ah, ahora veo, vos hablás de esos rumores que corrieron, ¿no?

–Bueno, sí, en realidad...

–Ay, Alicia, hijita, son casos aislados, algunos inescrupulosos. Yo estoy segura de que son historias exageradas, si no son mentiras.

–No sé, tía, cuando el río suena, algo trae, dicen...

–Lo que pasa es que algunos no quieren a este gobierno, y siembran cizaña. Pero desde que está esta gente no hay más inestabilidad, no te diste cuenta, ni ataques guerrilleros, tenemos paz...

–Sí, tenemos paz–, la cortó Alicia, tratando de no perder el tono amable con su tía–, tenemos la paz de los cementerios, diría yo.

–¿Qué querés decir con eso? –Sin resentimiento en la voz, sólo la impaciencia de una maestra con una alumna poco brillante. Alicia comprendió que había ido muy lejos y que era inútil poner nerviosa a su tía con una llamada a la realidad que no querría oír.

–Nada, tía, es una forma de decir que tenemos paz a la fuerza. Vos sabés que yo no veo como una cosa buena, o pacífica los golpes de estado contra el gobierno democrático. Ya hemos hablado de esto antes.

–Sí, pero vos estás equivocada. Yo sé que vos preferís

las elecciones, pero no solo trajeron paz, sino que también se jugaron en una guerra por las Malvinas, date cuenta.

–Tía Marga, sinceramente, ¿cómo puede ser bueno un gobierno a la fuerza, que por seis años no rinde cuentas a nadie? –Alicia sabía que no debía hacerlo, pero igual, siguió adelante, incapaz de callar otra vez–. Y lo de las Malvinas, la verdad es que era una causa perdida, y lo sabían bien, tenían que saber que estaban mandando a esos chicos a morir para nada.

Tía Marga la miraba silenciosa, esperando que terminara de desahogarse, para reafirmar su punto:

–No creo que sea así, te digo la verdad. Pero de todos modos, ahora que la cosa se ha calmado, y no tenemos más terroristas en la calle, podemos volver a tener elecciones. Antes de eso era muy peligroso.

Alicia no respondió. Sabía que no iba a cambiar su punto de vista, tomado exclusivamente de las limitadas noticias disponibles.

Tía Marga levantó los ojos del plato que estaba sirviendo y le dijo seria:

–Mirá nena, estoy segura de que vamos a votar el año que viene y los civiles que entren van a hacer otro desastre y después van a correr todos a pedirle a los cuarteles que vengan a solucionar la cosa. Ya vas a ver.

Al día siguiente, puntual, a las nueve de la mañana Alicia llamó a Sergio como le prometiera.

–No estás muy bien, ¿No? ¿Qué te pasa? –Preguntó él, interesado, después de los comentarios domésticos de rigor–. ¿Estás resfriada?

–No, estoy bien, me levanté tarde y tengo un poco de dolor de cabeza. Ayer fue un día lleno de emociones–. Trató de no sonar plañidera, y sonrió para sus adentros. La voz de él delataba un poco de preocupación y eso la hizo feliz. Había perdido ese tono distante y frío de los días anteriores. Ella sintió otra vez la familiar y profunda convicción de que nada podía ponerse entre ellos definitivamente. Esa convicción que había flaqueado desde que ella dejó Bariloche–. Voy a tomar una aspirina con el desayuno.

–¿Qué conseguiste averiguar?

Alentada por su interés, Alicia le contó detalles. Pero para cuando se despidieron su entusiasmo ya se había enfriado. Ella aventuró un *te amo* pero él solo dijo distraídamente *yo también*, antes de cortar.

Alicia suspiró. Él nunca antes había dicho adiós de esta forma. Ahora muchas cosas los separaban y las deberían enmendar cuando ella volviera. No iba a ser fácil.

El sentimiento de culpa que la asaltó al partir de Bariloche era menor ahora que Pablo parecía estar bien y Sergio manejaba la situación con soltura. Era tranquilizador saber que si algo le sucedía a ella, él podía asumir la crianza del nene sin problemas y sería no sólo un buen padre, como había probado cuando ella estaba presente, sino un buen sustituto suyo.

La idea de ir a la Plaza de Mayo esa tarde la ponía un poco nerviosa. ¿Qué debía esperar? ¿Habría muchos curiosos u ocasionales acompañantes como ella? ¿Y qué si la policía intervenía? Mediante un esfuerzo desechó los pensamientos negativos. Los familiares de las víctimas corrían ese peligro todos los días. En su interior admiró una vez más el coraje de esas mujeres que habían desafiado semejante peligro durante años, buscando respuestas que no llegaban. Si ella tuviera el valor suficiente, compraría un pañuelo blanco y se uniría a Sonia en la ronda, en nombre de su amiga. Pero no tenía el coraje necesario y esa admisión le hizo sentir vergüenza.

Un rato más tarde Alicia estaba cruzando el lobby del hotel cuando escuchó a sus espaldas la vocecita del joven conserje desde la recepción.

—Perdone, ¿usted es la señora de Brauer?

—¿Sí? —Él se inclinó sobre el mostrador:

Yo no sabía que su apellido era Brauer.

—Es el de mi marido, pero no lo uso cuando estoy trabajando.

—Ah... porque su apellido figura acá como Rivera—. La curiosidad de Alicia se despertó inmediatamente.

—¿Cómo averiguaste mi apellido de casada? Yo me registré como Rivera, el nombre que está en mi cédula de identidad.

—Sí, esa es la cosa, usted está registrada con ese

apellido, así que cuando me preguntaron, no estaba seguro de que fuera usted–. La explicación poco clara puso nerviosa a Alicia.

–¿Y entonces? No te entiendo–. Trataba de mantener la calma pero la sensación familiar en la boca del estómago le decía que algo no estaba bien. ¿Quién había preguntado por ella? El muchacho sonrió distraído, mientras acomodaba unos sobres de correo. Con un gesto de condescendencia al cliente, explicó:

–Bueno, lo que pasó es que anoche vino un hombre preguntando por usted. No era mi turno así que yo no estaba en el mostrador, me lo contó el empleado de la noche. Usted no estaba, pero el hombre no parecía querer verla, sólo preguntó si usted se hospedaba aquí. Dio el nombre de casada, y claro, no estaba. Después cuando dijo Rivera, él la encontró en la lista.

–¿Y quién era ese hombre?

–No sé. Seguro que mostró una identificación importante como para que le dieran ese dato. No le pregunté –concluyó con una mirada que decía claramente que no sabía más del tema.

–No puedo creer que ustedes le den esa información a cualquiera, ¿no tienen reglas de conducta? –Alicia apoyó las manos en el mostrador, sosteniéndose porque las rodillas le empezaban a temblar un poco.

–Sí que tenemos, señora. Seguro que le mostró un documento de identidad, siempre controlamos que sea una autoridad –dijo él, un poco fastidiado.

–¿Qué autoridad era ésa?

–No sé, no le pregunté al muchacho.

Ahora Alicia estaba totalmente convencida de que algo raro sucedía. El peso en el estómago se había convertido en náusea y se dirigió al ascensor, necesitaba unos minutos para recuperarse, no podía salir a la calle así. Por suerte era todavía temprano. Caminó hasta su habitación y se sentó en la cama, tratando de calmar los nervios, haciendo los ejercicios de respiración que Mary le enseñó para controlar los ataques de ansiedad.

La presencia del misterioso hombre, ¿sería una consecuencia de su encuentro con Mariano? Él había dicho que a veces lo seguían. Pensó en no ir a la Plaza de Mayo, pero desechó la idea enseguida. Debía mantener la calma. Pero, ¿cómo hacían las Madres y los familiares para vivir bajo constante peligro y durante tanto tiempo? Se sintió avergonzada. Sus reacciones eran lo opuesto de lo que ella siempre había imaginado que sentiría si estaba en peligro. Era una cobarde, se dijo otra vez; así de simple.

Incapaz de ponerse en pie, apoyó los codos en las rodillas y se tapó la cara con las manos. Permaneció así unos minutos y cuando se recuperó tenía las palmas empapadas en lágrimas. Caminó hacia el baño y se enjuagó la cara con agua fresca, antes de salir rumbo a la plaza.

El pensar en Susana, en lo que debería estar sufriendo a manos de sus captores, y hasta en la horrenda posibilidad de su muerte la arrancó de su indecisión. Tenía que ir, no importaba qué sucediera. No le iba a fallar a Sonia.

La Plaza de Mayo estaba llena de gente a esa hora de la tarde. Peatones que parecían empleados administrativos de los ministerios que abundaban en la zona caminaban cruzándola, presurosos, rodeados por el interminable tráfico de autos y colectivos que la circundaban.

Nada parecía anunciar que era jueves y que las Madres iban a estar ahí. Las bandadas de palomas que hacían nido en las molduras de los edificios estatales y en la sobria Catedral volaban entre los transeúntes, buscando comida.

Estaba nublado y fresco y la brisa que llegaba desde el Río de la Plata, a pocas cuadras detrás de la Casa Rosada, parecía enfriarse cada vez más. Alicia caminó, dominando el miedo, desde la boca del subte en la calle Florida, hacia el colonial Cabildo en la esquina y cruzó la avenida hacia la plaza, junto con un grupo grande de peatones. Caminó lentamente por los senderos, buscando un banco, como le había indicado Sonia.

Tratando de no ceder al impulso de mirar hacia atrás cada dos pasos, encendió un cigarrillo para hacer tiempo y calmar los nervios. Divisó un banco, cerca de la pirámide en el centro de la plaza, donde había una pareja sentada; se acercó despacio y se sentó en el espacio desocupado. Ambos estaban dándoles migajas a las palomas mientras conversaban en voz muy baja. Más allá, en otros bancos, la gente leía, descansaba o charlaba en pequeños grupos, tal vez esperando por alguien o algo.

El corazón de Alicia latía con una fuerza tal que por un momento pensó que el hombre sentado cerca de ella llegaría a escuchar el sonido. Con el estómago anudado, apagó el cigarrillo y se concentró en rezar en silencio una cadena continua de Padre Nuestros, repitiendo las palabras en una letanía que le ayudó a recuperar el control.

Disimulando, miraba la hora en su reloj pulsera, fingiendo interés en un pequeño grupo de gorriones compitiendo valientemente por las migas y semillas con la dominante población de palomas de la plaza.

Unos minutos antes de las cinco en punto y saliendo de ningún lugar en especial, apareció un grupo de policías, algunos en uniforme y otros inconfundibles aún en sus ropas de civil. Se ubicaron en pares o de a tres, cerca de la pirámide en una especie de círculo abierto en varias partes. A las cinco, el campanario de la Catedral llenó de música el aire y unos minutos más tarde, casi al final del pequeño concierto, mujeres de todas las edades, ajustándose o llevando pañuelos blancos en la cabeza se acercaron a la pirámide. Cruzaron poco a poco el informal círculo de policías y comenzaron a caminar alrededor del estilizado monumento, despacio, algunas sueltas, otras tomadas del brazo.

Manteniendo un paso similar, algunas sostenían fotos ampliadas en sus manos, otras las llevaban prendidas en la ropa. Era una ronda solemne, que a Alicia, fascinada con el espectáculo en el frío y gris aire de la tarde, le pareció casi irreal; el silencioso y determinado andar de las mujeres, la policía a su alrededor, intercambiando cortos comentarios aquí y allá, y la gente que miraba desde lejos.

Algunos peatones que cruzaban la plaza evitaban la zona de la pirámide con paso apurado, ignorando la marcha o poco interesados en ella. Un grupo, evidentemente extranjero, con dos cámaras de video y un locutor hablando frente a una de ellas, registraba todo, caminando casi en puntas de pie a cierta distancia de las Madres y de los guardias.

Alicia identificó fácilmente a Sonia, rodeada de dos mujeres. Su alta figura se destacaba entre sus compañeras, mirando hacia adelante, en silencio.

De pronto, Alicia sintió que una calma reconfortante la invadía. Era como si lo que estaba mirando frente a ella irradiara una sensación de seguridad, lo que, considerando a los policías y lo que estaba sucediendo, no tenía mucho sentido. Pero era como si todo estuviese en su lugar, como si de esa forma debiese ser, y no de otra. Al mismo tiempo, entendía que era un riesgo tremendo lo que esas mujeres hacían, y comprendió que estaba presenciando un acto de desobediencia civil pacífica que tenía más fuerza de lo que había esperado. Las caminantes estaban rodeadas de hombres que, probablemente, no vacilarían en golpearlas o disparar contra ellas si no estuviesen en un lugar público. Lo conmovedor era que si alguien sacaba las armas, las que estaban en frente serían indefensas amas de casa, madres desesperadas por encontrar a sus hijos. Ella estaba segura ahora de que nada de eso sucedería allí; no con cámaras y periodistas extranjeros registrándolo todo.

Alicia notó que el hombre cerca de ella estaba ahora solo en el banco. ¿Ella también se habría sumado a la marcha? Él, muy tranquilo, seguía alimentado a las aves, mirando a veces distraídamente hacia la gente que rodeaba la pirámide, como si hubiese estado solo todo el tiempo.

Nada memorable sucedió durante una media hora. Entonces, con la misma calma con la que habían llegado, las Madres caminaron fuera del círculo alejándose del monumento, confundiéndose con los curiosos y los peatones mientras se quitaban los pañuelos de la cabeza.

Siguiendo las precisas instrucciones de Sonia, Alicia caminó despacio hacia la entrada del subte y tomó el tren hasta la estación Pasco.

Tal como habían quedado, esperó por ella en el café para planear los futuros pasos en la búsqueda de Susana, mientras reflexionaba sobre la experiencia que vivió en Plaza de Mayo y qué significaba lo presenciado en el contexto del país.

Una hora más tarde, y después de un adiós lleno de lágrimas, Alicia salió del café de la esquina de Pasco y Rivadavia sosteniendo en sus manos el pequeño envoltorio con el bolso de tela de nylon liviana que le prestó en Bariloche a su amiga. Sonia lo había lavado y doblado prolijamente.

Sentada en el subte, camino al hotel, Alicia acarició por unos minutos con ternura el papel marrón del envoltorio que descansaba sobre su falda, y la áspera superficie le pareció suave al tacto.

X

La ceremonia de bautismo era el sábado y Alicia había prometido pasar con Carla el viernes 9 de julio, día de la Independencia.

–He ordenado empanadas y locro de El Ceibal–, le había dicho con un guiño cómplice–. Me los traen calentitos. Puedo agregar humita en chala, si querés...

–Hmm... Suena riquísimo. No he comido locro desde hace no sé cuánto tiempo, gracias, Carla–, y la boca de Alicia se le hizo agua pensando en el delicioso locro criollo, con vegetales, carne y ese sabor particular del maíz blanco cocido.

–Ya sabía que te iba a tentar con la idea. Vamos a pasar el día charlando y organizando cosas. Prometeme que vas a venir.

–Bueno, prometido.

–Ah, me olvidaba, mamá no viene el viernes, tiene no sé qué festejo de la Independencia con la gente de la iglesia.

Los días se habían pasado sin sentir y el viernes Alicia despertó con una sensación de urgencia. La apremiaba la falta de resultados concretos, a la que se sumaba el temor de que alguien estuviera siguiéndola.

Apenas salió de un renovador baño caliente, Sergio llamó. Tenía planes para pasar el día con Mary y Luis en la villa en la base del Cerro Catedral. Pablo estuvo un poco nervioso, de modo que lo podría beneficiar un día al aire libre. Ella lo notó impaciente cuando trató de comentarle detalles de su búsqueda y trató de ser breve, sorprendida por su inesperada frialdad. Alcanzó a preguntarle por Alcides; no había noticias. Alicia no mencionó lo del hombre en el *lobby* del hotel; no quería empeorar las cosas entre ellos. Tampoco quería piedad de él. Se despidieron apresuradamente y ella se quedó dolorida por lo que percibió como un total desinterés de su parte hacia la misión que la había traído a Buenos Aires. Una misión con poco éxito por ahora.

Evaluó sus magros logros. Había conseguido un solo hilo que podría dar frutos en el futuro. Si los contactos de Mariano no resultaban positivos, ella no sabría a quién acudir. Alberto Suárez, la otra posible vía que podía explorar, no estaba en la ciudad y no volvería por un mes.

Se imaginaba el escepticismo de Sergio cuando ella volviera con las manos vacías. Él había cambiado tanto en los últimos tiempos, o por lo menos, la percepción que ella tenía de él no era la misma de antes. ¿Tuvo antes reacciones así, frías y tercas? ¿Y cómo nunca lo había notado? Se sentía cada vez más aislada de su propia familia. Justo, cuando más necesitaba apoyo.

Salió del hotel a las nueve y media rumbo a una esperada visita al departamento de Susana, organizada a través de Sonia, quien había alertado a Mateo, el portero del edificio. De allí se dirigiría a la casa de su prima, para el inevitable almuerzo.

Alicia le pidió al taxista que se detuviera un par de cuadras antes del domicilio de Susana y caminó hasta la puerta. Sonrió al pensar lo feliz que era su amiga viviendo en el centro de Buenos Aires, cómo disfrutaba del bullicio, la gente, los negocios, los cafés. Cuánto le gustaba el tener todo a mano, hasta cualquier hora de la noche, y algunos negocios abiertos hasta la madrugada. Susana se sentía como un pez en el agua en la gran ciudad, con todo a su alcance apenas bajaba el ascensor del departamento.

Alicia caminó despacio, con cautela, parándose frente a las vidrieras, fingiendo interés en los artículos expuestos, pero en realidad atenta a si alguien la seguía. El departamento de Susana estaba sobre la avenida Santa Fe, en el décimo piso de un edificio de fachada anónima, como tantos otros de la zona, con doble puerta de vidrio apretada entre dos pequeñas y elegantes boutiques. Era una copia exacta de cientos de edificios en la ciudad. Alicia pulsó el botón de la portería en el intercomunicador, tratando de aplacar una súbita, urgente necesidad de encender un cigarrillo. Pocos minutos después, el portero apareció en el pequeño hall de entrada y Alicia lo saludó con la mano. Él la reconoció y abrió la puerta.

–¿Qué tal, señorita?, pase usted, pase usted.

Las arrugas se profundizaron con la sonrisa amable y se estrecharon la mano.

–¿Cómo anda usted, Mateo? –El hombre parecía un poco avergonzado por algo, mientras la dejaba pasar.

Alicia sonrió en su interior ante el fuerte acento de Galicia del hombre que, ella sabía bien llevaba, más de veinte años en Buenos Aires.

–Pues yo estoy muy bien, señorita, gracias. Hace tanto que no la veía. ¡Qué bueno que haya venido!–, dijo de un tirón, evidentemente emocionado. Aliviada por la cálida bienvenida, Alicia lo siguió mientras cruzaban el hall y entraban al departamento de la portería, más allá de los ascensores.

En el pequeño pero prolijo ambiente, la esposa de Mateo, simple y austera, con una cara de piel dorada, redonda y maternal que le recordaba a Alicia a los inmigrantes bolivianos que llegaban a la ciudad en busca de trabajo, se acercó a saludarla. La mano extendida y una sonrisa de bienvenida. Ambos sabían a qué había venido y ninguno de los dos parecía tener dudas de hablarle. Era un buen signo.

La invitaron a sentarse en una de las sillas del pequeño juego de comedor y la mujer trajo vasos y una botella grande de Coca–Cola. Con una sonrisa tímida saludó y desapareció de la habitación con el pretexto de tareas domésticas.

–Tengo mucho que hacer en la cocina –murmuró–, nuestros muchachos vienen a pasar la fiesta patria en casa.

Cuando se quedaron solos, Mateo encaró el tema:

–La estábamos esperando en cualquier momento. La señora Machevsky llamó el otro día para decirnos que usted estaba en la ciudad y que quería visitar el departamento. Parecía tan triste, en el teléfono. ¿Cómo anda? Pobre mujer.

–Tiene mucho miedo, pero es fuerte y está decidida a encontrar a su hija. Don Roberto, el marido, estuvo muy enfermo del corazón. Ya anda mejor.

Mateo asintió en silencio y llenó los vasos con Coca-

Cola, ofreciéndole uno a Alicia. Ella lo recibió agradecida, tenía la boca seca y amarga.

–No hay noticias de la señorita Susana, supongo...

–No, nada todavía.

Permanecieron en silencio por un rato; él movió la cabeza como diciendo, ¿qué mundo loco y criminal es éste? Pero no dijo nada. La gente no hablaba así nomás de lo que estaba sucediendo a su alrededor. Alicia aventuró:

–¿Qué pasó ese día exactamente?

Él suspiró y se movió en la silla, incómodo.

–Ese día todo empezó temprano, cuando yo barría la vereda, como todas las mañanas y vi a esos dos tipos sentados en un auto, frente al edificio vecino. Había algo raro; la policía de tránsito no deja que los autos se estacionen en doble fila, esta es una avenida con mucho movimiento. Un par de horas después, los tipos todavía estaban ahí. La señorita llegó de la estación de ómnibus cerca de las dos de la tarde, en un taxi. Un vecino de arriba salía y la ayudó a acarrear los bolsos al ascensor.

–¿Usted habló con ella?

–La saludé, le dije que estaba contento de verla de vuelta, ella es una chica tan agradable y simpática, siempre sonriente y tan amable con todos–. Hizo una pausa y sacudió otra vez la cabeza–. ¡Qué desgracia!..

Miraba a Alicia con tristeza. Ella no estaba segura de si él estaba triste por el acto criminal del secuestro o, como mucha gente, si sentía piedad por una muchacha joven que a lo mejor se había metido en algo raro contra el gobierno. Él prosiguió:

–Me dijo que lo pasó muy bien con usted y su familia. Después ella salió otra vez...

–¿A qué hora?

–Un par de horas después, creo. No más que eso. Mi mujer la vio salir–. Parecía preocupado por organizar sus pensamientos–. Pero algo no estaba bien esa tarde alrededor del edificio, y mis instintos me lo dijeron, aunque no supe qué era. Después de la cena, alguien llamó al intercomunicador varias veces, como si fuera una emergencia, y escuché gente gritando afuera. Corrí hacia la entrada y vi a un grupo de hombres en la vereda, uno de ellos me mostró una identificación de la policía por el vidrio de la puerta. Cuando les abrí, me empujaron contra la pared y me preguntaron por el departamento de la señorita Susana. Yo me asusté mucho y les dije el número. Tres corrieron hasta el ascensor y dos se quedaron atrás. Insultando y gritando me dijeron que me metiera en el departamento y cerrara la puerta. Es lo único que alcancé a ver antes de encerrarme con llave en casa. Mi señora lloraba, muerta de miedo, nunca la había visto así. Además, esos hombres llevaban armas de todo tipo –Mateo se quedó en silencio por un rato, como si estuviese recuperándose de terribles recuerdos. Después de un trago de Coca-Cola continuó:

–Empujaron a los vecinos dentro de sus departamentos también. Parecían saber a qué hora iba a volver a casa. Llegó a eso de las diez y media, tomó el ascensor hasta su piso y cuando abrió la puerta del departamento, varios hombres que estaban escondidos en el hueco de la escalera la empujaron adentro.

Hizo una larga pausa y ella esperó, ansiosa.

–Los vecinos del departamento de enfrente, que también estaban encerrados pero que espiaban por la mirilla, vieron a los hombres tomar a la señorita Susana y empujarla hacia el ascensor. Los otros entraron e hicieron un lío tremendo, se llevaron cosas, rompieron otras, hasta que al final, hubo silencio. Los vecinos estaban aterrorizados, créame, nadie se atrevía a abrir la puerta. Más tarde me llamaron por teléfono y yo los calmé como pude y les pedí que no hablaran con nadie, por las dudas–. Movió la cabeza otra vez, suspirando–. Bueno, al final me atreví a salir y ya estaba todo en calma, como si nada hubiera pasado. No escuchamos más nada ese día ni los siguientes.

–Mateo, los hombres, ¿no volvieron?

–Nunca los vi de nuevo. Lo primero que hice fue llamar a la madre, tengo el número en mi archivo y pronto ella y el marido vinieron en un taxi. Fue muy mal momento, teníamos miedo, ellos estaban desesperados, los vecinos del barrio habían visto los autos y el escándalo. Los hombres se llevaron cosas y rompieron otras... la señora llamó a la policía y vinieron dos uniformados, muy amables, miraron alrededor, tomaron notas cuidadosas en una carpeta, pero parece que nadie hizo nada. No supimos más de ellos, aunque los llamamos muchas veces en los días que siguieron.

–La madre de Susana me dijo que el departamento está cerrado y lo quiere conservar así –dijo Alicia después de una pausa.

–Sí. Ellos pagan el alquiler, así que hasta que el contrato se termine es de ellos. Nadie viene aquí, sólo la señora, a veces entra y se queda un rato, después se marcha. Nosotros tuvimos miedo por un tiempo, pero como no pasó nada más nos fuimos tranquilizando.

–¿Está bien si voy al departamento por un minuto?

–Pero sí, seguro, señorita, usted es una buena amiga de ella y siempre solía venir a visitarla, sí, siempre se quedaba a pasar unos días. Venga, la acompaño.

Subieron en el ascensor hasta el quinto piso, caminaron en silencio por el pasillo hasta la puerta del departamento de Susana y Mateo la abrió con la llave maestra, moviéndose al costado para dejar pasar a Alicia.

El lugar estaba oscuro, las ventanas cerradas y solamente una fina línea de luz se colaba por los bordes de las cortinas. Susana siempre tenía las ventanas abiertas durante el día. Un mustio olor a encierro, a humedad, que nunca había estado ahí antes impregnaba el pequeño departamento, usurpando el aire fresco que era el ambiente natural de Susana. Mateo encendió las luces y ella notó que la ausencia era bien tangible; faltaban algunos muebles y los estantes con los preciados libros estaban casi vacíos.

Las puertas plegadizas de la pequeña cocina y de la heladera estaban abiertas de par en par, una imagen desoladora. Alicia tenía un nudo en la garganta y no podía articular palabra, parada frente a los restos de lo que había sido el luminoso hogar de su amiga.

–Se llevaron todo... la ropa, los libros, y algunos enseres de cocina. Se llevaron hasta el cubrecama... no sé cómo dejaron los almohadones.

Mateo salió del departamento, casi en puntas de pie, y ella se sentó en el sofá-cama, todavía decorado con los tres almohadones de seda, coloridos y elegantes, que Susana y ella habían comprado juntas un par de años atrás.

Alicia necesitaba un poco de tiempo a solas para recuperarse de la visita al departamento y del doloroso impacto de haberlo visto en tan mal estado. Entró en un cafecito al paso, pidió un té de tilo y trató de aflojarse, haciendo ejercicios de respiración hasta que su pulso se serenó un poco. Entonces llamó un taxi por teléfono.

Cuando llegó, puntual, a la casa de su prima, Carla tenía el mate listo y con gran entusiasmo comenzó a ponerla al tanto de las novedades de conocidos y familiares lejanos. En la fiesta de bautismo, al día siguiente, iba a encontrarse nuevamente con gente a la que no había visto por meses y en algunos casos, años. La charla inconsecuente se volvió interesante cuando llegó a los niños y a la nueva experiencia maternal de Carla. Le sorprendió gratamente ver a su prima tan segura de sí misma, haciéndose cargo de la situación de madre primeriza, siendo tan joven. Ella no había tenido tanta destreza, recordó. Era insegura, siempre temiendo no estar a la altura de las circunstancias, de no proveer lo necesario a Pablo.

Guillermo trabajaba largas horas, y pasaba casi todo el día en la financiera, de modo que Carla se las había arreglado bastante bien por su cuenta. Alicia la miraba moverse con soltura alrededor de Verónica y sentía el orgullo de una hermana mayor. Después de alimentarla y ponerla a dormir su siesta, se sentaron a comer. La inmensa televisión en colores, invitada puntual, estaba encendida en la esquina de la amplia cocina-comedor. Guillermo la prefería a la radio y tenía varios aparatos de distintos tamaños distribuidos por el departamento, para poder seguir el programa favorito desde cualquier habitación.

Alicia se sentía importunada por la presencia de un televisor a la hora de comer. Para ella y Sergio, la mesa era un sitio de reunión, dedicado a conversar, a cambiar opiniones, a evocar recuerdos, a planear futuros pasos.

Se sentaron y ella trató de ignorar al invitado electrónico lo más discretamente posible, entablando una conversación con Carla.

–No sabés lo contenta que estoy de ver qué buena madre sos–, le dijo con sinceridad y orgullo a su prima mientras la veía servir la humeante comida criolla.

–¿Te parece? –Los ojos brillantes de Carla decían cuánto valoraba las palabras de Alicia–. Ojalá mamá pensara igual que vos.

–Claro que sí, estoy segura de que piensa igual.

Guillermo, que recién se sentaba a la mesa, levantó el volumen del televisor:

–Shh... Escuchen, está el noticiero.

Las dos prestaron atención al pomposo y elegante locutor que parecía un actor de cine y sostenía el micrófono frente a una ceremonia oficial con muchas banderas azules y blancas flameando de fondo. La banda terminó su presentación. El buen mozo sonrió para la cámara y anunció que esa mañana la Junta había celebrado un homenaje al General don José de San Martín, colocando una inmensa corona de flores ante el monumento al arquitecto de la independencia de Chile, Perú y Argentina. Al Libertador le debíamos, recordó el locutor, que nos quitara de encima el yugo colonial español.

Alicia completó la historia para sus adentros, pensando que el impecable buen mozo en la pantalla nunca iba a mencionar que el ahora venerado héroe patrio había sido condenado a morir en la oscuridad y en la pobreza, en un pueblito del norte de Francia, después de negarse a participar en una guerra fratricida entre Buenos Aires y las rebeldes provincias en el siglo pasado. Y entonces no pudo frenarse más y sin pensarlo mucho comentó, sarcástica:

–Imaginen si San Martín pudiera ver esto. ¡Qué broma de mal gusto!–, e inmediatamente se arrepintió de haberlo dicho. Guillermo se volvió hacia ella como si lo hubiese insultado.

–¿Y se puede saber por qué? ¿Qué tiene de malo que le rindan honores?

–Nada, no tiene nada de malo, sólo estaba pensando que las fuerzas armadas que él mismo creó con tanto esfuerzo y el país que liberó de la tiranía española con tanto sufrimiento... se han convertido en esto.

–¿Qué querés decir con *esto*?

–Bueno, los golpes de estado uno tras otro, los militares haciendo la ley de acuerdo a lo que va pasando.

–Alicia–, dijo él, enojado, tampoco capaz de callar sus opiniones ante las palabras de ella –estos hombres terminan de salvarnos de caer en manos de los zurdos que querían plantar una bandera roja en medio de la Plaza de Mayo–. Su voz era segura y firme. Alicia sintió el rubor que subía a su cara, como siempre, en los momentos menos indicados. Guillermo hablaba ahora como si fuese el dueño de la verdad absoluta y ella trató de responderle con la voz calma. Negó con la cabeza:

–No me digas que creés en esa historia, por favor, Guillermo. Vos sos un tipo demasiado inteligente, no me recites esa propaganda. Yo estoy bien segura de que vos no la creés ni por un minuto–. Se sentía orgullosa de haber podido dominar su furia y de haber dicho lo que tenía que decir con voz relativamente calma y conciliadora.

–¡Ay, no! No ahora, por favor! –Saltó Carla, sirviendo otro plato–. ¡No vayan a empezar otra vez con una de esas discusiones políticas, por favor!

–No te preocupes, Carla, estamos charlando sobre las noticias de hoy. Parece que Alicia ha comido una buena porción de esa comida envenenada izquierdista que está arruinando a la gente joven del país.

–¿Por qué será que cuando la gente habla claro de lo que está pasando aquí, algunos tienen tanta dificultad para admitir la verdad y empiezan a poner nombres? –preguntó Alicia, enojada ahora por la agresividad de él

–¿Algunos? ¿Yo?

–Y, sí, vos. Estamos en un *quilombo* terrible con una deuda externa gigante y a nadie le importa. Empezamos una ridícula guerra que perdimos, hemos gastado todo lo que teníamos en comprar armas de segunda categoría que los países ricos tiran a la basura y nuestras industrias se han fundido. Es la verdad, Guillermo. Llamarme izquierdista no cambia la cosa. San Martín se debe estar revolviendo en la tumba.

Guillermo la había dejado hablar, escuchando con una sonrisa sobradora, esperando que ella terminara. Carla habló otra vez, nerviosa:

–Chicos, por favor, otra vez no –, imploró.

Él la miró y dijo despacio, explicando:

–Muñeca, esto no es una discusión. Estamos intercambiando opiniones. Alicia tiene sus ideas y no toma en cuenta lo que este gobierno quiere hacer con el país–.

Carla se levantó de la mesa encogiéndose de hombros. Él se volvió hacia Alicia que estaba todavía ofuscada, tratando de no explotar otra vez–. Alicia, tenés poca memoria, veo. ¿Ya te olvidaste de los secuestros, de las bombas, del terrorismo en las calles?

–No, no me olvidé–, dijo ella en voz baja–. Por el contrario, yo diría que la violencia empezó bastante antes de las bombas y los tiros, cuando estos tipos empezaron a hacer golpes de estado contra los civiles mucho antes de que nosotros naciéramos. Y vos sabés eso. Los pretextos de salvar al país. Cuando empezaron los golpes militares empezó la violencia, de arriba hacia abajo. Desde el día que el general Uriburu le puso un revólver en el pecho al presidente Irigoyen en el '30 y se sentó en el sillón de Rivadavia.

–Eso es historia vieja... vamos, no traigas esas cosas ahora.

–¿Y por qué no? Tenés que conocer y aceptar la historia si querés entender qué diablos está pasando ahora.

–Yo entiendo bien y tengo buena memoria. Me acuerdo de los guerrilleros y que teníamos miedo como para justificar un golpe.

–La guerrilla vino después. El fraude electoral fue primero y después los golpes de estado. No dejan nunca que los civiles terminen un período presidencial. Mientras tanto están vendiendo el país al mejor postor.

–Eso no es suficiente razón como para secuestrar y poner bombas, Alicia, por favor.

–No, claro que no. Pero eso es lo que pasa cuando aprietan demasiado y la gente joven no ve una salida. Los más calentones empiezan a protestar en la calle y terminan agarrando las armas. ¿Por qué no metieron presos a los guerrilleros y les hicieron juicio civil frente a todo el mundo? Ahí se terminaban los crímenes. En la cárcel y sentenciados ante el mundo. En forma civilizada. Con jueces. No con escuadrones de la muerte.

–¿Cómo podés hablar así? –Guillermo se acomodó en la silla y respiró hondo para calmarse.

–Lo que te estoy diciendo es que los golpes de estado hicieron el campo fértil para que salieran esos grupos rebeldes y la reacción militar. Fue una cadena de violencia que nunca debía haber sucedido.

Él parecía sinceramente decepcionado.

—Bueno. Ahora hay orden por fin, y necesitamos salir del proteccionismo estatal del modelo peronista y abrir los mercados al mundo. Ya se ven mejoras. Es un caso clásico. Nuestra industria nacional va a revivir, va a salir más fortalecida y más competitiva.

—Eso sería cierto si nuestras empresas fueran fuertes como las multinacionales. Nos van a comer crudos. Esperá nomás y ya lo vas a ver.

—No creo, te lo digo yo que estoy adentro de la cosa, y como yo lo veo estos tipos son economistas inteligentísimos. Tienen excelentes asesores en el exterior. Ya vas a ver los beneficios.

—Algunos se van a beneficiar, no te niego, pero una pequeña minoría. No el país entero. Es una deuda muy grande y los préstamos son para pagar la deuda.

—No hay vuelta, vos no querés entender. Te aconsejo que leas un poco sobre el tema.

—Decime, ¿vos manejarías el presupuesto de tu casa con esas ideas financieras? ¿Pidiendo préstamos, sin invertir ni producir? No, claro que no. Bueno, tampoco sirven para el país.

—Espero que no estés escribiendo estas cosas en tus artículos periodísticos, porque se te van a reír. O te van a confundir con una zurda, que es peor.

—No te preocupes. Solo escribo cositas livianas y alegres. No se supone que las mujeres tengan cerebro.

—¡Qué cosa!, a vos no te gusta nada de lo que pasa en este país. Te tendrías que ir al exterior, a lo mejor podés escribir lo que querés en otro lado. Aquí no hay libertad total porque la gente no sabe qué hacer con ella, se descontrolan. Necesitan una guía.

Alicia suspiró hondo e hizo un gesto de impotencia. Tenía mucho más para decirle, pero comprendió que era inútil seguir. Él interpretó su silencio como admisión, o eso le pareció a ella, aunque no ya no le importaba.

—Por favor, cambiemos de tema, ¿sí? —dijo Carla, aprovechando la pausa y levantándose—. Traigo el postre. ¿Les gustó la comida? Por favor, chicos, hablemos de otra cosa. Yo odio la política. ¿Por qué siempre sale la política en la mesa?

–Perdoname Carla, me ofusqué un poco. Vos tenés razón, la mesa no es para hablar de esto–. Alicia le ayudó a levantar los platos, sintiéndose culpable por su poca sinceridad. Ella sabía que en algún momento iba a tener que hablar con Guillermo, que el tema iba a salir, tarde o temprano. Ella no lo podría guardar adentro más tiempo.

Guillermo, ostensiblemente nervioso, trataba de serenarse también. Cuando ellas volvieron a sentarse a la mesa, dijo, conciliador:

–Parece que nosotros nunca nos vamos a poner de acuerdo en esto, Alicia. Lamento que no entiendas mi punto y que nos pongamos así.

Alicia respiró hondo.

–Nos ponemos así porque no coincidimos. Hagamos las paces, por favor–, dijo, tratando de mantener un tono amistoso mientras él la miraba con desconfianza–. Vos tenés tus ideas y yo las mías. Vaya a saber quién tiene razón, en una de ésas la razón anda por la mitad de camino.

–Sí, cambiemos de tema–, concedió él, más tranquilo, tratando de sonreír cortésmente–. Después de todo, somos familiares y tenemos derecho a pensar distinto.

Dócilmente, Carla intervino, sirviendo el postre:

–Claro que sí. Ahora díganme si les gustan estos dulces. Son las muestras de lo que se va a servir mañana en la fiesta –dijo, ansiosa por terminar de una vez con un tema que ella se negaba a considerar y que la desesperaba. Alicia sintió una especie de piedad por su prima. Le sonrió con afecto:

–Son deliciosos, Carla. Disculpá que no lo dije antes, pero mañana van a ser un éxito en la fiesta. El almuerzo estuvo riquísimo también, vos sabés cuánto me gusta esta comida–. En un impulso acercó la silla a su prima, que estaba sentada a su lado y le dio un beso en la mejilla. Carla la abrazó por la cintura y permanecieron así por un rato.

XI

Alicia entró en el avión pisando con el pie derecho. Era una costumbre supersticiosa que no recordaba cuándo había comenzado pero que la había acompañado por muchos años y la hacía sentir más segura una vez en el aire.

Los asientos del vuelo directo a Bariloche estaban ocupados con turistas y locales de regreso a casa. Ella encontró el reducido espacio de su butaca en el pasillo, al lado de una pareja de jovencitos en su luna de miel. Después de recibir un par de golpes involuntarios en el hombro y la cabeza, cortesía de los pasajeros que trataban de circular por el estrechísimo pasillo con sus bolsos, Alicia vio con alivio que cerraban la puerta del avión y se preparaban para partir.

Pronto Buenos Aires quedó atrás y ella tuvo que hacer frente a la frustrante realidad: no estaba más cerca de encontrar a su amiga que cuando partió de Bariloche siete días antes. Averiguó más detalles, sí, pero nada tangible, y sus temores no se habían disipado. Para colmo, la presencia de un desconocido preguntando por ella en el hotel era una prueba de lo precaria que era su situación personal. ¿La estaban siguiendo? En Buenos Aires ella tuvo mucho cuidado de controlar a su alrededor todo el tiempo, pero no notó nada sospechoso. Si sus temores eran reales y alguien la estaba siguiendo, ¿cuál era la razón? ¿Quién iba a perder tiempo y gastar dinero en ella, una periodista anónima, un ama de casa, que no era un riesgo para nadie? Seguramente tendrían gente más importante de quién ocuparse, si buscaban a un enemigo. Entonces, ¿no sería solamente su paranoia, como tantas veces había sospechado?

Los pasajeros alrededor se acomodaron para el viaje de tres horas y las voces se aquietaron. Alicia abrió un libro pero no pudo concentrarse en la lectura. Su mente volvía a los sucesos de los últimos días.

El bautismo y la fiesta que lo siguió resultó un respiro en la agitada semana. Durante la reunión, Guillermo se había portado como un caballero, gentil y hasta gracioso, de modo que ella le devolvió la cortesía, contenta con la tregua. Era un día soleado y tibio y Carla, en un despliegue que la dejó más orgullosa de su prima todavía, se lució como la perfecta anfitriona. La beba se colaboró portándose muy bien, sonriente de brazo en brazo y Alicia lamentaba el no haber podido disfrutar con tranquilidad de esta fiesta familiar, compartiéndolo todo con Sergio y Pablo.

El vuelo de retorno resultó más corto que el de ida. Cuando el avión se aproximó a la angosta pista de aterrizaje marcada con lucecitas azules, el cielo patagónico estaba ya oscuro y brillante de estrellas, con una luna como una moneda de plata colgada sobre la ciudad.

Sintió el aire frío y seco al avanzar por la escalerilla del avión. Bajó a la pista y caminó con los otros pasajeros hacia la entrada de la terminal. Apenas cruzó la doble puerta de vidrio del edificio divisó a Sergio, sosteniendo a Pablo en su brazo izquierdo y tratando de ver si la encontraba en el grupo de viajeros. Al verla sonrió ampliamente, con un gesto de alivio.

El martes siguiente, Mary la llamó temprano a la redacción con una voz baja e intrigante:

–¿Querés que nos juntemos para el almuerzo? Quiero comentarte algo, te voy a recoger al diario. Esperame en la puerta a las doce y media. Yo compro unos sándwiches y algo para tomar y nos vamos a algún lugar tranquilo a charlar, ¿Qué te parece?

Alicia estaba cavilando con curiosidad sobre la misteriosa invitación, cuando Martina llegó como un torbellino hasta su escritorio. La puso al día con las novedades del programa del domingo, en el que había estado sola. Alicia le dejó material suficiente y un comentario grabado antes de partir y aparentemente todo había resultado bien. Martina estaba satisfecha por los comentarios recibidos.

–Cambiando de tema –prosiguió–, ¿cómo estuvo tu

viaje? ¿Y cómo anda Susana? ¿Cuándo vuelve por acá?

Alicia temía las preguntas que sabía iban a venir, y trató de ser lo más natural posible mientras inventaba una respuesta:

—Anda bien, trabajando mucho, nos vimos poco, yo estuve todo el tiempo con mi familia–, y bajó los ojos, avergonzada por la mentira, fingiendo acomodar algunos papeles.

—Me alegro. No sé si te conté que Roberto Flores se muda de vuelta a la provincia de Buenos Aires en un mes más o menos. Creo que lo han asignado a La Plata –y agregó con aire significativo–: Estará a una hora de la capital.

No sabiendo qué contestar, Alicia murmuró:

—Ah, ¿sí?

—Vos sabés que a él le cayó bien Susana, por ahí la invita a salir, ¿no te parece buena idea? Hacen linda pareja, los dos tan altos y elegantes.

—Y, quién sabe, viste cómo son estas cosas...

—Seguro que sí. Casi me olvidaba, pasé para decirte que Schneider me mandó un mensaje. Quiere hablar con nosotras dos. Estoy bastante entusiasmada con esto, en una de ésas hasta tenemos más fondos para gastos.

—No sé, Martina, ¿no te dijo de qué quiere hablar? –Alicia sospechó de la inesperada cita– No sé si es tan bueno, pensándolo bien.

—No sé, no me dijo. Pero el programa anda muy bien, la gente lo escucha, no se puede quejar.

—Hmm...

Martina ignoró las dudas de Alicia.

—Bueno, ¿cuándo lo vemos?

—Cualquier tarde después de las seis. Arreglá vos con él.

La vio caminar hacia la oficina de Carlos y trató de concentrarse en la nota que estaba escribiendo. Últimamente se sentía incapaz de reunir la energía o el interés necesarios como para terminar su trabajo. Todo era secundario comparado con la misión que se había asignado de encontrar a Susana. Y en ese momento el programa radial no estaba muy alto en sus prioridades. Para la hora del almuerzo había terminado algunas cosas pendientes y se preparó para averiguar la misteriosa razón del encuentro con Mary.

El Fiat 600 estaba ya frente a la puerta. Alicia subió y su amiga manejó en silencio hacia la salida al Cerro Otto, el monte más cercano.

–¿Y qué es lo que me querías decir personalmente? Me muero de curiosidad.

–Es una larga historia. Anoche, cuando estábamos en tu casa y vos nos contabas lo que hablaste con tu amigo Mariano, se me ocurrió una idea, pero no quise hablar hasta no consultarlo con Luis.

Manejó en silencio por unos minutos. Parecía estar buscando las palabras adecuadas, lo aumentó la curiosidad de Alicia.

–Bueno, decime, ¿cuál es la idea?

–Nosotros tenemos unos amigos, una familia que conocimos hace muchísimo tiempo, cuando recién nos mudamos aquí.

Estaban subiendo al cerro, y Mary estacionó en un soleado mirador, con una imponente vista parcial de la ciudad y del inmenso lago. Dejó el motor encendido y la calefacción andando y se volvió hacia Alicia

–Esta familia desciende de pobladores muy viejos de la zona, y yo sé que el nombre te es familiar, pero no me lo preguntes. Hace mucho prometí no decírselo a nadie.

–Está bien.

–Bueno, resumiendo, la cosa es así: ellos tenían una hija que estudiaba abogacía y desapareció al principio del proceso militar. La chica estudiaba en la Universidad de Buenos Aires y se la llevaron, había testigos y aunque no la volvieron a ver, ellos no hicieron la denuncia porque estaban muertos de miedo de que estuviese metida en algo pesado y ellos fueran a estar involucrados. No querían sospechas, son muy conservadores y tenían miedo de que los tomaran por simpatizantes de los terroristas. En esa época, ellos estaban en contacto con un cura de la zona, y a través de su gestión, se enteraron de detalles de lo que había pasado. Yo sé que vos no querés que nadie sepa nada de lo que pasa con Susana, pero en algún momento vas a tener que hablar con alguien si querés averiguar algo –dijo Mary, volviéndose hacia el asiento de atrás, y levantando dos bolsitas blancas. Le pasó una a Alicia, quien tomó el envoltorio y una botella de jugo de naranja que Mary le ofrecía.

–Son de jamón y queso, yo sé que te gustan.

–Gracias, Mary –dijo ella, desenvolviendo el pan francés crujiente y fresco–. Mirá, a esta altura del juego no tengo problemas con eso. Estoy al final de la cuerda, por así decirlo, así que cualquier pista, cualquier cosa es bienvenida.

–Vamos a contactar a esta gente otra vez, discretamente.

–Me quedé pensando en lo que dijiste. ¿Cuánta gente habrá por ahí a la que le ha pasado esto y ni siquiera lo dice por miedo?

–No sé, la verdad. Estos son los únicos que yo he escuchado. Si la gente no habla, no hay forma de enterarse, claro. De todos modos, esto pasó unos seis años atrás, o más, y les confirmaron que debería haber muerto unos tres años después.

–Imaginate… –Murmuró Alicia– Tres años enteros sin saber qué pasó.

–Pensaban que podía estar enterrada en una fosa común en algún cementerio de Buenos Aires.

–¡Qué horrible! ¿Y vos decís que yo debo conocerlos? Es para volverse loco. Me dan tanta pena, no importa quién sea esta gente–. Alicia sostenía su sándwich en el papel, todavía incapaz de probar bocado.

–Lo que sí sabemos es que estaban muertos de miedo. No los hemos visto últimamente, ya no nos tratamos más, pero Luis y yo pensamos que debemos hablarles para ver si podemos contactar a ese cura, si es que todavía vive por aquí.

–Ay, Mary, yo te estaría eternamente agradecida. Cualquier cosa es mejor que no saber nada.

–Vamos a ver. Y por favor, no te entusiasmes mucho. Es sólo una pista que por ahí no lleva a ningún lado.

–Y por ahí sí –dijo súbitamente esperanzada– yo tengo una convicción profunda, casi una certeza, de que ella está viva y de que si sólo pudiéramos saber dónde está a lo mejor podríamos ayudar a que la liberen.

–Cómo quisiera que fuera así.

–Yo sé que es así. Por eso quiero ayudarla.

En silencio, continuaron con el almuerzo, ambas mirando distraídamente al bellísimo paisaje desplegado frente a ellas.

Después de un rato, Alicia no se pudo contener más:

–No sé si te diste cuenta de que Sergio y yo no andamos bien últimamente–. La otra permaneció en silencio–. En realidad, creo que estamos mal. Cada vez nos alejamos más uno del otro. Yo pensé que las cosas iban a mejorar cuando volviera de Buenos Aires, pero no, estamos peor. Mary, estoy perdiéndolo, y por primera vez no sé qué hacer. Es como si no supiera cómo acercarme. ¿Qué me está pasando?

Mary trató de serenarla:

–Ustedes están bajo una presión muy grande, vos en particular, eso es lo que está pasando. Son tiempos difíciles una pareja. Dejalo pasar, tranquilizate que todo se va a arreglar pronto, estoy segura.

–Yo no estoy tan segura. Es como si él no fuera el mismo tipo de antes, algo ha cambiado. La forma en que nos miramos. Nuestra vida íntima está congelada, no existe. Y lo peor es que yo ni siquiera extraño estar con él. ¿No es terrible pensar así?

–Alicia, por favor, no te pongas dramática. Ya sabés que están mal por todo lo que pasa. Apenas se arregle este tema de Susana todo va a volver a la normalidad, vas a ver.

–Espero que sea así –dijo sin convicción. Hubiera querido decirle que las cosas no eran tan simples y que ella tenía un mal pálpito acerca de este tema, pero no pudo encontrar las palabras sin parecer trágica.

Mary sonrió con afecto:

–Vas a ver que sí, que las cosas van a andar bien. Para empezar, vamos a ver si encontramos a este cura. Pensá en forma positiva–. Le palmeó el hombro y Alicia asintió con la cabeza.

–Voy a tratar –dijo, volviendo su atención al sándwich a medio comer que tenía en sus manos, evaluando en silencio si el nudo que le apretaba la garganta dejaría pasar un bocado o no.

Las instrucciones para llegar hasta la vivienda del

sacerdote, escritas en el pequeño trozo de papel que Mary le había entregado la noche anterior eran claras. Alicia debía seguir la angosta huella de ripio que se separaba del transitado y pedregoso camino al Cerro Tronador, varios kilómetros más allá de su intersección con la Ruta 258.

Después de una semana larga y llena de ansiedad, por fin Alicia tenía un hilo para seguir y estaba nuevamente esperanzada.

El sinuoso camino desaparecía adelante bajo un frondoso techo de altos pinos. Ella manejó despacio hasta que llegó a una cerca prolija de troncos barnizados, con una tranquera cerrada con candado que le cortaba el paso. La sección de troncos se extendía a ambos lados del camino por unos treinta metros y la cerca continuaba en un alambrado alto, con púas en la parte superior, sostenido por gruesos pilones de madera que se perdía en el bosque.

No se veía nada más que el espeso bosque y las matas de rosa mosqueta, que lucían sus frutos rojo oscuro y las ramas sin hojas espolvoreadas por la poca nieve caída. El único indicio de que el lugar estaba habitado era el camino, limpio de nieve, y recién mantenido con ripio fresco. Ella detuvo el auto, indecisa. La tranquera estaba cerrada con un grueso candado y una cadena de eslabones de acero.

Alicia suspiró, decepcionada. Estaba en un punto muerto y decidió regresar cuando un boyerito, un adolescente indio, de piel oscura salió corriendo hacia la tranquera desde algún lugar entre los árboles, moviendo una mano en gesto amistoso.

Alicia comprendió que debía haber una cámara de seguridad en algún lugar supervisando la entrada. El muchacho debía pertenecer a la casa de algún peón, viviendas que solían estar a la entrada en los grandes establecimientos de campo. Con mano hábil y rápida, él destrabó el candado, abrió la tranquera y le hizo un gesto de saludo para que siguiera adelante. Alicia manejó por unos minutos bajo el arco de los pinos, hasta que el camino de ripio se convirtió en asfalto. Después de una curva cerrada, se encontró en un claro, frente a un edificio imponente de dos pisos que parecía un hotel o un colegio. Avanzó hasta estacionar bajo el techo volado que cubría la entrada. Inmediatamente la puerta doble se abrió y un cura joven, envuelto en un sobretodo largo, salió y se acercó al auto. Con un gesto silencioso de bienvenida la guio dentro de la casa.

–El padre Johann la va a ver en unos minutos–, dijo.

Cruzaron un amplio hall y él abrió una puerta lateral de madera que daba a una austera biblioteca con las paredes cubiertas de volúmenes, las ventanas con las persianas levantadas y un hogar inmenso en una esquina, donde crepitaba un fuego bien mantenido.

Alicia echó una ojeada apreciativa a la colección de libros, y no pudo evitar preguntarse si serían solo textos religiosos o bien habría alguna lectura más ligera para los hombres de fe en sus retiros espirituales en el bosque.

Con un gesto de la mano, el joven le indicó un banco cómodo, con gruesos almohadones contra una de las paredes. Ella obedeció, apretando su cartera sobre la falda. Se sentía como una adolescente en la oficina del director de la escuela. Él saludó con la cabeza y se retiró.

El ambiente le era vagamente familiar. Le recordaba las confortables y elegantes oficinas revestidas en madera de los edificios militares, en los que había trabajado como dactilógrafa temporaria en Buenos Aires, cuando era una estudiante.

La reunión con el padre Johann fue arreglada por teléfono, luego de una serie de tratativas, y Mary le había dicho que el cura estaba al tanto de quién era ella y de qué estaba buscando. Ésta parecía ser una rara ocasión, pues él no recibía visitantes. Su vida estaba dedicada al trabajo en reclusión. No había más detalles. Tampoco ella tenía interés en saberlos.

Alicia se sentó derecha, tratando de calmar sus nervios. ¿Serviría de algo esta reunión? Todos los caminos parecían agotados y Susana estaba todavía en manos de sus captores. No había noticias de Mariano ni de Sonia, aparte de una formal cartita de agradecimiento que Alicia adjudicó a un gesto de simpatía de la desesperada madre.

El fuego mantenía alta la temperatura del cuarto y Alicia se quitó los guantes y el abrigo, doblándolo prolijamente junto a ella. Cuando levantó los ojos, notó que se abría una puerta lateral. Un anciano, alto y un poco encorvado apareció y se acercó a ella. El pelo era escaso y blanco, y el rostro arrugado, tal vez ajado por los vientos patagónicos. Sonreía abiertamente y ella se puso de pie sonriendo también.

–Bienvenida a nuestra casa. Por favor, acérquese –dijo moviendo una mano blanca y aristocrática fuera de su hábito y señalando un pequeño juego de sillas estilo tapizadas en terciopelo bordó, alrededor de una mesita, en el centro del salón.

–Sentémonos aquí, son más cómodas.

Su voz tenía un tono firme para su edad y un ligero acento, probablemente nórdico. Se sentaron y el padre Johann levantó un bol con caramelos y chocolatines y le ofreció a Alicia. Ella eligió un bombón de menta para suavizar la sequedad de su boca. Él puso los caramelos sobre la mesa y se volvió hacia ella. Sus ojos inquisitivos tenían un brillo casi juvenil.

–Por favor, permítame ser honesto con usted de entrada. No sé si la voy a poder ayudar. Voy a tratar, pero este es un terreno resbaladizo para todos. Quiero que usted comprenda.

A ella le cayó bien su sinceridad.

–Entiendo –respondió en el mismo tono–, y cualquier cosa en la que usted me pueda ayudar va a ser bienvenida. Sea honesto conmigo, es lo único que le pido. Voy a hacer lo que sea necesario para encontrar a mi amiga y traerla de vuelta si puedo.

Los agudos ojos estaban clavados en Alicia, como si quisiera asegurarse que ella entendía el mensaje.

–Lo primero que le pido es discreción. Usted nunca ha estado aquí y nunca habló conmigo. Esta casa es un lugar de reclusión, nuestros visitantes son por lo general gente de otras provincias.

–No se preocupe, nunca estuve aquí ni lo conozco a usted.

–Muy bien. Y si en el futuro yo la refiero a alguna tercera persona, usted nunca, bajo ninguna circunstancia va a mencionar que esto tiene conexión conmigo o con esta orden religiosa. Es muy importante que ni mi orden ni yo estemos conectados con su.... investigación.

–No voy a decir nunca nada. Prometido.

Él asintió con la cabeza, levantó un cuaderno y una

lapicera de la mesa y se lo tendió:

–Por favor, escríbame todos los detalles que pueda recordar de esta persona que está buscando. Descripciones físicas, lugares, cualquier cosa que sepa de cuándo y de dónde se la llevaron. Ponga también un número de teléfono para comunicarme con usted. Si recibe un mensaje mío, el remitente va a ser el fabricante de velas.

Alicia cumplió con el pedido lo mejor que su temblorosa mano le permitía. Después de anotar el teléfono de la redacción, le devolvió el anotador y la lapicera.

–Le suplico, padre, ayúdeme.

Si hubiera sido necesario, Alicia se habría arrodillado allí mismo.

–Haremos lo que más podamos –respondió él, elusivo.

–Cualquier cosa, por favor. Estoy desesperada – imploró, incapaz de contener las lágrimas. Cubrió su cara con las manos y sollozó durante unos segundos. Él permaneció en silencio, sentado tieso. Ella hizo un esfuerzo para recuperarse de su descontrol–. Perdón, padre.

–Está bien, no pida disculpas–. Se puso de pie y esperó a que ella guardara su pañuelo en la cartera. Entonces él extendió sus manos y tomó las de ella. Alicia se sorprendió; era un gesto inesperado después de su distancia y compostura. Sus manos eran fuertes y cálidas y ella sintió las suyas pequeñas y frías mientras las sostenía. Unos segundos después las dejó y levantando la mano le dijo solemnemente:

–Dios te bendiga, hija mía–, e hizo un signo de la cruz en la frente de Alicia, sin tocarla.

–Gracias padre –murmuró ella, bajando la cabeza. Se vio como una niñita otra vez, enfrentada al imponente misterio de los embajadores de la iglesia católica, las monjas y los curas, cerca del altar, y se sintió intimidada por un momento. Era increíble el poder que estas imágenes tenían sobre ella, después de tantos años de voluntaria distancia.

Cuando levantó la cabeza, él ya estaba dejando el salón. Lo vio cerrar la puerta y recogió los guantes y el abrigo. Estaba poniéndoselos cuando el cura joven apareció y le señaló la salida de la biblioteca, a través de la misma puerta por donde habían entrado.

Cuando llegó a la tranquera no tuvo que esperar, el boyerito salió adelante y le abrió, saludándola otra vez con la mano.

Alicia manejó despacio de vuelta a Bariloche, unos treinta kilómetros atravesando bosques y lagos, en uno de los paisajes más bellos de la zona, mientras recapitulaba la conversación con el padre Johann una y otra vez, pasando de optimista a desesperanzada, según la interpretación que le diera a las palabras de él.

Le dolía la cabeza. En sus pensamientos, y más allá de lo que el padre Johann representaba, giraba la inevitable realidad de una iglesia que cubría un crimen monstruoso, perpetrado a quién sabe cuánta gente, en terribles circunstancias. Ante sus ojos, el silencio de la jerarquía católica era imperdonable, y la eventual acción individual de buenas personas como el padre Johann o los voluntariosos curas de las villas miseria no alcanzaba a lavar la sangre que salpicaba a la institución.

Sentía una mezcla de rencor y culpa, pena y desesperanza. La tortura y el asesinato eran despreciables, malévolas, demoníacas acciones. ¿Era posible que algún sector de la iglesia de su infancia albergara al demonio, justificándolo?

Los libros de historia testificaban esa oscura cara de la iglesia que se remontaba siglos atrás y hoy era un complemento natural a la pesadilla que estaba obligada a aceptar a su alrededor. Parecía que nadie ni nada en posición de poder estaba exento de esa realidad.

El sol caía tras los altos cerros y ya era oscuro cuando llegó a su casa. La tarde transcurrió como un sueño, y ella había transitado en él como hipnotizada.

Cuando subió a la entrada de autos respiró aliviada al ver que Sergio todavía no había llegado. Necesitaba tiempo a solas para aclarar sus pensamientos y calmar el terrible dolor de cabeza que latía en sus sienes, y que comenzó cuando salió del misterioso y recluido edificio donde tuvo el encuentro con el padre Johann.

La reunión semanal del miércoles en la redacción había casi terminado cuando Alicia llegó al diario. Cuando todos se separaron, ella sintió que debía disculparse con

Carlos Álvarez:

–Tuve que llevar a Pablo al pediatra esta mañana y nos demoramos mucho esperando.

–No tiene importancia, no perdiste nada, eran cositas para los demás. Antes de que me olvide, tenés un mensaje sobre tu escritorio. Una mujer llamó tarde, ayer, después de que te habías ido.

Ella se dirigió inmediatamente a su escritorio. Sabía que debía dejar pasar algunos días por lo menos, aunque se permitió albergar esperanzas. Pero el mensaje no era del padre Johann. Era de Jacinta, quien ahora venía dos veces por semana, desde que el hermano fue trasladado al hospital local con una prognosis muy dudosa.

Le temblaban las manos mientras releía:

Alcides falleció hoy. El velatorio será mañana miércoles en casa. Funeral el jueves. Jacinta.

Ella no había conocido a Alcides, pero podía imaginárselo como un muchacho sano, fuerte, quien dejara su casa lleno de energía y vida para regresar en una camilla, con las piernas amputadas y una septicemia terminal, contraída quién sabe en qué tienda de campaña.

Alicia se derrumbó en la silla, furiosa contra los hombres que disponían de la vida de otros sin consideración. Después de la guerra, las Malvinas estaban más lejos que nunca del alcance de los argentinos y el país se encontraba en peor situación para hacer ningún reclamo internacional que antes del conflicto.

Pegó un golpe con el puño en la mesa, con bronca.

–¡Mierda!

–¿Qué te pasó, Alicia? ¡Tenés una cara! –dijo Martina, acercándose, al salir de la sala de conferencias con otros compañeros. Alicia le explicó y ella se encogió de hombros, con un suspiro:

–¡Qué pérdida para nada!, pobre pibe. Hablando de eso, ¿te enteraste de que muchos oficiales se escaparon cuando llegaban los ingleses, y los dejaron solos a los muchachos? Para vomitar. Bueno, si necesitás alguien que te acompañe al velorio o al funeral, avisame, yo puedo ir.

–Gracias. Yo te aviso. Pero antes de que te vayas, ¿me pasás el teléfono de esa florería que usamos la última vez? No lo guardé.

Martina abrió su pequeña agenda telefónica y le dio el número.

–No te olvides de que esta tarde tenemos la cita con Schneider–. La miró, sonriendo–. Ya veo que ni te acordás.

–Sí que me acuerdo. Estoy un poco desbolada, nada más. Voy a estar ahí puntual, no te preocupés.

–Vos necesitás descansar, eso es lo que te pasa, corrés todo el día.

Alicia sentía fastidio ante el eterno optimismo de Martina. No podía decirle que las cosas eran mucho menos simples de lo que ella imaginaba, sin mencionar a Susana. De modo que sonrió, amable:

–Gracias, vos siempre apoyándome. Sos una buena amiga.

–Vos no tenés nada que no se cure con un buen fin de semana con Sergio en algún lugar escondido por ahí. Vas a ver –le dijo con un guiño.

–Tenés razón –Alicia se puso de pie y fingió estar ocupada–Entonces, ¿a qué hora nos vemos?

–Seis y media.

–Bueno, te espero en la puerta del edificio.

Cuando Martina salió, Alicia discó el número de Sergio. Él se ofreció a acompañarla al velorio. Iba a trabajar hasta tarde, de modo que la esperaría en la oficina. Ella suspiró, aliviada.

–Me alegro de que puedas venir –dijo–. Le voy a pedir a Mary que pase a buscar a Pablo y lo recogeremos cuando volvamos para casa.

–Te veo luego, entonces.

Unos minutos antes de las seis y media, Alicia se encontró con Martina en el hall del edificio de Schneider y las dos subieron rápidamente el tramo de escaleras hasta el primer piso. Él las hizo pasar a su oficina apenas llegaron y estuvo, como siempre, parco en palabras y fue directo al tema. Había resuelto no renovar el contrato con ellas que iba a vencer en agosto. Era una decisión definitiva, dijo, sin dar pie a esperanzas. Pareció disculparse un poco, pero se mantuvo firme. El último programa que él iba a auspiciar sería el ocho de agosto.

–Díganos la verdad –pidió Alicia–. ¿Cuál es la razón

real por la que no quiere seguir apoyando el programa? Creo que nos merecemos una respuesta sincera.

–Bueno, ustedes saben, yo estoy sufriendo los mismos problemas que todos los comerciantes de la zona. Los negocios no andan bien.

–Sea sincero con nosotras –insistió Martina, nerviosa–. Ya somos grandecitas y podemos escuchar lo que sea.

–Créanme, chicas, esa es la verdad.

Alicia estaba impaciente. Se volvió hacia la otra:

–Está bien, dejalo así. Nunca vamos a saber la verdad aunque tenemos una buena idea de lo que pasa, ¿no te parece?

Él se disculpó nuevamente:

–Ustedes no creerán, pero es la verdad, es un problema económico.

–Está bien. Nosotras vamos a encontrar a otro auspiciante –dijo Martina, levantándose de la silla. Alicia la siguió.

Dejaron la oficina con las cabezas en alto y los espíritus por el suelo. Era aplastante pero Alicia lo había sospechado.

–Fue una buena experiencia mientras duró –dijo tentativa.

–Si, por lo menos tuvimos el placer de probar lo que es poder hablar de lo que le importa a la gente–. Martina tenía la cara roja de la rabia que trataba calmar.

–Y... no podía durar mucho. ¿Qué pensás de la excusa que puso?

–Pretextos, nomás. Tenemos audiencia, tenemos gente que nos sigue, no me digas que no le conviene comercialmente. Y él no tiene problemas financieros, tiene un capital gigante. Son las quejas de esos viejos y viejas retrógrados, nada más.

–Tiene miedo del qué dirán y no está de acuerdo con nosotras para nada. Además, le habrán llenado la cabeza, no hay que descartar a muchas mujeres frustradas que como fueron sometidas, quieren que las *minas* jóvenes pasen por lo mismo que ellas. Resentidas.

Afuera del edificio se separaron con un abrazo.

Alicia llegó a la oficina de Sergio todavía abatida por la conversación con Schneider y la perspectiva de tener que salir a buscar un nuevo auspiciante. Él la estaba esperando ya en la vereda, subió al auto y charlaron de cosas inconsecuentes. Ella no quería hablar todavía con él sobre este nuevo fracaso, era demasiado fresco y tenía mucha rabia adentro. Manejó en silencio mientras él prendía un cigarrillo para cada uno, que ella fumó con fruición, a pesar del molesto dolor en la boca del estómago que había empezado cuando se separó de Martina.

Subieron hacia el Barrio Alto por la calle Onelli, la arteria comercial, siempre atestada de gente y automóviles al atardecer. Onelli daba una curva a la derecha en la colina y se convertía en una ruta que cruzaba la Pampa de Huenuleo hacia el Lago Gutiérrez. Cuando los magníficos picos de los cerros, más allá de la árida extensión de la Pampa, aparecieron cual inmensa postal turística tras la vuelta del camino, Alicia suspiró, conmovida. Esa imagen la impactaba cada vez que hacía esa ruta. Las humildes viviendas precarias de los recién llegados a la zona, muchos de ellos chilenos, se unían en pequeños conglomerados sobre los pastizales de la pampa, contrastando dolorosamente con el marco que les había tocado; uno de los paisajes más bellos de la Patagonia.

Pasaron a la altura del cementerio de la ciudad, a la izquierda de la ruta y Alicia dijo secamente:

–Mañana Alcides Catriel va a tomar residencia permanente en ese campito–, y señaló con la cabeza hacia el bosquecillo de pinos y cipreses que parecía un oasis en el paisaje ocre, escasamente poblado, no lejos del asfalto–. Y es un lugar tan ventoso y frío en invierno.

–Supongo que cuando estás muerto eso ya no importa –respondió él, casi fastidiado por el comentario. Alicia no dijo nada durante el corto camino que los separaba del caserío en el que vivía Jacinta, ni cuando pasaron frente al adusto edificio de concreto de la escuela donde poco tiempo atrás ella tuvo la entrevista.

–Hay un mapa en la guantera –dijo abriendo la gaveta. Era un trozo arrugado de papel en el que mucho tiempo atrás Jacinta dibujado esquemáticamente cómo llegar a su casa desde la cinta de asfalto–. Por las dudas no ubiquemos la casita. Acá no hay marcas en las calles.

Él se encogió de hombros.

–¿Querés el mapa, o no? –peguntó ella, perdiendo la paciencia. Él tomó el papel de su mano y lo puso otra vez en la guantera.

–No hace falta. Me acuerdo bien del camino. Doblá a la izquierda acá y después en aquella casa, a la derecha–. Alicia siguió las instrucciones–. Ésa debe ser la casa.

Como siempre, él tenía razón. Era una humilde vivienda de bloques de cemento pintada a la cal, en medio de un terreno grande circundado por una cerca de alambre. Los vecinos llenaban la parte delantera del jardín, que estaba compuesto por tierra apisonada prolijamente; un acceso de baldosas de cemento llevaba hasta la puerta de entrada.

Alicia estacionó frente a la cerca, en fila, detrás de un par de automóviles y una camioneta bastante desvencijada. Las luces de la casa estaban encendidas y ellos, después de cruzar la verja de entrada, caminaron entre la gente que conversaba en voz baja en pequeños grupos.

Cuando llegaron a la puerta que estaba abierta de par en par, Alicia miró adentro. El piso era de cemento y había un intenso olor a velas ardiendo y flores un poco marchitas. La habitación estaba llena de gente. Un grupo de mujeres vestidas de oscuro estaban sentadas en sillas ubicadas contra la pared. Opuesto a la puerta y rodeado de flores se encontraba el lustroso cajón, sobre dos gruesos pedestales de madera. Frente a él, un grupo de mujeres rezaba de pie el rosario en voz alta y plañidera. Los otros guardaban silencio, algunos siguiendo con los labios las plegarias.

Alicia se detuvo en la puerta por unos segundos, buscando alguna cara familiar. Sergio le susurró al oído:

–Ahí está Jacinta.

La muchacha caminaba despacio hacia ellos, evitando a la gente y les extendió su mano. Ellos se la estrecharon con formalidad, un poco cohibidos, murmurando algunas palabras de pésame. Tenía los ojos hinchados y rojos, y parecía haber envejecido notablemente.

–Gracias por venir señora, señor Brauer. El rosario empezó ahorita–, murmuró con voz cansada y afónica.

Alicia, queriendo huir de allí, alcanzó a decirle:

–Vamos a quedarnos sólo un ratito–. Y no encontró más palabras.

–Está bien –dijo ella–. Les buscaré un asiento –y comenzó a mirar alrededor.

–El cajón está cerrado –le murmuró Alicia a Sergio, sorprendida.

–Seguro que por la infección –aventuró él, también susurrando.

Sobre el cajón había un portarretratos con la foto de Alcides en uniforme, parado orgullosamente frente a la cámara. Bajo la foto del joven, estaba cruzada una bandera azul y blanca. Una canastita de flores naturales, modesta y sencilla completaba el conjunto.

No había ningún signo aparente de que los oficiales militares por los que Alcides dio su vida hubieran participado en el homenaje familiar. Si no fuera por la bandera argentina, relativamente pequeña, y la foto, nadie hubiese dicho que allí yacía un héroe de la guerra de las Malvinas. Alicia dudaba de que los presentes notaran la ausencia del homenaje militar si no llegaba. Los argentinos nunca habían vivido una guerra antes, y no tenían puntos de referencias al respecto, salvo las películas de Hollywood. Y todo el mundo sabía que las películas son pura ficción.

La asaltó una urgente necesidad de salir corriendo de la casa y encender un cigarrillo, afuera, en silencio, lejos del murmullo. La bronca, impotencia y frustración que sentía eran tan fuertes, que si hubiera estado sola habría lanzado un alarido desesperado para desahogarse.

Sin darse cuenta, apretó el brazo de Sergio y él puso su mano sobre la de ella hasta que se calmó un poco. Unos minutos después, ya menos agitada, aflojó la presión sobre el brazo. Se movieron discretamente hacia el costado, donde Jacinta les había conseguido dos sillas vacías contra la pared y los estaba llamando con la mano. No pudieron negarse. Debian esperar hasta que la larga plegaria del rosario terminara, de modo que se sentaron quietos y silenciosos.

A falta de algo mejor qué hacer, Alicia se puso a jugar con el cierre metálico de su cartera, mientras el sonido de las voces la invadía, barriendo lentamente su inquietud, hasta que sin pensarlo, se encontró repitiendo las oraciones con las otras voces y se unió a la plegaria. Murmurando el viejo y familiar Ave María, aprendido en la infancia al lado de su madre, era como si se estuviese aferrando de pronto a un salvavidas en un mar bravío que la sacudía sin piedad.

Santa María,
Madre de Dios,
Ruega por nosotros, los pecadores,
Ahora y en la hora de nuestra muerte.
Amén.

Lentamente, acunada por la cadencia incesante de las palabras repetidas sin pausa, sus temores y pensamientos negativos desaparecieron, y el murmullo llenó su mente, calmándola con la rapidez de una fuerte bebida alcohólica.

XII

Cuando terminó de cortar las verduras para el almuerzo del sábado, Alicia encendió la hornalla de gas y, con desesperación, miró cómo la azulada llama se debilitaba hasta apagarse completamente. Se habían quedado sin gas, otra vez, y ella sintió la furia crecer adentro como un torrente.

– ¿Estamos otra vez sin gas? ¡Seguramente no pediste los cilindros! –dijo casi gritando.

Sergio levantó la cabeza de sus papeles, sorprendido.

–Iba a pedirlos, pero me olvidé –dijo con un gesto de disculpa.

Ella no hizo una broma, o lo dejó pasar, como hubiese hecho en otra época. Sintió que su enojo crecía, y no lo podía controlar.

–¿Y cuándo, si se puede saber? ¡Los tubos están vacíos y a vos no te importa ni medio, así que no va a haber ni comida, ni agua caliente! –Casi gritaba y Pablo, jugando en su corralito, se puso a lloriquear, asustado. Ninguno de los dos le prestó atención.

–Podés cocinar con las hornallas de camping, entonces –respondió él, sacando un calentador de dos hornallas de uno de los muebles de cocina y poniéndolo, casi con un golpe, sobre la mesa, enojado–. Bueno, ¿cuál es el problema ahora?

Ella no respondió, sofocada por las lágrimas y un odio que le subía de adentro y no estaba dirigido a nada o nadie en particular. Aunque Pablo lloraba a gritos no se movió, tratando de calmarse antes de acercarse a él. Sergio lo levantó del corralito y lo hamacó.

–¡No puedo creer que estemos peleando así por una cosa tan estúpida como ésta! –dijo, parado en el medio de la habitación con Pablo en brazos, consolándolo–.

172

Seriamente, vos vas a tener que hacer algo, no podés seguir así.

–¿Por qué yo? –Alicia estaba todavía enojada y hubiera podido seguir recriminándole cosas–. ¿Y vos? Te olvidaste de los cilindros, eso es peor.

Él puso a Pablo nuevamente en el corralito y se acercó a ella, conciliador.

–Vení, por favor, sentate aquí un minuto.

Ella obedeció en silencio, secándose las lágrimas.

–Esto no es por los cilindros. Yo te comprendo, pero vas a tener que hacer algo, no podés seguir así.

–¿Hacer algo? ¿Qué querés decir? ¿Acerca de qué?

–De lo que está pasando entre nosotros. Lo vamos a tener que solucionar juntos, no podemos estar atacándonos cada dos minutos. Yo sé que vos sufrís con lo que pasa, te vi lo mal que te pusiste el otro día en el velorio. Ya sé, fue muy duro, encima de todo lo otro. Vos necesitás ayuda, pero yo no te la puedo dar. Yo creo que tendrías que ver a un terapeuta, por un tiempo.

–¿Un psicólogo? ¿Qué me querés decir? ¿Que estoy loca?

Él negó con la cabeza y pareció dudar, eligiendo las palabras:

–Claro que no, pero yo no soy suficiente ayuda. No sé cómo ayudarte.

–Yo sé por qué. Porque no me escuchás más, estás cansado, te veo. No sé si cansado de mí. Antes eras distinto. Ahora no me querés apoyar más... –y comenzó a llorar. Él, esperó a que se serenara.

–Sos muy injusta y eso no es cierto –dijo, herido–. Siempre estoy aquí, dispuesto a apoyarte, pero no es suficiente. Necesitás ayuda profesional y yo no puedo dártela. Alicia, tratá de entender lo que te digo, no te lo tomes a mal.

–¿Quién se lo toma a mal? Pero si vos querés culparme por lo que nos sucede te aviso que no voy a sentirme culpable –protestó ella, no convencida del todo, sabiendo en lo profundo que las cosas se le estaban escapando de las manos pero no podía admitirlo ante él.

La sensación de estar perdiendo el control más y más la angustiaba y sólo deseaba volver a la normalidad.

Cuando eso sucediera, todo iba a solucionarse. Tenía miedo de ver a un terapeuta, sentarse con un extraño y contarle sus cosas. Y no podría nunca hablar de lo que le había pasado a Susana con un extraño.

Sergio había comprado entradas para un concierto de la Camerata Bariloche y consiguieron que el viernes siguiente Lidia cuidara a Pablo por la noche. Antes de partir, Alicia notó con celos de madre cómo Pablo jugaba feliz con la *baby-sitter*. Era verdad que le estaba dedicando menos tiempo que antes a su hijo, pero lo peor era que él había cambiado su actitud en su presencia. Ya no era más el alegre chiquilín que jugaba y reía con ella. No importaba cuánto Alicia se esforzara. Actuaba como un chico caprichoso, lloraba frecuentemente, y apenas ella se distraía con algo, él se prendía de su ropa para pedir atención y obligarla a abandonar lo que estuviese haciendo. Comenzó a sentirse sofocada por esta demanda constante, pero no sabía cómo solucionarlo, mientras un sentimiento de culpa se anteponía a todo, forzándola a ceder a sus caprichos. Durante el concierto, conmovida por la música, Alicia lloró casi todo el tiempo. Sergio le sostuvo la mano con cariño por un largo rato.

Había transcurrido más de una semana desde su visita al padre Johann y Alicia sentía que su frágil rayito se debilitaba aún más ante la falta de noticias de su parte. Las cartas de Sonia habían profundizado su desesperanza. No podían localizar a Susana y la salud de don Roberto era cada vez más frágil. Lo habían internado en el hospital por un par de días, en observación. Sonia seguía marchando con las Madres puntualmente los jueves, pero ahora tenía renovadas esperanzas, decía, porque las elecciones libres que se anunciaban iban a cambiar las cosas. Alicia se sintió conmovida en lo más hondo por la irreductible fe de esa madre que no tenía nada sólido de qué asirse, y sin embargo encontraba renovados bríos en cualquier migaja que le tiraran. Su honestidad y confianza ciega la entristecían:

"Pedimos la verdad, nada más, del gobierno," decía la carta. "Va a llegar el día en que ellos, u otros en su lugar, nos van a decir por qué se los llevaron, y nos van a

174

devolver a nuestros hijos." Sus palabras eran seguidas por la habitual, enumeración detallada de sus peregrinaciones por oficinas públicas, despachos militares, antesalas de obispados, y seccionales de la policía. Alicia lloró un buen rato sobre la carta. Admiraba su valor y la energía que ponía en su empresa, pero temía por su salud. Para peor, sus propias esperanzas de encontrar a Susana estaban flaqueando, y le costaba mucho mantener un optimismo sincero.

El domingo no fue mejor. Durante el programa radial, Alicia tuvo dificultad para concentrarse en el material que habían preparado y la dejó a Martina hablar casi todo el tiempo. Sabiendo que el programa estaba condenado, no tenía energías para compartir el entusiasmo de su compañera y terminar el ciclo con un gran final.

–¿Te parece que vale la pena el esfuerzo? –aventuró al salir.

–Parece mentira lo que has cambiado últimamente –le dijo Martina, molesta–. Vos insistís en que no es así, pero yo no veo en esta Alicia a la mujer que empezó el programa conmigo el año pasado. Esa mujer ya no está más aquí.

–No, estás equivocada.

–Lo que sea que pase, ya sabés, si necesitás hablar con alguien, estoy disponible.

–Gracias, –dijo con un poco de culpa. Lamentaba lo que estaba sucediendo entre ellas. El programa radial había sido una fuente de orgullo para ambas, pero ahora Alicia se sentía importunada por las demandas que Martina le hacía. Además, estaba rindiéndose a la evidencia de que no valía la pena.

Manejó hacia su casa sintiéndose triste y deprimida. La avenida de la costa del lago bordeaba los jardines de la Catedral y, en un impulso, entró en el estacionamiento detrás de la iglesia, bajo los altos pinos. Necesitaba un lugar quieto para sentarse y pensar y la iglesia siempre había sido ese lugar especial para ella.

Llena de sentimientos encontrados buscó un asiento en las últimas filas, un discreto lugar, ignorado por los escasos parroquianos que iban llegando a la misa del mediodía. Rezó un par de oraciones y buscó la paz dentro de sí misma de la forma que siempre lo había hecho en la casa de Dios, pero esa vez las cosas eran diferentes. Su mente todavía en un torbellino de sentimientos, su impaciencia creciendo, Alicia se levantó del banco y se encaminó hacia la puerta. Era la primera vez que el silencio y la paz de una iglesia no la ayudaban en absoluto.

El fabricante de velas te va a llamar mañana a las once y media, decía el mensaje telefónico que encontró sobre su mesa de trabajo el lunes a la mañana. Era claro y estaba a la vista de todos. Alicia lo dobló rápidamente y miró a su alrededor para ver si alguien había notado algo fuera de lugar. Todos parecían ocupados en sus asuntos.

–¿Quién recibió esta llamada? –preguntó, dirigiéndose a nadie en particular. Desde el fondo de la redacción uno de los reporteros levantó la mano:

–Yo la tomé.

–¿Cuándo llamaron? –preguntó, tratando de mantener una voz normal–. ¿Te dijeron algo más?

–Era una mujer, tenía voz de ser mayor–, el muchacho trataba de evocar los detalles–. Una hora atrás, más o menos. Ya que estamos, Alicia si vos conocés un buen artesano de velas, pasame el dato, porque estoy buscando algo bueno y las que venden por aquí se deshacen, no duran ni una hora, son pésimas.

–Si, por supuesto, no hay problema–, respondió aliviada porque a nadie le parecía sospechoso. ¿Y por qué iba a serlo? Retornó a su escritorio y la sobresaltó el timbre del teléfono. Se apresuró a levantarlo, sabiendo que la llamada del contacto del padre Johann no sería hasta el día siguiente. Era Mariano y se sintió esperanzada.

–Vamos muy bien con aquél trabajo del que te hablé cuando estuviste por acá–, dijo él, disimulando, pero con una voz alegre, como si estuviesen hablando de cualquier cosa menos de Susana–. ¿Te acordás la mercadería que estábamos buscando? Bueno, parece que está guardada en un depósito no lejos de aquí. Voy a poner una orden para asegurarnos de que es lo que buscamos, y si es así, comenzaremos con el trámite de compra.

Tomada por sorpresa, Alicia sintió que las manos le temblaban sin control mientras sostenía el teléfono.

–Es... es una noticia hermosa–, murmuró – ¿me podés

dar más detalles? ¿Qué tipo de trámite de compra?

–Estoy en un teléfono público y tengo poco tiempo. Vamos a hablar de esto pronto.

–Bueno, pero decime cuándo.

–Llamame al número que vas a recibir en una carta que te acabo de despachar hoy. Apenas te llegue, llamame. Siempre después de las diez de la noche.

–Seguro Mariano, te agradezco tanto–, la voz se le quebró. Qué noticia más esperada, cuánto había deseado que esto pasara. Pero tenía que ser cauta y paciente. Ahora tenía dos pistas, débiles, pero las tenía. Eran chispas de esperanza y lo único de lo que podía asirse por el momento.

La mañana se pasó casi sin sentirlo. Estaba atrasada con sus notas y decidió concentrarse y sacar el material lo antes posible. Pero no pudo reencontrar lo que antes le resultaba una cosa natural: sentir interés por los sujetos que entrevistaba y los temas sobre los que debía escribir. No veía la hora de llegar a casa a mediodía y contarle a Sergio las novedades. Se sentía tan exultante que hasta pensó que este era el primer paso para detener el progresivo deterioro de la relación entre ellos.

Sergio escuchó las buenas noticias con su calma habitual, mientras la ayudaba a poner la mesa para el almuerzo:

–No sabés cuánto me alegro de que tengas buenas noticias. No pongas tus expectativas muy altas, por las dudas. Esperá a ver qué te dicen.

–Cualquier cosa es una buena noticia, comparado con lo que tenemos ahora.

–Sí, tenés razón. Mañana, después de que hables con ese fabricante de velas, llamame a la oficina. Si querés reunirte para charlar, estoy disponible.

Ella lo miró. Él tenía otra vez esa mirada tierna y familiar que ella no le había visto en mucho tiempo, desde el día en que había decidido marcharse a Buenos Aires sola. Por unos segundos se miraron en silencio.

–Gracias –dijo por fin. No quería decir más, no quería aventurarse a que la rechazara de nuevo. Para su sorpresa, fue Sergio quién hizo entonces el movimiento. Sosteniéndole la mirada le dijo, tratando de hablar con un tono ligero:

–No te olvides de que vos y yo estamos juntos en esto. No estás sola. Aunque parezca a veces que no hay nadie a tu lado, yo estoy aquí.

–Ya sé –dijo conmovida, bajando los ojos. Él cambió de tema:

–Antes de que me olvide, hoy me crucé con Luis en el banco, me dijo que vienen esta noche para un café, después de la cena.

–Me alegro, tenía ganas de verlos.

Alicia prosiguió con sus tareas, pero se sentía feliz y esperanzada. Ese intercambio de palabras con Sergio había sido otra vez natural, afectuoso, como incontables veces a lo largo de los años. Esto era un inesperado regalo después de las buenas noticias del día, y sin darse cuenta se encontró canturreando para sus adentros.

Almorzaron en silencio, pero el hielo se había quebrado, y ambos lo sabían. Él volvió a sus planos y Alicia puso a Pablo a dormir la siesta. Cuando cerraba la puerta del dormitorio, sintió la tentación de ir, también ella, a descansar un rato antes de salir. Estaba agotada. Terminó con los platos y se derrumbó en la cama, con un suplemento del diario del domingo, de la pila de material todavía sin leer e inmediatamente se quedó dormida. Abrió los ojos y el cuarto estaba oscuro, Sergio había cerrado las pesadas cortinas después de que ella se durmiera. Él buscaba algo en él un cajón de la cómoda. Alicia miró el reloj.

–¡Me dormí!

Se volvió hacia ella, sosteniendo un par de prendas en sus manos.

–Como no me dijiste que querías salir temprano, te dejé. Hace frío y está ventoso, y vos dormías tan profundamente... ¿Descansaste bien?

Alicia sonrió, asintiendo. Él dejó las prendas sobre la silla:

–Me alegro, lo necesitabas–, Sentándose en el borde de la cama, junto a ella, buscó su mano–. Se nota que estás más descansada–, agregó, con un gesto cariñoso, mientras acariciaba lentamente su brazo.

La piel de ella se electrizó, como siempre que él la tocaba de cierta forma. Cuando los labios de él se acercaron a los suyos, Alicia volvió a sentir con certeza que nada ni nadie podría romper el lazo que la unía a ese hombre.

Puntualmente, a las once y treinta, Alicia estaba sentada frente a su escritorio. Cada dos minutos ojeaba el reloj pulsera, esperando la llamada del fabricante de velas. El nombre era tan poco original. ¿Quién lo habría inventado? No podía imaginarse al aristocrático, principesco padre Johann inventando una nombre tan tonto para un contacto secreto. No, este individuo debía ser totalmente distinto, de otra clase. ¿Una ama de casa aburrida? ¿La mujer de algún guardia de seguridad?

Había decidido controlar nuevamente si el teléfono tenía tono, cuando el timbre la sobresaltó.

–¿Hablo con Alicia Rivera? –la voz era frágil y parecía de una viejecita.

–Sí, soy yo.

–Tengo un mensaje del fabricante de velas.

–Si, por favor, dígame –trató de disimular la ansiedad.

La mujer se demoró unos segundos y después dijo, de una vez y en un solo golpe, como si estuviese leyendo:

–Mañana a la noche, ocho y media, espere por su contacto sentada en el mostrador de El Viajero, la chocolatería, en calle Mitre.

Alicia preguntó, sin pensarlo:

–¿En El Viajero?

–Si, en uno de los taburetes del mostrador. Sola. Vaya en punto.

Ella se recuperó y dijo, amable:

–Sí, seguro, voy a estar allí. Muchísimas gracias, señora.

La mujer cortó y Alicia se quedó por unos segundos con el auricular del teléfono pegado al oído, antes de ponerlo de vuelta en la horquilla. Se sintió aliviada porque el sitio elegido para la cita era popular y muy transitado a esa hora. Eso quitaba del camino la inquietud de encontrarse con gente desconocida en algún lugar apartado.

Alicia había encontrado, por fin, razones para mirar adelante, estaba segura de que algo positivo iba a resultar, ya fuera de parte del padre Johann o de Mariano. Tener esperanzas no le parecía extraño o descabellado en esas circunstancias, y se sintió capaz de soñar otra vez con un final feliz para todos.

Puso un pretexto y, levantando un par de carpetas se dirigió, flotando sobre nubes, a la oficina de Sergio.

–Te acompaño –dijo él inmediatamente.

–No, no hace falta.

–Vos no conocés al que te dio la cita. No quiero que vayas sola.

Él parecía resuelto, pero ella necesitaba ponerse de acuerdo con algo a medio camino.

–Por favor, Sergio, no me hagas esto. Yo pensaba que nos entendíamos. Si ella me ve con vos, a lo mejor queda todo en la nada. Dijo que tenía que ir sola, y parecía firme.

–¿Cómo estás tan segura de que es una mujer? ¿Acaso la que llamó te dijo que era ella misma la que iba a ir?

–No, no, pero yo entendí que hablábamos de ella. Ahora que lo decís, bien puede ser un tipo–, dudó por un instante –pero no importa. Viene de un respetable cura, no puede ser nada malo. ¿No creés?

Sergio movió la cabeza, como incrédulo. Se volvió a mirarla.

–¿Qué pasa que no se puede razonar con vos últimamente? Te digo la verdad, es cansador.

–En serio, te aseguro, no quiero pelear de nuevo, por favor. No me hagas esto, necesito ir sola.

Él caminaba alrededor de la mesa y se detuvo frente a ella, intentando una sonrisa, mientras la tomaba por los brazos y la miraba a los ojos.

–Bueno, está bien, pero tengo una idea. Entras sola, pero yo voy a estar adentro del negocio también. No quiero que te arriesgues a nada. Dejame estar ahí, y acompañarte de lejos. No me voy a acercar para nada, te prometo.

–¿Seguro? Porque si te acercas, podés arruinar todo, te das cuenta. Las cosas cuelgan de un hilo.

–No, no me voy a acercar ni hablarte. Dejame estar ahí. A menos que pase algo raro y estés en problemas, no me voy a acercar. Pero no creo que ahí, en público, pase nada.

–¿Ves? ¿Ves cómo te contradecís en dos minutos? Ahora decís que no creés que yo pueda estar en peligro.

Él sonrió otra vez, admitiendo:

–Sí, tenés razón. Pero quiero estar ahí, de lejos, por las dudas. Eso es todo.

Alicia sabía que él iba a hacerlo de todos modos y prefirió plantear las condiciones de entrada:

–Bueno, vos vas antes, entramos separados y nos mantenemos así.

–Es sólo para estar seguro de que estás bien, te prometo.

Esa noche Mary y Luis estuvieron de acuerdo con que era sensato que Sergio estuviese a mano, por las dudas. Alicia no estaba convencida del todo. Desde su regreso, no había notado nada sospechoso alrededor suyo. Después de volver de Buenos Aires, la sensación de que alguien la estaba vigilando se había disipado poco a poco. Y ahora, vistos en perspectiva, esos pensamientos persecutorios eran decididamente exagerados.

Mary, siempre voluntaria, ofreció:

–Yo voy a buscar a Pablo a la guardería y me lo llevo a casa.

Después de una rápida cena en una pizzería de Mitre, caminaron despacio hacia la chocolatería. Sergio iba adelante y al entrar se sentaría lejos del mostrador. Ella haría tiempo dando una lenta vuelta a la manzana, y llegaría unos diez minutos después.

Con los nervios en tensión, Alicia entró al concurrido salón donde el olor cálido y familiar del cacao le trajo recuerdos dolorosos del pasado reciente. Miró hacia las mesas en el fondo y vio a Sergio, sentado en una de ellas. Él la miró y le sonrió. Ella siguió caminando, sin responderle.

Había mucho público comprando chocolates pero cuatro de los seis taburetes en el mostrador del café estaban vacíos. Se sentó, dejando libre uno a cada lado suyo. Después de pedir miró la hora en el reloj suizo, arriba del espejo que estaba frente a ella, en la pared. Eran las ocho y media en punto y ella estaba aún más nerviosa que cuando entró; tenía las manos húmedas y frías y el corazón latiéndole con fuerza. Sabía que nada le podía pasar en ese lugar con tanta gente alrededor, pero igual, no podía contener su ansiedad. Había preparado una serie de preguntas para la persona que la iba a contactar, y las repasaba en su cabeza.

Esa era la primera vez que entró a la chocolatería desde el día en que Susana había llegado a Bariloche. Parecía algo sucedido un siglo atrás. Miró su imagen en el espejo alto y a los clientes que se movían alrededor de los mostradores. Había un grupo de adolescentes, estudiantes sin duda, luciendo sus flamantes camperas y las botas *aprè-esqui*. Hablaban en voz muy alta, y parecían estar disfrutando de sus vacaciones. Alicia notó que los dos asientos a su lado permanecían, afortunadamente, vacíos. Miró al espejo otra vez, ya con impaciencia, echando una ojeada general a todo el salón, y entonces notó a alguien que caminaba resueltamente hacia el mostrador, acercándose a ella y a la caja registradora. Alicia pestañeó un par de veces, con incredulidad. ¿Qué hacía ahí el hombre del Falcon verde, avanzando hacia ella? El estómago se le estrujó. No la miraba, pero no tenía dudas de que se trataba de él.

Se acercó al mostrador y se inclinó sobre el taburete vacío de la derecha, el más cercano a la caja registradora.

—Dos cafés chicos, negros, para llevar, gracias —pidió en voz alta. La joven detrás del mostrador se alejó para cumplir con la orden. Alicia estaba paralizada por la sorpresa. No podía tratarse de una coincidencia. Ella lo miraba por el espejo y él se dio vuelta, también mirando al reflejo en el espejo y le sonrió.

—Un gusto verte de nuevo—, dijo en voz clara, pero más baja, mientras miraba de reojo a la muchacha que preparaba los vasos descartables. Y agregó, todavía mirándola en el espejo, y con evidente sarcasmo:

—Así que estás buscando ayuda del fabricante de velas, ¿eh?

La voz grave hacía que el acento del noroeste fuera todavía más marcado. Alicia creyó ver una mueca, una especie de sonrisa, mientras miraba a la imagen en silencio. Movió la cabeza a la derecha para ver muy brevemente su perfil, y volvió los ojos al espejo. Desde que llegó al mostrador él había impuesto las reglas del encuentro, de no mirarse cara a cara, y aunque ella tuvo el impulso de darse vuelta y enfrentarlo, no se animó a hacerlo.

Tenía que responderle algo, rápidamente. Si él podía ayudarla, ella no quería desdeñarlo sin darle una oportunidad. Al mismo tiempo no sabía qué decirle, mientras él le hablaba con el mismo tono arrogante de la primera vez.

—¿Cómo, cómo puede ayudarme? —alcanzó a balbucear, pensando que necesitaba hacerle muchas preguntas.

—Digamos que te va a costar bastante... esfuerzo. No va a ser fácil, como te darás cuenta.

—¿Qué quiere decir?

—Bueno, hay que hacer una investigación, usar contactos, plata... va a ser un poco caro, en efectivo y en esfuerzo personal —murmuró, mirando otra vez hacia la empleada.

—¿Cuánto?

Mirándola en el espejo, él respondió sin dudar:

—Exactamente cuarenta mil dólares americanos, en un pago, dentro de diez días.

El corazón de Alicia latía rápidamente, y sintió que gotas de transpiración le corrían bajo la blusa.

—Es un montón de plata... —murmuró, pero él no le prestó atención.

La empleada trajo los dos cafés, y él le tendió un billete, y recibió el ticket y el vuelto. Alicia sabía que iba a marcharse enseguida, y ella necesitaba más información. Con angustia comprendía que el tiempo se le escapaba y le imploró, urgente:

—¿Cómo hacemos todo esto? —casi suplicó, sintiéndose abyecta por usar un tono así, pero incapaz de dejarlo ir sin saber más.

—Preparate. Yo te llamo cuando sea el momento. Hay gente importante metida, pero no tienen mucha paciencia, así que hay que actuar rápido —dijo, volviendo su atención a los vasitos de café sobre el mostrador. Los levantó, sin mirarla a la cara, ni a su imagen en el espejo.

—¿Pronto? ¿Pero, cuándo? —la opresión en el pecho era sofocante; él estaba por alejarse y ella necesitaba saber más.

—Ya te dije —el tono de la voz era impaciente ahora—, buscá la plata, tenés sólo diez días. Te voy a mandar instrucciones pronto–. Se detuvo un momento, como recordando algo–. Ah, y ojo con los billetes falsos, los de veinte dólares, que circulan mucho–. Se dio vuelta y caminó hacia la salida.

Ella mantuvo los ojos fijos en su imagen en el espejo, y lo vio acercarse a un hombre que estaba parado al lado de la salida, dando la espalda al salón. El otro tomó uno de los cafés, abrieron la puerta de vidrio y salieron del local.

Alicia miró con desesperación hacia donde sabía que estaba Sergio sentado, tratando de encontrarlo entre la gente que se movía de un lado a otro, eligiendo mercadería. Seguramente había visto al hombre inclinado en el mostrador cerca de ella, pero era muy probable que no se hubiese percatado de que ellos habían intercambiado algunas palabras. El hombre permaneció a su lado sólo unos minutos, esperando su pedido, nunca acercándose, ni mirándola como para que de lejos se notara que conversaban.

Sin saber qué hacer, tomó un sorbo de su café, que todavía estaba tibio. Todo sucedió tan rápido y en forma tan inesperada. Habían pasado sólo siete minutos desde que miró la hora por última vez y el encuentro ya había terminado.

Ella esperaba otra cosa de esta cita. ¿Quién era ese hombre? ¿Por qué continuaba apareciendo en su vida como una sombra? Si tenía intenciones de hacerle daño, ¿por qué no lo había hecho ya? ¿Qué quiso decir con que iba a tener que pagar con plata y con esfuerzo personal? No recordaba exactamente todas sus palabras pero sabía que él le dio una cifra definitiva, cuarenta mil dólares, una cantidad altísima.

Se sintió mal del estómago. Eran el café, o los nervios. Supo que se iba a descomponer y dejó el mostrador, caminando rápido hacia los baños en el fondo del salón. Miró hacia la mesa de Sergio. Él se levantó de la silla al verla acercarse pero Alicia le hizo con la mano una seña que todo estaba bien, tratando de sonreír y él se sentó otra vez.

Corrió hacia el baño, sabiendo que no iba a poder dominar el vómito si no llegaba a tiempo. Cuando se recobró lo suficiente, se enjuagó la boca y la cara y volvió al salón de ventas. Sergio estaba parado al lado del mostrador, fingiendo mirar los postres expuestos pero esperándola, e hizo un gesto de alivio cuando la vio retornar. Ella se dirigió hacia la puerta de salida y él la siguió.

El aire helado de la calle la reanimó un poco y buscó alrededor, por si el hombre estaba todavía por ahí cerca. Probablemente no. Caminó hacia la esquina y allí bajó el ritmo de su andar. Sergio caminaba unos pasos detrás de ella. Doblaron hacia Villegas dejando las luces y los grupos de turistas de la calle Mitre atrás.

—¿Estás bien? —Peguntó él, un poco confuso, tomándola del brazo—. ¿Pudiste hablar con alguien ahí dentro?

Alicia asintió con la cabeza, en silencio, y él, reparando en sus ojos rojos y llenos de lágrimas dijo, suspirando:

—Vámonos —y la sostuvo por el brazo.

Caminaron calle arriba, sin decir palabra, hasta el estacionamiento de autos.

Durante el viaje a casa ella le contó con detalles el extraño encuentro.

—Hijo de puta —exclamó Sergio cuando ella terminó su relato—, me engañó bien. Yo vi a un tipo parado allí, ordenando algo, pero no parecía estar hablando con vos, así que ni lo miré cuando salía.

Ella se secó las lágrimas.

—Pide una fortuna, el muy guacho.

—Sí, una barbaridad, pero vamos a ver, paso a paso, acerca de eso —dijo él con voz firme y ella volvió a sentir esperanzas—. Entre Sonia y nosotros vamos a tratar de llegar.

—Si —dijo, sabiendo que él ya pensaba cómo hacerlo.

—La casa es lo único que tenemos de reserva, es el único lugar de donde podemos sacar algo de plata, —pareció dudar y ella no quiso pedirle detalles todavía. La pequeña casa estaba totalmente paga, pero no había préstamos bancarios disponibles para sacar un crédito sobre ella. La única forma sería acudir a los temidos pero muy buscados prestamistas.

—Vamos a tener que hablar con Uranga o Rosen—, sugirió él.

Ella sabía de esos individuos por referencias. Eran populares en la ciudad. Pedro Uranga era un conocido representante de varios inversores ricos de la zona, y Assaf Rosen era un operador independiente, respetado y con fama de ser honesto y cumplidor en sus negocios. Aunque ambos eran también famosos por hacer cumplir los contratos a toda costa, y muchos habían perdido sus pertenencias y bienes raíces en negociaciones con ellos.

–Rosen tiene buena fama, pero todos le tienen miedo–, aventuró Alicia.

–Sí, hay muchas historias de horror circulando por ahí.

–No tenemos otra forma de conseguir la plata, pero antes de hacer algo como esto, quiero estar segura de que vos estás también dispuesto a dar un paso así. Es un montón de plata. Casi la mitad de nuestra casa.

–¿Por qué? ¿Tenés alguna duda? –él le echó una ojeada breve.

–No, claro que no–, la voz de ella era más firme ahora–. Yo quiero estar segura de que estamos los dos en lo mismo.

–¿No fui yo el que lo sugirió, para empezar? –dijo él con reproche.

–Claro que sí, y te lo agradezco–, dijo ella, conciliadora–. Vamos a contactar a Sonia cuanto antes para ver con cuánto pueden contribuir. Ella y don Roberto van a hacer lo que sea necesario, estoy segura.

Viajaron en silencio el resto del camino, directamente hasta la casa de sus amigos. Después de ponerlos al tanto del extraño encuentro, ellos coincidieron en que un préstamo era la única salida, pero también le recordaron a Sergio el riesgo que corrían.

–Tené cuidado –dijo Luis–. A esos se les va a hacer agua la boca de pensar que se pueden quedar con el terreno y tu casa. Es un lindo pedazo de tierra, grande, y está en un excelente lugar. Tenés que tener cuidado y negociar suficiente tiempo para pagarles. El interés va a ser alto también.

Cambiaron impresiones hasta cerca de media noche, cuando después de otra ronda de café partieron para casa con Pablo dormido, envuelto en una frazada. Habían hablado con sus amigos del dinero necesario, pero Alicia sabía que a Sergio le preocupaba el hecho de tener que encontrarse con el sombrío personaje del Falcon verde otra vez. Se acostaron en silencio, pensativos, inmersos en sus dudas. Alicia tuvo, como de costumbre, dificultad para dormirse. Esa noche, por primera vez desde que su amiga había desaparecido, soñó con ella.

Eran adolescentes, y estaban caminando por la calle donde Susana vivía cuando se conocieron. Era tarde, de noche, y la hermosa arboleda que bordeaba la calle del Barrio de Devoto se veía amenazadora en la noche. Alicia no distinguía las casas, y no estaba segura de en qué lugar estaban caminando exactamente, cuando de golpe, y sin decir nada, Susana se sentó sobre el empedrado de la calle. Ella se detuvo también y notó que estaba sentada sobre los viejos rieles, todavía visibles, del tranvía que otrora, mucho antes de que ellas nacieran, había pasado por allí. Alicia pensó *todavía no han sacado estos rieles, después de tantos años*. Se acercó a su amiga y le extendió la mano, para ayudarla a levantarse.

–Vamos, levantate, ¿qué hacés ahí en el suelo? Se hace tarde, vamos–. Pero ella no se movió. Levantó los ojos y la miró, negando, con un gesto que Alicia no pudo discernir. ¿Estaba llorando? ¿O sonriendo? Estaba muy oscuro, y de pronto sintió el rumor de algo que se aproximaba, un sonido similar al del tren subterráneo, y comprendió que era un tranvía lo que se acercaba a ellas, aunque no podía verlo todavía. Era un viejo tranvía a toda velocidad y Susana estaba todavía sentada sobre los rieles. Sintió pánico y supo, con certeza, que el tranvía iba a atropellarla. Trató de gritarle para que se levantara, pero no pudo emitir ningún sonido, mientras Susana continuaba negándose a salir de los rieles. Temblando y desesperada, se despertó.

Sergio estaba sentado en la cama, junto a ella, con las luces encendidas. Comprendió que debía haber gritado. Él extendió sus brazos y la sostuvo firmemente contra su pecho, alisándole el pelo con dulzura. Ella lloró por largo rato, incapaz de decir una palabra.

El jueves Pablo se despertó afiebrado y Alicia lo llevó temprano al pediatra. Desde la clínica llamó a Carlos Álvarez, para dejarle saber que iba a tomarse el resto de la mañana. Pablo tenía una infección en la garganta, de modo que Sergio ofreció trabajar en casa por la tarde, así ella podía ir a la redacción.

Después del almuerzo Alicia entró, impaciente, a revisar su correspondencia. La carta de Mariano no había llegado todavía.

Jacinta llamó a media mañana, con una voz cauta y vacilante.

–Estaba esperando que me llames –dijo Alicia–, me alegro de escucharte. Pasé un par de veces por tu casa, pero no había nadie. ¿Cómo estás?

–Muy bien, gracias, señora.

–¿Y tu mamá, cómo anda?

–Ella está enferma, muy decaída.

–¿Qué le pasa?

–Creo que es la tristeza. Llora mucho, se ha puesto muy delgada, y está triste todo el tiempo. No es la misma, no se resigna a que Alcides murió. Va al cementerio todos los días... ella estaba tan orgullosa de él.

–Ay, Jacinta, lo siento tanto. ¿Puedo hacer algo para ayudarla?

–No, señora, nadie puede ayudarla, ya hemos tratado.

–No digas eso. Seguro que puede hablar con alguien que la ayude, alguien a quien ella respete. ¿Al cura de la parroquia, por ejemplo?

–No, no creo. Él ya le habló varias veces, pero ella no le tiene mucha confianza...

–Tiene que haber alguien. Una amiga de la familia, por ejemplo.

–Si, a lo mejor una señora amiga que tenemos... – Jacinta vacilaba, pero Alicia creyó saber bien que era lo que estaba pensando.

–¿No conocen a alguna *machi*, que pueda ayudarla? – dijo y se detuvo. No quería ir demasiado lejos con este tema. Ella sabía que no todos en el pueblo respetaban las tradiciones mapuches y no quería que Jacinta la malentendiera cuando ella sugirió ver a una curandera espiritual.

–Y, si, cierto–admitió–. Por ahí la *machi* puede hacer algo. Sí, esa es la señora amiga que le dije antes. Pero hay algo que le quería pedir a usted.

—Claro, ¿qué necesitás?

—Me haría un gran favor si puedo trabajar en su casa, si no ha tomado a otra chica...

—Claro que no. ¿Cómo iba a tomar a otra sin peguntarte antes? Podés empezar cuando quieras, la casa está toda revuelta sin vos ayudándome–, dijo Alicia, pensando que sonaba exagerado pero era la verdad, le costaba mantener todo al día.

—Gracias, señora, necesito este trabajo. Si no le importa, empiezo el lunes.

—Me parece muy bien, hasta el lunes entonces.

Alicia se alegró de volver a la rutina. Al mismo tiempo, no estaba muy segura de que fuera a poder pagarle el sueldo por mucho tiempo, pero iba a hacerlo hasta que llegaran al límite. Sabía que cuando tuvieran que pagar el préstamo sobre la casa, iba a ser difícil. Pero las familias de los veteranos estaban pasándola peor, sin compensaciones, ahora iban a solicitar una pensión que Alicia estaba segura demoraría años en concederse. Pero no tenía valor para decirle a Jacinta que era muy posible que no pudiera mantenerla empleada por largo tiempo como hubiera querido.

La carta de Mariano llegó por correo al día siguiente. Alicia dejó de lado el resto de la correspondencia y estaba por abrir el sobre de vía aérea, de papel liviano enmarcado con líneas azules y blancas, cuando Carlos Álvarez se acercó a su escritorio.

—¿Cómo está el nene hoy?

—Todavía con un poco de fiebre, Sergio se quedó esta mañana a trabajar y cuidarlo, nos turnaremos. Esta tarde no voy a venir, me quedo a escribir en casa, tengo un montón de material para terminar.

Él asintió con la cabeza, y pareció llegar a lo que había venido a decirle:

—Tengo grandes noticias para vos. Te he conseguido dos entrevistas de alto nivel —dijo orgulloso–, para el Festival de Cine. Decime dos nombres importantes. Vamos.

Alicia no estaba de humor ya que no le interesaba interrumpir lo que estaba haciendo por un juego tonto de adivinanzas, pero se frenó. Álvarez era un buen tipo y ella no podía quejarse. Siempre la había poyado en el trabajo. Lo que menos podía hacer era ser amable. Además, estaba segura de que si la oficina del intendente se hubiese quejado en algún momento por la carta que ella mandó sobre la escuela del Barrio Alto, él le habría cubierto la espalda. Era un tema delicado que ella pensaba elucidar en el futuro, cuando se dieran las circunstancias propicias. Le sonrió amablemente, fingiendo pensar:

–Y... no sé, yo soy muy mala para esto. Decime quiénes son, por favor–, fingió implorarle, sabiendo que a él le divertiría eso. Álvarez se encogió de hombros.

–Bueno, total, nunca lo adivinarías. ¡Te conseguí no una, sino dos exclusivas con nada menos que María Luisa Bemberg y Fernando Ayala!

Orgulloso, dio un paso hacia atrás para apreciar el efecto que la noticia había tenido. Ella, impresionada en cierta medida por los nombres y no queriendo decepcionarlo, exageró un poco la reacción:

–Ay, Carlos, ¡Te pasaste!

–Sí. Y van a estar aquí en agosto, para el cierre del festival, y te conseguí las entrevistas el viernes veintisiete–. Parecía muy satisfecho de sí mismo.

–No puedo creerlo, no puedo creer que me conseguiste esa exclusiva–. Aplaudió y era evidente que él esperaba algo así porque asintió, satisfecho.

–Vas a escribir dos buenos artículos para estos reportajes, estoy seguro.

Ella se extendió un poco más con entusiasmo, en deferencia a él, pero también porque estaba feliz ante la posibilidad de hacer las entrevistas a dos directores de ese calibre. Por otro lado, necesitaba volver a la carta de Mariano, que aún sostenía y que no había podido abrir. Finalmente, Álvarez se encaminó a su oficina y ella quedó libre. El texto de la carta era breve. Hablaba de un hombre, liberado de alguno de los centros de detención, que identificó a Susana por su nombre. Supo de ella a través de otro prisionero. Pensaban que el hombre era una buena pista a seguir. Alicia apenas podía contenerse y esperar a la noche, para averiguar más detalles.

Cuando llegó a casa, Sergio tenía todo bajo control, como de costumbre. Había preparado algo para almorzar y la mañana había sido productiva. Pablo estaba mejor y ya sin fiebre. Sergio partió para la oficina y ella trabajó toda la tarde mientras Pablo dormía una larga siesta. A su regreso ella lo esperaba con un pollo al horno casi listo y había puesto al día su trabajo.

A las diez de la noche, según las indicaciones de Mariano, se encaminó hacia el centro de la ciudad para llamarlo desde la compañía de teléfonos. Mientras manejaba, iba pensando cuánto había cambiado Pablo con ella. Apenas la veía aparecer, su actitud se alteraba y tenía súbitos arranques caprichosos, le exigía que lo atendiera todo el tiempo y la interrumpía constantemente. Esa tarde, gracias a que no estaba muy bien, había dormido una larga siesta, pero una vez en pie, volvía a ser el chiquillo caprichoso e impaciente. Con Sergio su conducta era totalmente distinta. Esto la hería en lo más profundo. La hacía sentir culpable e incompetente en un terreno en el que antes se sentía firme. Ese era otro de los temas que, si tuviera el valor suficiente, algún día encararía con un analista.

Las oficinas de la compañía telefónica permanecían abiertas hasta después de medianoche. Eran las diez y media, y sólo dos clientes ocupaban cabinas de larga distancia. El único empleado detrás del mostrador parecía aburrido.

–Cabina seis –dijo casi con un bostezo.

Mariano levantó el teléfono inmediatamente.

–Buenas noticias, flaquita querida, tenemos buenas noticias. Sabemos que ella está en los alrededores–, su voz era optimista, y había usado el viejo sobrenombre que le daban a ella en el grupo. Alicia pensó *está viva, gracias al cielo*, y suspiró, aliviada.

–¿A dónde la tienen?

–No sabemos exactamente a dónde en este momento. Sabemos lo que nos dijo este hombre. A él lo pasaron por varios centros de detención, y después lo soltaron, en una estación de ómnibus en algún lugar cerca de San Nicolás, medio desnudo, y bastante golpeado. Dio una lista de nombres que había memorizado de los *pozos* a donde estuvo.

Alicia vaciló brevemente al escuchar la palabra *pozos,*

pero asumió que era el nombre que le darían en forma corriente a esos lugares infernales a donde se llevaban a la gente. Preguntó, ansiosa:

–Y, ¿qué dijo de ella?

–La identificó, dice que escuchó su voz llamando de otra celda en el pasillo, pero no la vio. Ella le gritó su nombre y otros nombres para que supiera quiénes estaban ahí. Ese lugar estaba en el norte de Buenos Aires. Después lo llevaron a otros dos sitios, todos en la zona. El pobre no está seguro de dónde estaba cada uno, pero como nos dio algunos nombres, tenemos una buena idea.

–¿Qué dijo?, ¿cómo está Susana?, ¿cuándo pasó eso?

–Bueno, no hace mucho, él dice que ella le habló hará unas dos semanas atrás.

–Gracias a Dios.

–Sí, estamos trabajando día y noche para ver si podemos ubicarla. Con eso de que transfieren a los detenidos, es difícil, pero ya vamos a saber algo pronto.

–¿Te parece?

–Sí, no te preocupés, tengo mucha esperanza. Por lo menos ahora sabemos que está en algún lado y está bien. Son buenas noticias–, él pareció dudar por un momento–. Este tipo tiene miedo, claro, con lo que debe haber pasado. No habla mucho, a lo mejor lo han amenazado, quién sabe. Así que da datos generales, nada específico acerca de lugares, pero es suficiente para nosotros. Tengo fe en que la vamos a encontrar pronto.

–¿Vos pensás que es sincero?

–Es difícil saber con seguridad. Pero creo que sí. Espero que sí.

–Nunca he rezado tanto por algo en mi vida como estoy rogando por ella.

–Bueno, parece que estás teniendo alguna respuesta a las plegarias, ¿no? – Mariano parecía convencido y totalmente sincero–. Seguí rezando, que eso ayuda.

–Sí, voy a seguir, no te quepa duda–. Trataba de convencerse ella también de que sus acciones estaban ayudando a Susana, pero sin mucho éxito–. ¿Has hablado con Sonia últimamente?

–Sí, la tenemos al tanto todo el tiempo. Está bien. Nosotros nos aseguramos de que estén bien ella y el marido. Si les hace falta una mano, se la damos.

–Gracias, Mariano, vos sabés que Susana te va a agradecer mucho esto. ¿Vos pensás que no hay peligro si nos escribimos con Sonia estas cosas? No quiero molestar a su pariente otra vez, y me gustaría intercambiar con ella algo más que estos cortos e impersonales mensajes.

–No sé por qué no. Todo parece quieto y tranquilo alrededor de ella. Nunca se sabe, claro, pero no creo que su correspondencia esté controlada.

–¿Y el teléfono?

–No te puedo decir, no sé. Ella está con las Madres, no te olvides. Seguro que la siguen, pero por las dudas, no hables mucho.

–Mil gracias, Mariano, voy a tener cuidado. ¿Cuándo te llamo de nuevo?

–Yo te doy una llamada a la redacción cuando tenga noticias, y vos me llamás por la noche a este número.

Se le cruzó por la mente comentarle a Mariano sobre su propia investigación, y la pista que le había abierto el padre Johann, pero decidió no decir nada. No sabía si la línea era totalmente segura. Las llamadas de larga distancia, aun teniendo cuidado, eran rutinariamente escuchadas por los servicios para controlar la seguridad interna, según el eufemismo del gobierno. Mariano parecía estar tranquilo al respecto pero ella decidió no mencionar nada más.

De regreso a casa, Alicia tenía sentimientos encontrados. ¿Sería un testigo confiable este hombre que dijo identificarla? Había preguntas que no tenían respuesta: ¿Por qué algunos de los desparecidos volvían a la sociedad? ¿Era algo que ellos dijeron bajo tortura lo que los había ayudado sobre los otros prisioneros? ¿O simplemente los dejaban salir como un constante recordatorio de lo que podía pasarle a la gente que se desviaba ideológicamente? Y cuando salían, ¿eran confiables? No importaba lo que hubiera pasado cuando estaban en secuestrados, nunca serían totalmente confiables al salir. Qué destino trágico les habían dado. ¿Cómo se recuperarían de ese infierno vivido?

El solitario camino, a esa hora, le traía recuerdos de la noche en que el hombre del Falcon verde la había interceptado. Tenía la inquietante certidumbre de estar andando en círculos, y de que nunca saldría de esa pesadilla que había comenzado aquella noche. El pensamiento la hizo estremecerse, y aceleró el viejo Citroën, tratando de disipar las dudas y la ya familiar presión en la boca del estómago.

XIII

Pablo todavía estaba tomando la leche, y Alicia le echaba ojeadas para ayudarle a comer sólo cuando hacía falta. Sergio se había levantado de la mesa donde trabajaba con sus planos y estaba parado frente a la ventana, mirando a la entrada de autos de la casa. Era una mañana de sábado y ella había llamado a Sonia muy temprano desde la cabina de la compañía telefónica. Cuando volvió a casa se dedicó a Pablo, quien estaba irritable y con hambre.

–¿Qué te dijo Sonia? ¿Cuánto pueden juntar? ¿Y cuándo? –Preguntó por fin.

–No tiene noticias todavía–, dijo ella, levantando a Pablo y poniéndolo en el corralito, ignorando su rezongo–. Te digo la verdad, odio llamarla, siquiera para saber cómo está, con todo lo que la quiero. Está en un sube y baja emocional. Hoy lloró un rato, un minuto después, estaba llena de esperanzas y segura de que van a conseguir la plata. No le pregunté detalles, pero supongo que van a ir a un prestamista también, a menos que algún pariente los ayude.

Puso los juguetes de Pablo cerca de él, lo que lo calmó inmediatamente.

–Dijo que me va a llamar el lunes o el martes con una respuesta –concluyó.

Estaban en una carrera para reunir los cuarenta mil dólares y Sergio mostraba, por primera vez, signos de que estaba preocupado por el tema. Los diez días resultaba un tiempo demasiado corto. Había tratado de contactar a los prestamistas, pero ellos, en una ritual danza para demostrar su poder, habían fingido no estar disponibles los primeros días. Era la forma de marcar que los interesados debían hacer concesiones para conseguir lo que buscaban. Sergio llamó varias veces y finalmente consiguió una entrevista con cada uno.

Todavía mirando por la ventana, él contestó la pregunta que ella no había formulado todavía, pero que sabía iba a hacer:

–Creo que tendríamos que aceptar la oferta de Uranga. No tenemos tiempo para perder, y realmente no importa cuánta plata junten Sonia y don Roberto. Nunca va a ser más de veinte mil. Nosotros tenemos que conseguir el resto.

–¿Cuánto les pediste?

–A los dos les pedí treinta mil. Por las dudas.

–Buena idea. Sonia se sorprendió con la cantidad que nos pidieron, pero va a hacer lo mejor que pueda, estoy segura–. Alicia se acercó a la ventana y se detuvo al lado de él, en silencio. Al cabo de un rato dijo–: Si te parece que lo que pide Uranga es lo más conveniente, yo estoy de acuerdo con cualquier cosa que decidas.

Él no respondió. Ambos sabían la magnitud de lo que iban a hacer. Si llegaban a atrasarse en los pagos más de dos meses, perderían la casa y no habría recurso para parar el proceso. Uranga se convertiría en el propietario. Sergio suspiró y la miró de frente:

–Vos te das cuenta de que vamos a tener que despedir a Jacinta, ¿no?

–Y, si, ya sé. Tengo ensayado en mi cabeza lo que le voy a decir. No quiero herirla, pero yo sé que va a suceder, de todos modos. Necesita la plata, vos sabés.

–Sí, y lo siento mucho.

–Está bien. Yo sé que tenemos que hacerlo.

Después de un momento ella continuó:

–La semana que viene voy a hablar con Carlos Álvarez para conseguir más notas para hacer fuera de hora. También me han dicho que el *Río Negro* está buscando artículos de la zona para la revista del domingo. Voy a tratar de venderles algunas colaboraciones.

Uranga, como un buen tiburón, había prometido darles una mejor oferta por el préstamo que Assaf Rosen. La diferencia entre los prestamistas eran unos puntos de interés, pero a la larga, ambos eran dos usureros despiadados, igualmente peligrosos.

–Todo se va a arreglar poco a poco –dijo Sergio–. Vamos a solucionar todo, ya vas a ver. Mientras no dejen de salir los proyectos de Huemul, y se sigan firmando contratos, todo va a andar bien. Yo no sé cómo hacen, pero los dueños de la empresa siempre encuentran algo jugoso. Seguramente tienen varios contactos en altos puestos en Buenos Aires. No quiero saber cómo lo consiguen, basta que el trabajo siga viniendo.

–¿No es una vergüenza? Aceptamos que haya corrupción porque si no, no podemos sobrevivir. Qué triste es esto.

–Sería peor si no tuviéramos ninguna forma de sobrevivir. La cosa es así. Una pena, pero es la realidad. No te sientas mal, vos no lo podés cambiar.

Ella jugaba con Pablo y no contestó por un rato.

–Mi única esperanza es que encontremos a Susana bien –dijo después, esperando un comentario de él, pero Sergio estaba mirando a la entrada de autos y le hizo una seña con la cabeza:

–Esperabas a Martina, ¿no? Ya está aquí.

–Vino temprano. Tenemos que planear el último programa y nos va a llevar por lo menos dos horas. Y yo ni sé de qué hablar todavía.

–¿Y el programa de mañana?

–Ya lo tenemos preparado. Lo vamos a revisar hoy, pero espero poder encontrar algún buen tema para el de cierre. No sé si vamos a ponernos de acuerdo–, dijo caminando hacia la puerta.

Trabajaron por más de una hora y Alicia sugirió tomar un café para cortar por unos minutos. Mientras lo preparaba, Martina se ubicó en una silla a través de la mesa y Alicia comprendió que iba a sacar el tema que ella no tenía interés en tocar.

–Espero que no te moleste que te lo diga, pero parecés casi feliz de que esto se esté terminando. Nunca me di cuenta antes de lo cansada que estabas del programa – comenzó Martina, como reflexionando. Alicia no dijo nada, fingiendo prestar atención al agua que estaba por hervir, de modo que Martina completo la idea–: Entonces así es mejor. Que se termine de una vez.

–No, no es mejor, para nada ni para nadie –dijo Alicia,

todavía sin mirarla–. Nos han dado una patada en el culo, atado las manos, y nos están cerrando la puerta. No, no es mejor así. Es una desgracia.

–Ya sé, pero yo hablaba de cómo te lo estás tomando vos, tan tranquila, tan distinto de lo que vos sos normalmente. Te he visto pelear por cosas menos importantes que ésta. ¿Qué te anda pasando?

–Creo que estoy muy cansada, eso es todo.

Era una respuesta sincera pero Martina no pareció creer que fuera suficiente. Aunque no hablaron más y trataron de terminar el trabajo con buena voluntad, las dos sabían que las cosas nunca iban a ser como antes entre ellas. Martina se sentía rechazada y Alicia no encontraba la forma de explicarle su conducta sin revelarle cosas de las que no podía hablar.

Al día siguiente, volviendo de un programa que había sido casi mediocre, Alicia se sentía asfixiada. El resentimiento que estaba acumulando por el gobierno militar crecía dentro de ella y se tornaba de carácter físico en la constante opresión en el estómago. Prendió un cigarrillo y después de dos pitadas tuvo que apagarlo en el pequeño y casi repleto cenicero del automóvil. Tomó nota mentalmente, tenía que bajar los cigarrillos que fumaba, porque no podía permitirse una enfermedad justo ahora.

El lunes por la mañana Alicia respiró aliviada al escuchar la voz de Sonia del otro lado de la línea.

–Estaba esperando su llamada –se escuchó decir.

–Tengo buenas noticias, Alicia, de la plata. Tenemos quince mil. Si hubiera habido más tiempo, a lo mejor conseguíamos más–, creyó notar disculpa en su voz.

–Está muy bien, Sonia, ¿pudo arreglar todo como me dijo? ¿Su amiga viene a Bariloche con el grupo de estudiantes?

–Si, tal como quedamos antes.

–Lo más importante, ¿es de confianza? –Había ansiedad en la voz de Alicia, pero Sonia parecía dominar la situación, lo que la tranquilizó.

–No te preocupes, la conozco bien, se llama María Luz. Es muy seria y responsable, por eso va de coordinadora de los estudiantes. El sobre estará en buenas manos.

–Me alegro tanto, Sonia, usted no sabe lo nerviosa que estoy últimamente.

–Me imagino, querida, y sabemos cuánto estás haciendo, no creas ni por un momento que no lo apreciamos. Estamos muy agradecidos –la voz entonces se ofuscó con un acceso de llanto. Alicia le dio tiempo a serenarse–. ¿Puedo preguntarte a dónde consiguieron la plata ustedes? ¿De un prestamista?–. Alicia vaciló un momento y Sonia agregó–: Yo sabía, yo lo sabía, y no sé cómo te voy a dar las gracias por esto que están haciendo vos y Sergio.

Alicia no quiso entrar en detalles. Probablemente Sonia y Roberto estaban pasando por lo mismo en ese momento. Suspiró.

–Susana se lo merece. Esto y mucho más. Esperemos que todo salga bien, Sonia, es lo único que importa ahora. La vamos a traer a casa, ya va a ver, y todo va a volver a estar bien–. El optimismo de las palabras no podía enmascarar el miedo que Alicia sentía, porque sabía que nadie le garantizaría que todo saliera bien.

–Seguro que sí, hija, seguro que sí –le llegó el eco de Sonia–. María Luz se va a poner en contacto con vos apenas llegue a Bariloche. De ahí en adelante, fijate cómo querés encontrarte con ella y dónde.

–La voy a tener informada de todo. A propósito, le quería preguntar, ¿ha escuchado algo de Mariano últimamente?

–Sí, querida, me llama todas las semanas. Nos encontramos con algunas madres y el grupo con el que él trabaja, para ayudarnos a llenar papeles. Esos muchachos son muy serviciales.

–¿Alguna novedad de dónde está Susana?

–No. Nada. Creemos que está en el mismo lugar. No se sabe. Esperamos que esté bien –la voz se le quebró otra vez. Alicia la dejó tomar aliento–. Como te decía, tengo más esperanzas ahora. Tengo mucha fe en que este hombre que está en contacto con vos consiga algo para que la liberen. Si no fuera así, no te lo habrían recomendado, ¿no? –un tono de duda hizo que Alicia respondiera de inmediato:

–No, claro que no. Yo también tengo esperanzas con este hombre –dijo, tratando de ahogar su propia incertidumbre. Después de unos minutos de darse aliento mutuo para disipar la inseguridad que ambas tenían, se despidieron.

Una media hora después, Alicia estaba trabajando en uno de los archivos, buscando material, cuando vio a Carlos Álvarez hacerle señas de que se acercara al escritorio, una llamada para ella. Alzó el teléfono más cercano. Debía ser Sergio, seguro, con novedades del préstamo.

–Hola, soy yo–. La conocida voz grave con acento provinciano la dejó helada, pero de alguna manera se alegró. Él no quería escuchar su respuesta–. Escuchá cuidadosamente: me vas a llevar el sobre a la parada de ómnibus de larga distancia de Piedra del Águila. En la estación de servicio hay un baño de mujeres. Vas a dejar el sobre arriba del tanque de agua del tercer cuarto, hay cinco cubículos, así que es el del medio. Tenés que ir el sábado a la tarde, bien temprano, después de almorzar, digamos... a la una en punto.

Alicia trataba de retener todos los detalles, no quería olvidar nada que pudiera ser importante.

–Sí, voy a estar ahí, puntual–, dijo y después, como dudando–, ¿Y qué pasa si necesitamos más tiempo?

–No tienen más tiempo, ya te dije–. Hablaba con indiferencia–. Poné el sobre arriba del tanque, en el centro, para que no se vea de abajo. No te mandes ninguna cagada, ¿eh?

–No. Escuche, ¿está seguro de que la va a poder ayudar a salir libre? –ella no podía ocultar la angustia.

–Yo sé lo que estoy haciendo–, dijo, medio fastidiado–. Si vos cumplís con tu parte, todo va a andar bien.

Lo único que le interesa es la plata, pensó Alicia, con un estremecimiento, insegura de que él fuera a cumplir. Y si no cumplía no habría como cobrárselo. Pero no, seguramente las cosas se hacían así en el mundo de estos facinerosos. Ella no estaba acostumbrada a esos tejes y manejes sucios. Eso era todo.

–Bueno–, concedió ella–. Pero yo quiero que la liberen pronto, usted sabe eso –agregó, y de inmediato se sintió estúpida, diciéndole una cosa así, como si a él le importara.

–Ya lo sé–, respondió él con cortesía, antes de colgar el teléfono. Ella se quedó temblando, tratando de repasar mentalmente todos los detalles que le había dado. Miró alrededor pero nadie parecía haberse percatado de lo que ella hacía, o de la llamada. ¿Por qué iba a ser de otro modo? Nadie sabía por lo que ella estaba pasando.

En un impulso, agarró el bolso de mano y una carpeta al azar, y salió de la redacción con un pretexto. Incapaz de esperar por la llamada de Sergio, iba a encontrarlo en la oficina.

Cuando entró, él estaba hablando con un cliente por teléfono y le sonrió. Uno de los dibujantes trabajaba en una esquina del estudio, sumergido en su tablero de dibujo y le hizo una seña de bienvenida con la mano. Le respondió, contenta porque no estaba obligada a ser amable y charlar con alguien. Se quedó de pie, cerca del escritorio de Sergio, y cuando él terminó con su llamada, se volvió hacia ella.

–Qué sorpresa. No sabía que venías. Te estaba por llamar. Uranga va a tener la plata lista mañana para nosotros. Tenés que venir conmigo a firmar los papeles, en su oficina.

Ella no respondió. Tenía los ojos hinchados de llorar mientras se dirigía allí, y en ese momento las lágrimas brotaban otra vez por cuenta propia. Él se acercó y le acarició la cabeza con ternura.

–Todo va a andar bien, vas a ver. Tranquilizate ahora.

Ella no se pudo contener más y rompió en un alarido que sorprendió a Sergio e hizo saltar de la silla al otro. Era un llanto casi animal, y el muchacho, no sabiendo qué hacer, salió casi en puntas de pie. A ella no le importaba más nada. Lloró con sentimiento, cubriéndose la cara con las manos, sollozando, había perdido todo sentido de la vergüenza. Él la atrajo lentamente hacia sí, poniendo el brazo sobre sus hombros. Ella se apoyó en su pecho y lloró copiosamente, y ninguno de los dos reparó, ni les hubiese importado tampoco, las marcas que dejaba el maquillaje y el delineador de ojos oscuro sobre la blanca camisa de Sergio.

Alicia se quedó así por largo rato, mientras él la acariciaba como si fuese una nena, hasta que el llanto se fue apagando.

La película había terminado, y Alicia entró en el amplio y luminoso cine de la ciudad. Las puertas dobles estaban dejando salir al público de la sala de proyección y la gente se dispersaba en grupos para salir a la calle. Ella se paró a pocos pasos de la puerta de entrada al baño de las mujeres, esperando por María Luz, la amiga de Sonia, o quién sabe, tal vez amiga de Susana, quien traía el sobre con el dinero.

Habían hablado por teléfono esa mañana. La mujer le dijo que estaba hospedándose con los estudiantes en el hotel Cruz del Sur. El hotel quedaba cerca del cine, de modo que Alicia arregló para encontrarse allí.

–Te espero a la derecha de la puerta del baño de mujeres. Llevaré un tapado de *tweed* gris y una bufanda de lana azul marino.

–Bueno–, dijo la otra–, yo voy con *jeans* y una campera de *duvé* roja.

Alicia había esperado unos pocos minutos cuando una atlética mujer salió del baño, caminando directamente hacia ella. Se presentaron y Alicia notó que era un poco mayor de lo que había imaginado por la voz.

–Tengo el sobre en la habitación–, dijo la muchacha.

Salieron del cine y caminaron hacia el hotel. María Luz era ágil y con las botas taco bajo caminaba rápido, mientras que Alicia, vestida para una entrevista con botas de taco alto, trataba de mantener el paso.

–Compartimos un cuarto con otra coordinadora del grupo. Ha salido con los chicos, pero tenemos un rato–, dijo.

Apenas llegaron a la habitación, María Luz abrió la cerradura con llave de una valija, sacó un bolso de mano y de él un sobre grande de plástico, con un elástico y un botón de cierre. Se lo tendió a Alicia con un rápido movimiento. Alicia lo abrió. La mujer le ofreció una silla al lado del pequeño escritorio.

–Quiero que lo cuentes, delante de mí–, dijo María Luz. Alicia se sentó y contó todos los billetes, mientras la otra permanecía a su lado.

–Está todo–, dijo Alicia.

–Me alegro de que esté todo bien y de habértelo dado.

Me pone nerviosa andar con tanta plata en efectivo.

Alicia puso los billetes en el sobre de plástico.

–Gracias, gracias por traer esto.

–De nada–, dijo apurada–, si vuelven las estudiantes no quiero que me vean con alguien, no quiero dar explicaciones–. Alicia se levantó de la silla, y caminó hacia la puerta. María Luz parecía avergonzada por lo que le había dicho.

–Perdoname si soy brusca, quiero mantener este encuentro entre vos y yo.

–No te preocupes, te entiendo bien–, deslizó el sobre en su portafolio. Se volvió a saludarla y notó que la muchacha le extendía la mano. Se la sostuvo por unos segundos, y le dijo con gesto muy serio:

–Espero que consigas liberarla. Por favor, hacé todo lo que puedas–. Tenía los ojos llenos de lágrimas. Alicia hubiera querido hacerle preguntas, averiguar qué significaba en la vida de Susana, pero sabía que iba a demorarse. Se limitó a saludar:

–Voy a hacer lo más que pueda. Gracias otra vez por traer esto.

Cuando subía al ascensor, un grupo de chicas, riendo y gritando salían del él.

Alicia salió del hotel apretando el portafolio, en un mecánico gesto de protección. Tenían toda la plata. Las cosas se estaban moviendo hacia adelante, por fin. Podría entregar los dólares el sábado, y Susana estaría un paso más cerca de ser liberada.

El resto de la semana pasó en un torbellino de nerviosa actividad, en la que Alicia y Sergio, en un tácito pacto, no entraron en ninguna discusión. Tampoco hablaron de las consecuencias que traería el no cumplir con los términos del documento que habían firmado el martes en la prolija y sencilla oficinita de Uranga. Alicia no lo conocía personalmente, y le impresionó bien, una persona sonriente y simpática.

–Tiene unos dientecitos chiquitos y en punta, casi como un tiburón–, le dijo a Sergio cuando salieron. Él había reído de buena gana, una risa nerviosa que delató su tensión.

El jueves a la mañana, Alicia decidió hablar con

Jacinta sobre el trabajo. Mirando los tristes ojos de la muchacha, deseó tener el poder de fulminar a quien sea que creaba esas situaciones trágicas. Pero sus fantasías de destrucción, cada vez más frecuentes en los últimos tiempos, la hacían sentir peor.

Cuando Jacinta estuvo lista para marcharse, ella le entregó el último pago, con un pequeño extra de dos semanas. Dudaba de que se vieran nuevamente. Se movían en círculos tan distintos que estaba casi segura de que sus caminos no se cruzarían más que por casualidad. Mirándola caminar hacia la parada del ómnibus, comprendió que Jacinta nunca iba a imaginar cuánto esfuerzo le había costado a ella darle ese dinero que acarreaba en su cartera. Sabía que la muchacha no tenía idea de que todos estaban en el mismo bote, solo separados por una ficticia barrera social. Que el destino de uno estaba ligado estrechamente al del otro y que el derrumbe, si sucedía, les afectaría a todos por igual.

–¿Te parece que vamos a encontrar nieve en el camino?–, preguntó Alicia, echando volutas de humo a través de la pequeña abertura en el vidrio de la ventanilla del auto. Las últimas curvas de la costa del Nahuel–Huapí estaban a su izquierda, y las aguas azul oscuro terminaban lamiendo una playa de pedregullos redondeados que ella podía ver desde el camino, ubicado un poco más alto que las aguas y a unos trescientos metros de distancia, medio cubiertos por la nieve.

–Espero que no, ya debe estar todo limpio–, dijo él –. Hasta ahora todo va bien.

–Vamos a ver cómo se porta Pablo con Mary. Se ha portado tan mal con nosotros últimamente. Como un mal criado.

Él la miró de costado y sonrió.

–No sólo él.

Ella no sonrió, ni contestó a su indirecta. No iba a comenzar una discusión en ese momento, no en camino a Piedra del Águila, el pequeño caserío, a mitad de camino entre la ciudad de Neuquén y Bariloche. El lugar en que debía dejar el sobre para el hombre del Falcon verde.

Atravesaron despacio el imponente Valle Encantado,

un monumento natural de rocas erosionadas que Alicia no se cansaba de admirar. Varios kilómetros de camino serpenteando entre las esculturales formaciones y los bosquecillos de cipreses y pinos que los rodeaban.

Las rocas volcánicas todavía tenían una capa de polvo de la nevada del día anterior, y las sombras de los árboles creciendo en las hondonadas de la piedra le daban un aspecto de terciopelo oscuro y espectral contra la nieve.

–Rocas altas, ¿eh?–, comentó él.

–Qué te parece, son inmensas–, respondió ella, falta de palabras.

Dejaron atrás el valle, y con el río Limay que corría abajo, a la derecha, se aproximaron a las primeras planicies que anunciaban la meseta patagónica.

–Estas rocas siempre me hacen sentir insignificante–, comentó él– cuántos siglos de trabajo del viento y el agua, antes de que nosotros siquiera apareciéramos en el planeta.

–Sí. Y van a estar aquí mucho después de que terminemos nuestros estúpidos enfrentamientos y peleas. Es un pensamiento reconfortante, después de todo, saber que van a durar y que están por arriba de todas las *boludeces* nuestras.

–Tenés razón–, agregó él, pensativo – Es como mirar a las estrellas en una noche sin luna en la playa del lago Guillelmo, esa impresionante inmensidad de estrellas en el cielo, reflejadas sobre el agua.

Manejaron en silencio por un largo trecho. Las formaciones ya eran escasas y aparecieron las colinas, verdes y aterciopeladas, bajando hacia el río, con una vivienda aquí y allá. Alicia deseó, para sus adentros, que el bello paisaje pudiera ayudarla a obtener la calma y aliviar su pena. En los últimos tiempos sólo confusión y temor eran los sentimientos que dominaban su mente. Y odio. Un venenoso destilar de odio que la dejaba agotada después de elaborar fantasías de venganza. Se preguntaba con curiosidad si Sergio tenía alguna idea de lo que le estaba pasando. Era muy posible que él sintiera rechazo si pudiera leerle los pensamientos.

Cuando llegaron a la estación de servicio de Piedra del Águila, había sólo un ómnibus de larga distancia estacionado frente al edificio que hacía las funciones de comedor y área de descanso. El resto del pequeño pueblo se extendía más allá, alineado sobre la Ruta 237.

–Está tranquilo ahora–, dijo Sergio, mirando el reloj pulsera–, Es la hora, hicimos un buen cálculo.

–Sí, no va a haber muchas mujeres en el baño. Voy a entrar ahora, antes que llegue otro ómnibus.

Levantó el bolso que contenía el sobre con los cuarenta mil dólares del asiento trasero.

–Te espero estacionado allá, contra ese edificio–, dijo Sergio–, después de que cargue nafta–. Ella cerró la puerta del auto y él le dijo a través de la ventanilla–: Tené mucho cuidado, por favor.

Apretando fuerte el bolso contra su pecho, Alicia entró al amplio parador y buscó la zona de los baños. Adentro de la sala, que olía a excesivo desodorante ambiental, había tres mujeres charlando y acicalándose un poco, a punto de marcharse. El baño era antiguo, con muchas manos de pintura encima, pero lucía limpio y prolijo.

Las manos de Alicia estaban frías y húmedas, y el corazón le latía con fuerza. Trató de calmarse y buscó el tercer cubículo. Estaba vacío, como los otros, de modo que entró y trabó la puerta, colgó el bolso en un perchero y lo abrió, retirando el sobre.

Había un antiguo tanque de agua de hierro forjado ubicado alto, sobre el inodoro, y tenía una cadenita colgando con una manija de plástico a un costado. Para dejar el sobre según las indicaciones del hombre tendría que subirse al inodoro. Después de apoyar el sobre arriba del tanque, lo acomodó para asegurarse de que no se viera desde abajo.

Alguien entró a uno de los otros cubículos y ella bajó, mirando desde la puerta hacia el tanque de agua. El sobre no se veía. Para asegurarse, tiro de la cadena, y verificó que el sobre no se había movido.

El lugar se llenó de voces femeninas, un grupo había llegado y Alicia tomó su bolso y salió del cubículo. Se lavó las manos meticulosamente, mientras otro grupo de mujeres, charlando animadamente, y con el familiar rostro cansado del viajero de larga distancia, entraba en la salita. Salió al pasillo, mirando nerviosa a su alrededor, sin saber bien porqué.

Cuando dejó del cálido ambiente del parador, divisó el auto y a Sergio adentro, esperándola.

–¿Querés que almorcemos aquí?–, preguntó él, asomando la cabeza por la ventanilla.

–No, no, vámonos, por favor. Busquemos otro lugar, más al norte–, dijo, tiritando en el viento frío, apurada por entrar al auto.

Se dirigieron por la ruta hacia el norte, buscando un restaurante al paso. Alicia todavía tiritaba, y comprendió que no era el frío; estaba temblando.

Alicia había decidido pasar a ver a Sergio después de terminar una entrevista en las oficinas del Club Bomberos Voluntarios, muy cerca de allí. Lo encontró solo, trabajando en el proyecto de Huemul.

–¿Estás segura de que ese tipo no te dio instrucciones para después de entregar la plata? –preguntó.

Él había servido dos cafés y estaban sentados, Sergio en su taburete de dibujo y ella en una de las tres sillas extras destinadas a los clientes y visitas.

–Nada. Ya te dije. Estoy muerta de miedo, Sergio. ¡Toda esa plata!

–No tenemos ni un número de teléfono, ni un nombre para ubicarlo–. Dijo por lo bajo, como para sí mismo–, aunque ya sabíamos eso, que no teníamos nada, cuando llevamos la plata. Ahora hay que esperar.

–Yo creía que iba a ser más rápido–, dijo Alicia, con un tono amargo–. He llamado a todo el mundo, Sonia, Mariano, una y otra vez, pensando que ya tenían noticias de Susana. ¿Qué me hizo creer que la iban a dejar salir así, porque sí, tan rápido?

–¿Qué tal el haber pagado cuarenta mil dólares al contado? Es una buena razón, me parece. Pero claro, puede ser que estas cosas llevan tiempo. Esperemos con calma.

Alicia sacudió la cabeza:

–Yo creí que una semana sería suficiente tiempo. No quiero entrar en pánico tampoco, pero no puedo dejar de pensar, Sergio, ¿qué hacemos si esto es una estafa?

–Seamos positivos mientras no sepamos nada. En algún momento te van a contactar. Tengamos paciencia.

Alicia sabía que él estaba tratando de calmarla, y lo

conocía demasiado para no notar cierto nerviosismo en su voz.

–Sí, hemos hecho todo como nos dijeron. Tiene que funcionar–, dijo ella, pero no le comentó que sentía el fuerte dolor en la boca del estómago otra vez.

El teléfono llamó y él atendió a un cliente durante unos minutos. Cuando cortó, volvió al taburete:

–Te quería comentar, mis viejos sacaron los pasajes para venir, me llamaron hoy a la mañana.

–Hemos quedado de acuerdo en no decirles ni una palabra de este asunto, ¿no?–, dijo ella, sobresaltada.

–No te preocupes, no van a sospechar nada. Además, no es asunto de ellos. Es un problema nuestro, y vos sabés que yo no les diría nada.

–Sí, ya sé, disculpame, no quise decir eso. Es que tengo miedo de que se den cuenta de alguna forma. ¿Cuándo llegan, entonces?

–El diez de setiembre, es un viernes. Van a quedarse por dos semanas, como siempre, en el mismo hotel. Me hablaron de ir un fin de semana a San Martín de los Andes, con los Fechner, ¿qué te parece?

–No sé, ¿vos tenés ganas de ir?

–No, nada en particular, y si vos no tenés ganas, no vamos, me da igual. A ellos no les va importar, saben que estamos ocupados trabajando.

–Bueno, vemos cómo salen las cosas. Podemos organizar algo para cuando lleguen, ¿qué te parece?

–Seguro. ¿Querés un cigarrillo?–, él abrió un nuevo paquete de Marlboro Suaves–. Ella negó con la cabeza, y él la miró, sorprendido.

–No, gracias, tengo ese dolor de estómago otra vez–, dijo ella, excusándose.

–Apenas pase todo esto, vas a sacar un turno para un gastroenterólogo. Me he fijado que estás comiendo cada vez menos, y siempre estás con ese dolor. Te veo más flaca, también, ¿te pesaste?

–Ya te dije que voy a ir al doctor apenas pueda, y no, no perdí peso–, mintió, porque no se había pesado por largo tiempo–. Ah, hablando de peso, esta noche pienso cocinar un rico plato. Una sorpresa, te va a gustar–, dijo, levantándose para marcharse, y plantando un beso de despedida sobre los labios de Sergio.

Él hizo un gesto con la cabeza, sonriendo, cuando ella le guiñó un ojo, antes de cerrar la puerta.

El viernes por la mañana Alicia tenía completa su agenda para todo el día con las actividades del festival de cine de la ciudad. Para la tarde estaban programados los dos reportajes a los directores de cine. Dejó a Pablo todo el día en la guardería, y Sergio pasaría a buscarlo a la tarde, de vuelta de la ciudad.

Alicia compró empanadas en una rotisería y las llevó para el almuerzo. Pensando en las entrevistas y las subsecuentes reuniones y encuentros con la gente del festival, le dedicó más tiempo a su arreglo, vistiendo ropas más formales. No todos los días un periodista de un pueblo chico como Bariloche tenía la oportunidad de entrevistar a luminarias del cine nacional. Se dijo con reproche que debería estar mucho más entusiasmada y feliz de lo que estaba.

—Estás muy bonita hoy–, dijo Sergio – El sábado te invito a cenar afuera y quiero que te pongas así, bonita, para mí también.

Ella lo miró intrigada. Él agregó:

—Ese trajecito dos piezas con tacos altos te queda lindo. Deberías vestirte así más seguido. ¿Cuál es la ocasión?

—Como te dije, es el festival, y hoy tengo las dos entrevistas, por eso pensé en esta ropa. A lo mejor debería vestirme así un poco más seguido…

—Estoy totalmente de acuerdo.

XIV

La amplia recepción del hotel donde se llevaban a cabo las actividades del festival estaba llena de gente y Alicia se paró por unos segundos en el lobby, tratando de ubicarse. Bariloche estaba atestado de turistas atraídos por la buena nevada en los cerros y el festival anual de esquí, la famosa Fiesta de la Nieve, que ofrecía actividades artísticas, deportivas y sociales.

Ese año en particular, el público parecía ansioso por olvidar la desastrosa aventura en las Malvinas, los desaparecidos y las terribles medidas económicas. La posibilidad de una real apertura política y elecciones en el futuro llenaba a todos de energía y esperanzas. Otros tenían miedo de un gobierno civil y la rendición de cuentas que podría venir con él. Era, como nunca, un país claramente dividido. Dos mundos separados, utilizando el mismo espacio físico.

Se acercó a la larga mesa, en el área designada para atención al público e inscripción de participantes a los seminarios y conferencias. Tenía su identificación de plástico bien prendida y visible en la solapa. Una de las muchachas que atendía la miró con ojos que denotaban cansancio.

–Vengo de *El Barilochense*–, dijo Alicia – tengo dos reportajes, el primero con el señor Ayala y el segundo con la señora María Luisa Bemberg.

Mientras la muchacha inspeccionaba la lista sobre el mostrador, Alicia esperó pacientemente, mirando a la concurrencia, a la búsqueda de alguna cara famosa. En otras circunstancias ella hubiera estado fascinada con estas entrevistas. Pero ahora eran casi una distracción, ya que se había debido esforzar por hacer la investigación previa, algo que nunca le sucedía en su trabajo. Ya no tenía ni la energía ni el deseo de seguir los estrenos de películas. Lo hacía forzadamente, porque debía, y ese hecho le quitaba todo el encanto a un trabajo que para ella antes era una continua fuente de orgullo y de satisfacciones. El peso de sus problemas personales sobrepasaba en magnitud al resto de sus intereses.

La chica terminó su búsqueda, levantó la cabeza y dijo amablemente:

–Siéntese ahí, por favor–, señalando unas sillas vacías en una esquina – En unos minutos le doy los detalles.

Alicia tomó asiento y después de saludar de lejos a algunos conocidos, se concentró en mirar con curiosidad los movimientos de ida y venida de los voluntarios.

La jovencita se acercó poco después:

–Estamos un poco demorados, lo siento mucho, señora, el señor Ayala ha comenzado otra entrevista no hace mucho, y va a llevar una media hora, no más, ¿está bien?

–Bueno, qué voy a hacer, habrá que esperar, ¿no? – respondió, tratando de ser amable ella también con la atareada voluntaria.

–Le aviso apenas esté preparado para verla–, dijo, volviéndose a su puesto en la mesa de bienvenida.

Alicia abrió el portafolio.

Cuando Carlos Álvarez le había dado las instrucciones para el festival, ella apenas miró los papeles, y los dejó en una carpeta a un costado. Ahora, con un poco de tiempo libre, tomó el folleto y comenzó a leer en detalle el programa.

–Perdón, la señora Alicia Rivera, de *El Barilochense*?– , la inesperada voz a su lado la sobresaltó apenas había terminado de leer el primer párrafo. Era un muchacho joven, luciendo una identificación del festival en la solapa.

–Sí, soy yo–, dijo ella, señalando con un gesto de la cabeza su tarjeta de identidad.

–Si me permite, la voy a guiar hasta el saloncito que está allá. Uno de los asistentes del festival quiere hablar con usted por unos minutos antes de la entrevista.

–Seguro, vamos–. Alicia puso el folleto en el portafolio y siguió al muchacho hacia el fondo del hall. Él se detuvo frente a una puerta señalada como sala de conferencias, y la abrió, haciéndose a un lado para dar lugar a que ella pasara. Ella entro y escuchó que la puerta se cerraba. El cuarto tenía una mesa tradicional en el centro, con unas diez o doce butacas de cuero alrededor, un teléfono y una pantalla plegadiza contra la pared para proyecciones. En una esquina, cerca de las ventanas, había un sofá confortable y dos sillas haciendo juego frente a un pequeño aparato de televisión.

Alicia se acercó a la ventana. El lago, intensamente azul en el claro día invernal se veía entre la línea de pinos que decoraban el cantero en el centro de la avenida costanera.

Sintió un leve roce, y tuvo la sensación de que alguien había abierto o cerrado una puerta muy despacio.

Se volvió inmediatamente esperando ver a un voluntario del festival pero frente a ella, de espaldas a la puerta y mirándola sobrador, estaba el hombre del Falcon verde.

—Hola, qué tal—, dijo el hombre con el gesto que siempre tenía cuando hablaba con ella y que Alicia pensó debía ser su sonrisa. Él parecía divertido—. ¿No te alegrás de verme?

—¿Usted? ¿Qué hace aquí?—, se escuchó decir sin pensarlo. Su inesperada aparición tuvo el efecto de siempre en ella: la sensación de estar frente a una alimaña.

Él siguió hablando.

—Andaba por la recepción y me enteré de que estabas esperando para hacer un par de reportajes.

Alicia no creyó que su presencia fuera casual, pero la sorpresa la había desconcertado al punto que todavía no sabía cómo reaccionar. Sintió una vaga nausea y apoyó la mano derecha en el respaldo de una de las butacas que rodeaban la mesa, tratando de recuperar el control, no sabiendo qué sucedía exactamente. ¿Por qué estaba este hombre allí? No tenía ningún sentido. Pero estaba segura de que no podía permitirse demostrar animosidad. Este despreciable individuo tenía tal vez la vida de Susana en sus manos y en su poder el sobre con el dinero que habían reunido tan penosamente.

Hubo un silencio embarazoso, durante el que ella lo

miraba, tratando de recuperarse, mientras él lentamente cambiaba el gesto soberbio y atropellador por uno que se aproximó bastante a una sonrisa.

–Creo que tenemos una media hora, más o menos–, y se aproximó hacia la mesa. Ella, aún a la distancia, retrocedió un paso instintivamente, moviendo hacia atrás la silla con ruedas que cedió fácilmente bajo la presión. Sintió vergüenza por el efecto intimidador que él ejercía sobre ella.

El hombre se quedó quieto, a tres o cuatro metros y el perfume de la loción para después de afeitar, indeleblemente grabada en el cerebro de Alicia desde aquel primer encuentro le llegó empujado por el tibio aire del acondicionador.

–Sí, tengo entrevistas con Ayala y Bemberg–, dijo ella, con una voz que salió razonablemente calma, considerando el esfuerzo que estaba haciendo–, el ayudante me dijo que un representante del festival quería hablarme en esta salita...

–Ya sé–, dijo él, con una inclinación de cabeza y un chasquido de la lengua–. El asistente está ocupado y parece que Ayala está atrasado con las entrevistas de hoy–. Fingió un gesto como de disculpa–. Igual, ya que vos estás aquí, ¿por qué no aprovechamos este tiempo libre para charlar un rato?

El acento del noroeste era más marcado cuando él hablaba bajo y trataba de ser amable. Alicia tragó saliva y se esforzó por disimular que estaba haciendo tiempo para decidir qué hacer.

–Estoy seguro que me vas a aceptar algo para tomar–, dijo, y levantó el teléfono que estaba sobre la mesa–. ¿Qué te gustaría?

Él estaba al mando. Alicia no se había movido todavía y él acercó una silla, la giró de frente pero quedó de pie. Se decía mientras tanto que debería reaccionar de alguna manera, decir algo, porque más tarde se arrepentiría de no haber actuado, pero en ese preciso momento no se le ocurría nada. Estaban parados frente a frente por primera vez, al mismo nivel. Ella notó que él no era tan alto como le había parecido, y tampoco tan macizo, en este suéter de lana liviano. Era evidente que estaba acostumbrado a dominar la situación.

–Alicia–, dijo, autoritario, señalando la butaca en la que ella se apoyaba–, tomá asiento por favor.

Si es que él temía que ella quisiera irse, estaba equivocado. No antes que él explicara por qué Susana no había salido libre todavía, si había recibido la plata, y por qué ella no había escuchado nada en tanto tiempo. Estaba tensa, sí, y hasta sentía odio, pero no le temía como para huir.

–Ponete cómoda, vamos–, insistió, levantando el teléfono – yo pido un whisky, ¿qué te pido?

–Whisky y soda–, murmuró ella, ganando confianza. Un trago de alcohol la iba a ayudar a recomponerse. Tenía unas mentas en la cartera, iban a disimular el aliento a bebida durante las entrevistas. Caminó alrededor de la butaca y se sentó. A pesar de su esfuerzo, el hombre la intimidaba, sólo con su presencia y ella lo odiaba por eso. Él movió la cabeza, complacido de que al fin aceptara sentarse donde le dijeron.

–Un whisky doble y uno simple con soda, por favor–, pidió. Estaba acostumbrado a ladrar las órdenes, aun cuando las pidiera por favor. Ella fingió acomodar el portafolio.

Estaba tentada de sacar un cigarrillo pero cambió de idea. Él no fumaba al parecer, y no quería que la retara o le dijera algo humillante al respecto. ¿Qué era? ¿Militar, o de un servicio secreto? Actuaba como un matón. No era en absoluto como los militares para los que ella había trabajado pasando a máquina documentos para hacerse unos pesos en su época de estudiante. Aquellos oficiales eran caballeros, cultos, nunca fuera de lugar. No le sorprendió que no se identificara con quien atendió en el bar, tal vez sabían que él iba a llamar.

Cuando colgó el auricular giró la butaca que estaba al lado de la de ella y se sentó, mirándola de frente, el brazo derecho sobre la mesa, y los dedos tamborileando sobre la brillante madera laqueada, casi sin emitir sonido. Alicia notó que tenía unas manos cuidadas, y llevaba puesto un anillo de oro de sello grueso y ostensible, con unas iniciales grabadas.

–Me imagino que tendrás preguntas para hacerme –

dijo él, y se quedó en silencio, esperando.

–La verdad es que sí, tengo un montón de preguntas – respondió, decidida. Tuvo esperanzas, ahora él iba a explicar todo. Se imaginó volviendo a casa y contándole a Sergio lo que le dijera, y cómo todo se había aclarado. Él también se sentiría aliviado porque todo tendría una razón lógica y clara.

–Lo primero que quiero saber es si usted recibió la plata que dejé en Piedra del Águila–, dijo ella con voz firme–, era una cantidad que nos costó mucho juntar.

–Lo que pasa es que la plata no era para mí–, dijo él rápido, con un gesto–, pero no te preocupes, yo sé que llegó a las manos que debía llegar.

Ella no se atrevió a preguntar a manos de quién.

–Entonces, ¿por qué no soltaron a mi amiga? – Preguntó con angustia en la voz, y dijo *mi amiga*, incapaz de pronunciar el nombre de Susana frente a esta alimaña, porque hubiese sido irreverente, un insulto a todo lo que ella sin dudas estaba sufriendo en algún lugar–. ¿Por lo menos sabe cuándo la van a dejar ir?

–Bueno, no exactamente, no soy yo quién decide. Soy sólo un mensajero en esto, si yo tuviera el poder, la habría soltado hace rato.

–¿Y ahora, qué? –Las lágrimas empezaban a amenazar y ella no quería llorar frente a él, no era momento de mostrar debilidad–. ¿Qué piensa hacer?

–Yo hago lo que puedo, creeme. No es fácil–, se movió en su asiento, inclinándose hacia adelante, puso los codos en sus rodillas y cruzó las manos en frente. La miró a los ojos–. En Buenos Aires están pasando muchas cosas, y parece que tu amiga estaba metida en problemas graves–, hablaba despacio. Ella se sentía incómoda.

–No entiendo, ¿qué tipo de problemas?

–Seguro que tenía amigos subversivos. Esos terroristas están en todos lados... y si la detuvieron, por algo ha de ser –lo interrumpió un golpe discreto en la puerta y él se levantó, abrió, y dejó entrar al mozo que llegaba con las bebidas. El muchacho puso los vasos sobre la mesa, y le pasó un vale que el hombre firmó y devolvió con una propina. Después siguió al mozo y cerró la puerta con llave detrás de él. Volviéndose hacia Alicia dijo, sonriendo:

–Es mejor así, no queremos que nos molesten, ¿no?, tenemos poco tiempo antes del primer reportaje–. Se sentó otra vez, moviendo la silla más cerca de la de ella.

Alicia estaba entre incómoda y avergonzada, sin poder explicarse la razón, pero era como si la escena tuviera un carácter surreal. El hombre la hacía sentir mal, no importaba qué hiciera o qué dijera, percibía una sensación de inminente peligro bajo la superficie calma. Ella lo adjudicó al recuerdo de aquella noche, cuando la había humillado y tratado con prepotencia, con esa forma canchera y atropelladora.

Él le tendió el vaso y después tomó un trago. Parecía estar tratando de retomar el hilo de la conversación.

–Mirá, vos sos una chica joven y tu amiga de Buenos Aires también es joven y a esa edad uno tiende a ser impulsivo, hacer cosas que después, cuando madura y pasan los años, se da cuenta de que eran errores.

–¿Cosas? ¿Qué cosas? –preguntó ella y tomó un traguito de su bebida, agradeciendo poder disipar la sequedad de su boca, mientras esperaba una respuesta. Él parecía satisfecho de haber entablado una conversación.

–Como por ejemplo creer en causas políticas que son boludeces, inventos, influenciados por ideas foráneas–, él hablaba con un tono didáctico. Alicia se sintió ofendida por lo que decía pero no iba a caer en la trampa de discutir con este tipo sobre política. Para su sorpresa, él siguió adelante, ahora con la voz cálida y convencida, como si sus propias reflexiones lo inspiraran más y más. Alicia no prestaba atención a sus palabras.

Tenía clavado los ojos en los de ella y ella notó que eran de un color verdoso, y que las facciones huesudas de su cara delataban un toque de sangre indígena andina, mezclada con la europea. Trató de concentrarse en lo que le estaba diciendo con tanta vehemencia:

–...y entonces como resultado, tienen que usar una mano fuerte. No hay otra forma, vos entendés eso, sos una mujercita *piola*–. Dejó de hablar y le sonrió, satisfecho. Ella todavía lo miraba a la cara, fascinada por la certeza de esos ojos y del tono de su voz.

Cree realmente en lo que me está diciendo, se dijo Alicia, *cree en esta historia porque le conviene creerla, porque aunque sea un pez pequeño en la cadena de comando, siente que el mensaje es la verdad absoluta para él y claro, tiene que serlo para el resto del mundo también.* Sin pensar, hizo un gesto afirmativo con la cabeza y sorbió otro trago de whisky.

–Puede que tenga razón–, dijo, avergonzada de la mentira, y bajó los ojos, incapaz de mirarlo a la cara. Por otra parte, ella debía irse en ese momento, porque había pasado suficiente tiempo. Miró discretamente al reloj pulsera. Increíble, habían pasado solo quince minutos desde que entró a la salita de conferencias. Lo miró de frente–: Pero todavía no ha contestado a mi pregunta. ¿Cuándo la van a dejar salir?

–¿Ves? ¿Ves cómo la gente se entiende cuando habla?–, dijo él con entusiasmo, ignorando la pregunta, y tomó un trago del vaso y sólo dejó el hielo. Ella sí necesitaba tomar el suyo, si iba a mantener la calma. Él continuó:

–Yo estoy seguro de que la mayoría de la gente joven que se convierte en criminales tienen mala guía, no tienen un buen modelo para seguir, o les lavaron el cerebro. Las universidades están llenas de profesores *zurdos* que les llenan el *bocho* de ideas comunistas.

Ella no dijo nada. No sabía qué decir. No lo quería contradecir, tampoco, era evidente que ella estaba allí para oír, no para hablar. Tenía que dejar la habitación, lo antes posible. No iba a conseguir ninguna información. Estaba por levantarse, cuando él inesperadamente extendió sus manos y tomó las de ellas. Alicia hizo un gesto, retrocediendo, pero él las mantuvo firmes entre las suyas, y presionando levemente hacia él. Alicia se estremeció, sin saber qué hacer. Él era demasiado fuerte como para resistirle. Trató de mantener una apariencia calma y serena. No podría huir, aunque quisiera.

–Tenés las manos frías, y delicadas–, dijo, acariciándolas. Alicia tuvo que contener una mirada de asco, que sabía la iba a traicionar si lo miraba a los ojos, aunque no pudo reprimir el estremecimiento de rechazo. Debía haberse ido antes, se dijo con reproche–. Dejame que las entibie un poco–. El acento sonaba meloso y ella contuvo un escalofrío.

Entonces comprendió con claridad qué era toda esta puesta en escena. La reunión social tenía un evidente propósito. ¿Cómo es que no se dio cuenta, cómo no lo había visto venir? Él dijo que el costo iba a ser en plata y en algo personal y esto era lo personal, ésta era la mitad del precio a pagar.

Mientras contenía el asco que le daba el contacto con la piel del hombre, decidió que si eso era lo que debía hacer para salvar a Susana, iba a hacerlo, iba a saltar al agua y nadar por su vida, en estas aguas asquerosas y contaminadas, e iba a llegar del otro lado, salir, y abrir la puerta para llevarse a su amiga con ella. Hubo un breve instante de horror ante lo que había decidido pero lo rechazó, resuelta.

–¿Me dejás entibiarte las manos, así? – preguntó el hombre, insistente.

–¿Tengo alguna alternativa? – dijo, no pudiendo contener la pregunta.

–Siempre hay alternativas–, respondió él, aflojando la presión. Ella no se movió–. Te podés ir ya, si eso es lo que querés–. Ahora los ojos del hombre se clavaron otra vez en los de ella, que trataba de contener la náusea–. Te abro la puerta yo mismo, si me lo pedís, creeme. Pero yo *quiero que te quedes*. Aunque es tu decisión, claro.

–Me quedo–, dijo ella, tragando su orgullo, temblando de los nervios y conteniendo el asco–. Pero quiero que usted cumpla con su parte del trato. Necesito que mi amiga salga libre.

Alicia se puso de pie, sin dejar de mirarlo. Él le sonrió, sabía que estaba apresada y lo estaba disfrutando. Ella dijo, llena de rabia:

–Usted cumpla con su parte del trato, eso es todo. Es todo lo que pido. Prométalo.

–No, Alicia, las cosas no son así, como vos las pintás. Pero si eso te hace sentir mejor, ¿cómo te voy a convencer yo? –dijo, poniéndose en pie, con voz melosa y ahora ella lo miraba con el rostro levantado, desafiante:

–Quiero a mi amiga libre, ¿entiende? –pero la voz sonó más temblorosa de lo que hubiese querido.

Él se encogió de hombros, y sonrió, con una sonrisa de conocedor, sobrándola. Con la mano izquierda le levantó la barbilla muy despacio, de una forma que le revolvió el estómago.

–A ver, déjeme ver esa boca–, murmuró con la voz en un tono más grave, inclinando la cabeza hacia ella, mientras que con el brazo derecho le rodeaba la cintura.

Alicia se sentó en el borde del amplio sofá, a donde en algún momento el hombre la había llevado. Él estaba parado cerca de ella, vistiéndose, y desde su superioridad le echó una ojeada satisfecha, mientras se acomodaba la camisa dentro del pantalón.

Ella comprendió en ese momento que el dolor que muchas veces sentía subiéndole desde las entrañas era odio puro. Una poderosa, arrasadora revulsión hacia el poder humillante que ejercían hombres como este sobre ella y sobre todos los que los rodeaban.

Respiró hondo, tratando de controlar las lágrimas que pugnaban por salir, y frenar la apremiante necesidad de gritarle todo lo que pensaba de él, ahí, en su cara. Estaba temblando.

Trató de calmarse diciéndose que este era el último pago del rescate de Susana, se repitió a sí misma una y otra vez, como lo hizo cuando el hombre la había abrazado, y también después. Desde este momento, ese ser despreciable debería cumplir con su parte del pacto.

Ahora el hombre estaba de espaldas, ocupado en dar vuelta su suéter de lana al derecho. Ella alzó la cartera que había caído cerca del sofá y sacó un pañuelo de mano, limpiándose las piernas, sollozando, y de alguna manera se enjugó, avergonzada, sin saber qué hacer con el pañuelo ahora mojado y pegajoso. Encontró una hoja de papel doblada con un domicilio y lo abrió, envolviéndolo en él, y lo puso en la cartera. Manoteó unas servilletas que estaban en la mesita y, apresurada, terminó de secarse. Sintiendo una profunda humillación recogió su ropa interior y se vistió. Él, era evidente que se estaba demorando, de espaldas, para que ella terminara.

Finalmente, se sintió calmada como para romper el silencio:

–¿Cuándo voy a saber de mi amiga? ¿Cuándo la van a dejar salir?

Él levantó los ojos del cinturón de cuero que estaba ciñéndose.

–Honestamente, no sé. Pronto vamos a saber. Estoy seguro. Quedate tranquila.

–Estamos esperando, todos, los padres también.

–Ya sé–, dijo, mientras se acomodaba el pelo con las dos manos, y caminaba hacia ella. Alicia hizo un instintivo gesto hacia atrás, pero él alcanzó a tocarle la mejilla apenas.

–Tímida pero deliciosa. Lo supe desde el primer momento. Tengo buen ojo para la calidad.

Entonces ella sintió la náusea bien marcada y tuvo miedo. El estómago iba a jugarle otra mala pasada. No quería descomponerse frente a él. Respiró hondo para aflojar los nervios, y terminó de vestirse.

–¿Ya estás lista? – preguntó él, preparándose a salir.

–Deme un minuto–, pidió, y él esperó hasta que ella se abrochara la falda. Después caminó hacia la puerta y giró la llave.

–Adiós– dijo sin más comentarios, cerrando la puerta tras de sí.

Ella se sentó nuevamente en el sofá, y miró la hora en el reloj pulsera. Habían pasado cuarenta y cinco minutos desde que entró por esa puerta. Durante ese tiempo nadie golpeó o trató de entrar. Era extraño, considerando la actividad del festival y la cantidad de gente en el hotel. Este encuentro debía haber sido arreglado desde mucho antes.

Se sentó en la mesa y se arregló un poco la cara con unos toques de maquillaje y lápiz labial y se peinó. Las manos le temblaban. Tragándose las lágrimas, intentó calmarse para salir. Se puso el saco del trajecito, alzó el portafolio y el tapado de lana de una silla, y con paso lento e inseguro dejó la salita de conferencias, mientras la sensación del estómago revuelto se incrementaba. No podría ir a ninguna entrevista, ahora estaba segura. Con las piernas flojas y haciendo un esfuerzo, se acercó a la jovencita que estaba tras la mesa de recepción.

–Por casualidad, ¿me habrán llamado ya? Tuve que dejar el hotel por un rato–. La muchacha preguntó otra vez por su nombre y controló sus papeles.

–El señor Ayala se va a demorar un poco más, quince

minutos, creo. Los de la tele están con él, y ellos ocupan todo el tiempo disponible, como siempre–, dijo como justificándose–. ¡Estamos tan atrasados!

Alicia asintió.

–Tengo que cancelar esta entrevista, si no consigo que venga otra persona. Me tengo que ir, me siento mal–. La muchacha retrocedió un poco, alarmada–, creo que tengo gripe, o algo así. Ahora llamo para que alguien me remplace.

–Claro, claro, vaya nomás. Está muy pálida, señora–. Parecía aliviada al verla partir.

–¿Los baños? –alcanzó a preguntar por lo bajo Alicia, conteniéndose. La jovencita le indicó el hall, y ella salió corriendo, esquivando grupos de gente en el pasillo, con la mano sobre la boca.

El lunes a la noche, desde la cama, Alicia escuchó la voz de Mary que entraba a la casa después de que Sergio les abriera la puerta a sus amigos.

–¿Cómo sigue? ¿Está mejor?

–Está despierta ahora –dijo él, cerrando la puerta– Por lo menos la fiebre pasó.

–Mejor así

–Y, ¿qué es? ¿Una gripe?

–Eso parece. Estuvo mal del estómago todo el fin de semana, cuando pasó el doctor Jiménez el sábado a la tarde no le encontró nada, un poquito de fiebre, nada más. Puede ser un virus al estómago, no sabemos.

–¿Pablo duerme? –preguntó Luis.

–Sí, anduvo mal, se pone mal cuando nosotros no estamos bien, no está acostumbrado a ver a su mamá en cama todo el día.

–Bueno, me alegro de que esté mejor ahora –dijo Mary, y Alicia escuchó sus pasos en el pasillo, camino al dormitorio– voy a saludarla.

–Sí, pasá nomás.

Tiró las cobijas a un costado y se forzó a levantarse de la cama. Manoteó su *deshabillé* y estaba caminando hacia la puerta cuando Mary asomó la cabeza.

–Hola, ya estás en pie, ¿cómo te sentís?

–Mejor, estoy mejor ahora. Lamento que todos se

alarmaran por mí.

–¿Qué pensás que fue?

–No sé. Un virus, ¿quién sabe? Hay tanta porquería andando en el aire, con tantos turistas de todo el mundo por ahí. Ya estoy mejor, gracias.

Alicia tenía unas ojeras pronunciadas y esperaba que Mary no notara que eran por llorar. Salieron al hall y antes de que Alicia entrara al baño su amiga le dijo con la franqueza de siempre:

–No tenés buena cara, tendrías que ir a ver al doctor Jiménez mañana, por las dudas. ¿Querés que te acompañe?

–No, por favor, Mary, esto ya pasó. Estoy segura, ya pasó.

–¿Te miraste en el espejo?

Alicia sonrió forzadamente, y entró en el baño a refrescarse la cara. Se sentía incómoda, no quería que le preguntaran, y necesitaba superar ese momentáneo derrumbe emocional cuanto antes. Mary tenía buen olfato para estas cosas y era difícil engañarla.

Mantuvo una actitud atenta durante el tiempo que sus amigos estuvieron de visita, pero una vez que salieron se arrastró a la cama otra vez.

–Me voy a dar un baño –dijo Sergio, desde la puerta– y después voy a trabajar un rato en mis planos. Si no te molesta pondré un poco de música.

–Para nada, me viene bien un poco de música–, respondió ella desde la oscuridad del dormitorio.

Había dormido casi todo el fin de semana con el pretexto de sentirse mal, y Sergio le había pedido al médico que pasara a verla de vuelta de la ciudad. Él parecía creer en la excusa del virus, pero ella no estaba del todo segura. Él la conocía demasiado. Le tocó la frente otra vez y le acarició el pelo.

–Llamame si necesitás algo–, dijo, saliendo del cuarto.

Con cautela, ella rememoró lo sucedido el viernes, tratando de no llorar otra vez. Tenía que superar esa situación lo antes posible, así como había superado otras en su vida. Al día siguiente volvería a la redacción, Pablo a la guardería, y todo volvería a la normalidad.

Había que esperar la liberación de Susana, que debía

suceder de un momento a otro. Tuvo tiempo de pensar largo y tendido sobre el ocultamiento de lo que pasó. Ya se acostumbraría a la idea de que le mintió, deliberada pero piadosamente, y de que lo estaba haciendo por el bien de todos. Tendría que sepultar lo que había pasado el viernes por el resto de su vida. Lamentaba ser la que mentía en la pareja, ya que entre ellos tenían un pacto de honestidad que ella ahora había quebrado, pero en esa situación no veía otra salida para evitar un derrumbe mayor. Se repetía una y otra vez que nadie tendría por qué saber y que aquel despreciable individuo había quedado atrás en su historia personal, para siempre.

Debía focalizar los pensamientos en el futuro. Pronto Susana iba regresar del infierno en que estaba. Tal vez con cicatrices que seguramente ni Alicia podría imaginar, pero libre para rehacer su vida.

Ella, por su parte, debía recuperarse y concentrar su atención en el pobre Pablo, a quien tenía relegado por un tiempo y en Sergio, su apoyo y fortaleza. El pasado debía quedar atrás.

Buscando puntos positivos en qué apoyarse se dijo que un buen síntoma de recuperación emocional era lo profundamente que había logrado dormir todo el fin de semana.

Al día siguiente se levantó temprano, antes que Sergio. Tenía un fuerte dolor de cabeza, después de tomar un par de aspirinas y una buena ducha caliente se sintió con energías para preparar el desayuno.

–Te veo bien hoy–, dijo Sergio, entrando, mosstrándose feliz de encontrarla en pie–. El virus ha sido beneficioso, parece. Estás cambiada. ¿Veo bien?, ¿estás preparando el café?

–Te quería dar una sorpresa. Gracias por cuidarme así todo el fin de semana.

Él la abrazó con ternura. Después del desayuno cada uno partió para sus ocupaciones. Alicia llevó a Pablo a la guardería y después fue directamente a la redacción.

Fue la primera en llegar. Ansiosamente revisó cada pedazo de papel, buscando un mensaje. No había mensajes. ¿Cuánto tiempo pasaría hasta que hubiera novedades? Volvió a sus ejercicios de relajación, y se concentró en su trabajo.

Carlos Álvarez se acercó un poco más tarde para preguntarle cómo se sentía. Antes de que Alicia tuviera tiempo de disculparse por haber abandonado las entrevistas, él dijo:

–Te quería dar las gracias por llamarme el viernes a la tarde, cuando te ibas del hotel. Enseguida arreglamos con Martina y ella hizo los reportajes. Ya está trabajando en las grabaciones en su casa. Me dio mucha pena que tuvieras que dejarlas–. Parecía sinceramente preocupado–. Yo sé cuánto te interesa el cine y cómo esperabas esta oportunidad.

–Gracias, Carlos, sí, estoy triste porque la perdí, pero más lamento haberte dejado colgado así, a última hora, y cuando tuve que salir corriendo. Me sentía bastante mal.

–Se notaba en el teléfono. Me alegro de que estés mejor.

Volver a la rutina fue reconfortante para Alicia. Durante el resto de la semana se organizó poco a poco y resultó más fácil que lo esperado, excepto por la natural ansiedad por no recibir mensajes de nadie.

Sergio pareció entender que ella necesitaba su espacio por lo que no se vio obligada a fingir un dolor de cabeza o cansancio, lo que le agradeció infinitamente para sus adentros. No podía ni pensar en tener algo íntimo con él, no por ahora, al menos. Los recuerdos eran muy frescos todavía, y dolían demasiado.

Quedaba una sola pieza suelta, y ella esperaba que cayera en su lugar en cualquier momento. Susana sería liberada pronto, había que ser paciente. La rutina de la semana le levantó el ánimo poco a poco y hasta prestó atención a las noticias políticas otra vez. Había buenos indicios desde la Capital. Las elecciones iban a tener lugar el año siguiente, y los deshilachados restos de lo que habían sido los partidos políticos comenzaban a reagruparse y seriamente pensaban en los próximos comicios. Tenían solo un año para rearmar las destrozadas estructuras partidarias, después del implacable daño que los militares les habían infligido. Una nueva vida nacía de las cenizas de los secuestros, muertes, cárcel y auto exilio sufridos desde el ´76. Alicia lo observaba con reservas, pero con una inevitable, si bien tenue, esperanza.

En la futura fiesta cívica se cernía una sombra que Alicia sospechaba iba a proyectarse larga y por mucho tiempo en el país: las fuerzas armadas estaban pidiendo abiertamente que se les perdonara por los excesos que podrían haber sido cometidos durante el llamado Proceso de Reorganización Nacional. Según esa postura, la "guerra sucia" había sido una necesidad, y ellos habían cumplido con un servicio a la patria. Los grupos de derechos humanos y muchos sectores de la población sin voz en los medios de difusión se oponían. La exigencia se parecía mucho a una extorsión, un intercambio de favores por permitir las elecciones libres. Aceptar el pacto sería darles la espalda a las víctimas y sus familias, lo que equivalía a negarles el derecho de llamar a los culpables frente a la justicia. Alicia y Sergio pensaban que la balanza no se inclinaría en favor de los agraviados, si los antecedentes históricos eran una buena vara para medir los acontecimientos del presente.

El viernes siguiente, una semana después del aborrecido encuentro en el hotel, Alicia llamó a Sonia por teléfono. Como imaginaba, la desesperada madre no tenía noticias de Susana todavía aunque notaba un trazo de expectativa en su voz.

—Ayer Mariano estuvo en la plaza, y nos encontramos después de la marcha —dijo Sonia—. Me habló de una mujer que ha sido liberada hace unos días. La mujer está mal, física y mentalmente, pero ha visto a mucha gente y pareciera ser, aunque él no me aseguró nada, que también la vio a Susy en algún lugar. No es muy claro dónde. Él me va a tener al tanto—. Hizo una pausa, y después continuó como pensándolo dos veces—: Sabés, nena, me parece que Mariano sabe más de lo que me dijo, no sé por qué, es un pálpito que tengo. A lo mejor se quiere asegurar, pero por la forma que habló, parece que la mujer puede dar más detalles pronto.

—¿Esa mujer habló de otra gente que haya sido liberada hace poco?

—No, no que yo sepa. Parece que la pobre estuvo en varios *chupaderos*. Pero también estuvo en la ESMA. Mariano dice que están tratando de averiguar qué sabe exactamente, pero eso va despacio. Te llamo apenas sepa algo más, no te preocupes.

–Gracias, Sonia, y por favor, dígale a Mariano que me llame si puede.

–Seguro.

–¿Sabe qué estoy pensando? Ahora que la Junta ha abierto el proceso electoral, van a dejar salir a la gente que tienen encerrada, ¿no cree? No van a querer tener gente prisionera el año que viene, cuando suban los civiles, ¿no?

–Espero que sí. Se quieren cubrir la espalda. ¿Leíste los diarios? Estoy tan furiosa, ahora hay que negociar con los criminales. Queremos que nos devuelvan nuestros hijos y familiares sanos y salvos. Como dicen los carteles, *se los llevaron con vida, con vida los queremos*. Y van a conseguir que los perdonen, así nomás, vas a ver. Pero nosotros no vamos a parar de pedir justicia, no importa cuánto tiempo lleve.

–Tiene razón, no podemos perder la esperanza. Es un hilo fino, pero es lo único que hay, por ahora. Mientras dejen que las elecciones se hagan realmente.

–Nosotras vamos a seguir con las marchas y pedidos y cartas, y viajes, y golpeando todas las puertas hasta que nos devuelvan a nuestros chicos–. La voz de Sonia se quebró en otro sollozo.

Alicia estaba llorando también, incapaz de decir nada más, y sintiéndose culpable por permitir esta conversación que ponía mal a Sonia. Los diálogos de ambas eran constantemente interrumpidos por las lágrimas.

Se despidió por fin, y regresó a la redacción apresurada, necesitaba sumergirse en su trabajo. Pero no había completado una página en la máquina de escribir, cuando Carla llamó. Las llamadas de su prima eran bienvenidas, así como las cartas de tía Marga, pero en ese momento, justo después de hablar con Sonia, el contraste entre los dos países que era la Argentina la volvía a sacudir con fuerza.

Los intereses de sus familiares se dislocaban cada vez más de los de la mayoría del país. Carla había regresado de uno de sus frecuentes viajes a Miami, con regalos para todos. Había despachado una caja por correo para Pablo, con juguetes y ropa que le compró allí. Estaba exultante y

226

le comentó en detalle el viaje y el corto crucero que habían tomado a las Bahamas por el fin de semana.

–Te traje ropa interior también. Allá tienen esta cadena de negocios que se llama Victoria´s Secrets que tiene un montón de cosas lindísimas y sugestivas, creeme, me hubiera traído una pieza de cada una.

La charla siguió por un largo rato, con Alicia tratando de seguir con interés las vicisitudes del paseo.

–Tenés que ir a Miami, el Caribe es un paraíso, te va a gustar, yo sé. ¿Y las playas? ¡Son divinas! Mucho mejor que las nuestras.

–Seguro que algún día iremos, pero no por ahora.

–Vos y Sergio trabajan mucho, tienen que tomarse un descanso. Cuando nosotros salimos de viaje afuera, es como una nueva luna de miel. Traíamos tanto peso extra en las valijas, que tuvimos que pagar un montón de multa. Hubieses visto la cara de Guillermo, se enojó conmigo, pero te digo la verdad, él traía más peso que yo, con todos esos electrónicos que compró. Un montón de chiches nuevos, y bastante caros. Es injusto, porque la ropa pesa poco, vos sabés.

Alicia tenía debilidad por Carla, como por una hermanita menor, y le alegraba su felicidad y su éxito. Si tan sólo no hubiera llamado justo después de la charla con Sonia.

El primer síntoma que Alicia tuvo de que no podría olvidar llegó por sorpresa. Las cosas no habían cicatrizado como ella esperaba. Al pasar los días pensó que el encuentro en el hotel, en el que pocas veces pensaba, iba a ir diluyéndose con el tiempo, hasta desaparecer en el cajón de los viejos recuerdos que no se tocan más.

Pero el sábado, día que dedicaba a la limpieza de la casa desde que habían despedido a Jacinta, estaba en el pequeño lavadero separando la ropa, cuando de golpe y sin saber cómo, se encontró de nuevo en la salita de conferencias del hotel. La imagen fue tan clara y definitiva que tuvo que apoyarse en el lavarropas. Ya había experimentado culpa por no haberse marchado de ahí antes, pero ella tenía preguntas qué hacerle. No recordó la otra parte del rescate en ese momento. ¿Por qué no se fue corriendo de allí? Había momentos en los que, queriendo repasar mentalmente la conversación con el hombre del Falcon verde se confundía; qué dijeron primero y qué después. Su mente daba saltos. ¿Él la había empujado hacia el sofá, o ella caminó hasta allí por propia voluntad? ¿Por qué no tenía un claro recuerdo de los detalles entre el momento en que él se acercó y la imagen de ella sentada, después, vistiéndose? Intentaba, pero era como si la mente no la dejara seguir un hilo coherente, no le permitía entrar en ese lugar oscuro y vacío de la memoria.

De pie, con la ropa todavía en la mano, percibió de golpe toda la revulsión que la había invadido en aquel momento, cuando sintió las manos de él tocándola. Duró un breve instante, pero la estremeció hasta la médula. Estaba otra vez ahí, y él la sofocaba, mientras ella trataba de contener la náusea y el asco.

Quedó un momento quieta, temblando y con las piernas flojas. El corazón le latía rápidamente y notó que estaba transpirando. Por un segundo había perdido el control y ahora, de vuelta a la realidad, se sentó sobre la tapa del canasto de mimbre en el que guardaban la ropa para lavar. No supo bien cuánto tiempo estuvo ahí. Lentamente su pulso recuperó el ritmo y se dio cuenta de que estaba aferrando sobre la falda una de las toallas que debería haber puesto en el lavarropas con el resto.

En ese momento Pablo lloriqueó, llamándola desde su corralito y ella se puso de pie y fue a verlo. Él tenía un juguete en la mano y se lo tendió.

Ella lo tomó, distraída, y él le pidió que lo levantara en brazos, de modo que ella lo sentó en su falda. Pablo quería jugar, pero Alicia, sintiendo las suaves manitas sobre su cara, rompió a llorar. Se sentía tan desdichada, y él la necesitaba tanto, y era tan chiquito. Él, angustiado, también lloraba. Alicia sabía que no quería verla así, porque no comprendía qué le pasaba, pero ella no pudo frenarse. Lloraba por él, por lo mucho que la necesitaba, y porque comprendía con horror que ella no quería estar cerca suyo. Sintió una profunda piedad por esta criatura que esperaba a la madre que ella solía ser y que en cambio tenía al lado a esta mujer confundida, que lo único que deseaba ahora era huir lejos, huir de ella misma.

Pablo lloraba a gritos y ella lo bajó de su falda y lo puso en el corralito otra vez. Si su sentido del deber no hubiera estado tan profundamente impreso en ella, y hubiese podido seguir sus impulsos, habría caminado hacia la puerta, marchándose hacia quién sabe dónde, dejándolo ahí.

–¿Qué te pasa? ¿Qué tenés? –preguntó Sergio, llegando desde el patio con una brazada de leños para el hogar, sorprendido al escuchar el llanto de Pablo y verla a ella sentada ahí, con la mirada perdida. Él repitió, alarmado, dejando los troncos en el canasto al lado del hogar– Alicia, ¿qué te pasa?

Caminó hacia ella, sacudiéndose el polvo de las manos, y levantó Pablo, quien todavía lloraba, tratando de llamar la atención de su madre. Alicia miraba a Sergio con una mirada impaciente, como si recién lo viera llegar.

–¡No me pasa nada! ¡No sé qué miércoles quiere de mí! –Dijo con rabia–. Tengo un terrible dolor de cabeza y no puedo escucharlo gritar más –mintió, porque no sabía bien qué le estaba pasando, pero lo que fuese no podía hablarlo con él. Era mejor que él creyera alguna cosa razonable y no supiera lo que ella sentía. Que no se diera cuenta de que quería escapar de su hogar. Y que la aterrorizaba el no saber por qué.

Ese domingo emitieron el último programa radial. En las voces se delataba la tristeza de la despedida, pero, a pesar de las presiones, se dieron el gusto de hablar de temas que eran críticos. La hora pasó rápido, y en el aire la compatibilidad de las dos funcionó como siempre, en forma fluida. Cuando llegaban los cortes comerciales y la luz roja se apagaba en el estudio entre Martina y Alicia había pocos comentarios fuera de lo estrictamente relativo al programa del día.

Alicia se despidió por última vez sintiéndose más miserable que nunca, aunque su colega conservó el buen humor hasta el último minuto en que ambas se dijeron adiós en el jardín del edificio de la radio.

Al día siguiente ya estaba oscuro cuando Alicia llegó a la entrada de autos de la casa y estacionó. Caminó hacia la puerta trasera y llamó:

–Por favor, Sergio ¿me ayudás con las bolsas del mercado?

Él salió cerrándose la campera.

–Tengo el mate listo, te estaba esperando, ¿Querés unos mates antes de cenar?

–Buena idea–, contestó ella– tomemos un par mientras acomodamos las cosas y hago la comida.

Sergio ya había bañado a Pablo que estaba jugando entretenido, hasta que vio aparecer a Alicia, y enseguida reclamó su atención. Ella compartió las tareas, jugando con él. Sergio le tendió un mate.

–Vos sabés que no tenés que venir el viernes al aeropuerto. Si querés quedarte con Pablo, está bien. Es solo una costumbre que vayamos todos a recibirlos cuando vienen. Ellos no se van a fijar en ese detalle.

–No. De ninguna manera. Vamos a ir todos, como siempre. Yo me quedaré en casa a la tarde, y trabajaré aquí. Me quedaré con Pablo así vamos directamente los dos al aeropuerto.

–¿Estás segura? –Sergio parecía dudar, pero no dijo nada, siguió guardando las compras.

–Decime, ¿esto lo decís porque pensás que el sábado yo puedo estar de mal humor, no? Bueno, no te preocupés, voy a ser muy amable. Ya me siento mejor, hoy estuve bien. Me deberías tener más confianza.

–No, no es eso, no se trata de confianza –dijo él, mirándola–. Vení, sentémonos un minuto.

Ella se demoró un poco poniendo en orden unos frascos en la heladera y después se sentó cerca de él. Sergio cebó otro mate y se lo alcanzó.

–Justamente ahora, que estás bien, te quería hacer una sugerencia. Podrías aprovechar este momento para hacer algo que te ayude a seguir así–. Ella escuchaba en silencio y él se sintió alentado a continuar–. Vos sabés de lo que estoy hablando, ¿no?

Ella le devolvió el mate y se encogió de hombros.

–Sí, ya sé, y ya te dije bien cuál es el problema. No me siento cómoda hablando con un extraño en este pueblo sobre mis cosas personales. ¿Y si me lo encuentro en una reunión, o en mi trabajo? No podría ni mirarlo a la cara.

–Los doctores tienen un código de ética, Alicia, ¿qué

pensás, que van a andar por ahí comentando lo que le dicen los pacientes? ¿Pensás que el doctor Jiménez anda hablando por ahí?

–No, claro que no, él ha sido nuestro médico desde que llegamos. Lo conocemos bien. Pero esto no es físico, es peor, es hablar de intimidades.

–Haceme el favor, pensalo.

–Si es tan importante para vos, voy a pensarlo. Vamos a ver, después de que tus viejos se vayan a San Martin de los Andes. Ah, y por favor, no la mandes otra vez a Mary para que trate de convencerme.

–Yo no la mandé. Si habló con vos fue porque se le ocurrió a ella. ¿Cómo podés pensar que voy a mandar a nadie?

–No sé–, dijo ella, desentendiéndose. No pensaba a ir a terapia, de modo que era mejor demorar la cosa hasta que él se cansara del tema y viera que ella ya andaba bien–, dejémoslo para más adelante, ¿eh?

El trabajo la ayudaba a distraerse, pero la incertidumbre sobre la liberación de su amiga se había convertido en una constante fuente de sobresaltos. Cada día era una nueva decepción.

Al día siguiente se tomó la mañana libre para poner en orden la casa y limpiar un poco más en profundidad ya que llegaban los padres de Sergio. Después de haber despedido a Jacinta, ella había estado cansada o enferma, o ambas cosas, y las tareas domésticas era lo último en lo que pensaba.

El dolor de estómago seguía molestándole, y el doctor le ía dicho que debía cambiar de dieta y dejar de fumar. Pero lo que ella no le comentó fue el pequeño secreto que guardaba y del que Sergio sabía, pues la había encontrado en falta varias veces ya: los tragos de whisky o vodka que la ayudaban a sobrevivir la incertidumbre.

Cuando llegó esa tarde a la redacción, desde lejos vio el papel amarillo del mensaje telefónico, dejado por alguien sobre su escritorio.

"Llamame esta noche. Es urgente. Mariano."

El corazón le dio un vuelco. Casi se pone a bailar allí mismo, alrededor del escritorio, para celebrar la noticia. Era Susana, estaba segura, la habían dejado libre. Tenía que

231

ser eso. Esta era la noticia que había estado esperando por tanto tiempo. Y seguramente la pobre no estaba con ánimos de hablar con nadie, por eso no la llamó. El pensamiento le causó angustia. ¿Estaría enferma? ¿Golpeada? No, no quería tener pensamientos negativos justo ahora. Seguro que estaba cansada, agotada y sin energía. Nada más. Cuando llamó a Sergio, él se ofreció a llevarla esa noche a la compañía de teléfonos, así no iba sola.

–Por fin–, dijo él con un profundo suspiro–. Se han demorado tanto.

–Sí, sí que se demoraron –respondió ella, la voz cortada por la emoción.

XV

Al salir del edificio de la compañía telefónica Alicia tambaleó levemente en la penumbra de la calle. Por fin subió al auto de Sergio, que estaba parado frente a la entrada. Él escuchaba música suave, con Pablo dormido en su silla en el asiento de atrás y al verla acercarse le abrió la puerta.

–Y, ¿qué paso? –dijo, bajando el volumen de la música cuando notó la cara de ella. Alicia se sentó y lo miró, como esperando que dijera algo–. Alicia, decime por favor, ¿qué pasó?

Ella sacudió la cabeza, negando, pero mirándolo todavía con los ojos muy abiertos y secos.

–Está muerta, la mataron. Está muerta, Sergio, ¡la mataron! –La voz era baja pero desesperada–. Dicen que está muerta, la ahogaron, drogada.

–Calmate, por favor –exigió él firme, y le ofreció la botella de Seven-Up que tenía en la mano y estaba a medio beber–. Tomá un trago.

Ella obedeció, dócil.

–Empezá desde el principio. ¿Mariano te dijo eso? ¿Estás segura?

–Mariano me lo dijo. Me dijo que lo más probable es que sea cierto, una mujer lo dijo, esa mujer de la que Sonia me contó que había salido libre. La mujer la identificó a Susana. Dice que la ahogaron, dice que estaba en un grupo que drogaron y tiraron al río. Dicen que se ahogó, seguramente, los tiraron de un avión después de torturarlos por semanas. La torturaron y después la mataron –ahora Alicia tenía un tono decididamente histérico en la voz y él trató de calmarla. Ella inhaló aire profundamente por unos segundos. Entonces él continuó con tono sereno, palmeándole una mano:

–Ahora decime, despacio, qué dijo Mariano, los detalles. Estuviste en esa cabina como más de media hora – señaló las cabinas que se veían alineadas contra la pared del salón, a través de los grandes ventanales de vidrio–. ¿Te diste cuenta del tiempo que estuviste allí?

Ella ignoró la pregunta y empezó a contarle la historia como él le había pedido:

–Mariano contestó el teléfono y yo supe, desde el primer momento, que algo andaba mal. Lo sentí en los huesos. Y le pregunté directamente, entonces él murmuró algo como que tenía que tomármelo con calma, y que no estaban del todo seguros, y yo supe que algo estaba muy mal. Lo apuré y al final me lo dijo.

Hizo una pausa de unos segundos, pero de pronto, como si se diera cuenta de algo terrible, con los puños cerrados comenzó a golpear con fuerza la gaveta en frente de ella, llorando:

–¡Hijo de puta! ¡Hijo de una gran puta!, ¡Me tendió una trampa, degenerado hijo de puta! –Y cubriéndose la cara con las manos lloró con sollozos convulsivos–. ¡Él sabía que ella no iba a volver nunca!

La conmoción despertó a Pablo, quien se puso a lloriquear, mientras Sergio, sorprendido por la reacción, trataba de tranquilizarlo mientras se dirigía a ella:

–Shh, tranquila. ¿De qué estás hablando, de Mariano? –Y de pronto, comprendiendo–, ¿De la plata que pusimos?

Alicia se aferró a las palabras de él, agradecida porque él no podía sospechar de qué estaba hablando realmente.

–Sí, de toda esa plata, de las mentiras; cuántas mentiras y engaños... –y sollozó con sentimiento, mientras Sergio trataba de calmarla, agradecida porque él no supiera que ella lloraba por su humillación personal más que por la plata, de la que ni se había acordado.

Sergio mantenía, como siempre, la calma en la tormenta y ella sabía que esa era la forma en que él manejaba lo que estaba sucediendo a su alrededor, que él compensaba sin proponérselo, el desborde emocional de ella.

–Bueno, bueno, calmémonos ahora, por favor. Después vamos a pensar en la plata–, dijo, en voz alta, tratando de llamarle la atención. Ella bajó las manos y trató de controlar los sollozos. Después de un momento, él preguntó, más bajo:

—¿Qué más te dijo?

Un poco más serena, Alicia se reclinó contra el asiento y le dio, de un tirón, todos los detalles que recordaba de la charla:

—La mujer que fue liberada hace poco dice que vio a Susana en uno de los centros clandestinos. La llevaban totalmente drogada, casi arrastrándola, y la metieron con otros muchachos y chicas también mareados, en un camión. Cuando él me dijo eso, creo que me desmayé, porque no me acuerdo de nada por un rato, después oí la voz de él gritándome, y alcé el teléfono de nuevo. Le pedí que me repitiera la historia y él lo hizo, y yo no sabía qué decir. Todavía no sé qué decir—. Se quedó en silencio, mirándolo, como si esperara que él agregara algo. Tal vez esperando a que él la rescatara de lo que estaba pasando por su cabeza en ese momento.

—Dijiste que Mariano piensa que esto sucedió. No sabe seguro. La mujer puede haberse equivocado de persona. Puede no haber sido Susana.

Alicia se fastidió. Odiaba cuando él hacía esas cosas. Era tan característico de él. Siempre tratando de reducir el impacto de lo que sucedía para que ella no llegara al límite. Y entonces terminaba haciendo observaciones totalmente ridículas. Movió la cabeza, negando, con rabia:

—¿Preguntás cómo está tan seguro? La mujer estaba ahí. Ya te lo dije.

—Tomá otro trago, por favor —dijo él, ignorando sus palabras y tendiéndole la botella casi vacía. Esperó a que ella la terminara—. Ahora seguí contándome, despacio.

—Bueno, Mariano dijo que esta mujer sabe un montón de detalles. Ellos creen que es sincera, porque tienen forma de saber si miente. Dio nombres de gente real, que no volvió, detalles que sólo podés saber si estuviste allí con ellos. Ellos tienen otros testigos, y comparan.

Alicia entonces parecía más coherente en la narración y Sergio se había aflojado un poco. Encendió un cigarrillo y se lo pasó en silencio. Ella bajó el vidrio de la ventanilla a medias, para dejar salir el humo. Sergio miró hacia atrás, Pablo dormía profundamente. Alicia tomó el cigarrillo y lo sostuvo en su mano derecha, al lado de la abertura, mientras seguía hablando, mirando al hilo de humo que se elevaba en un arco y salía al frío de la noche.

–Qué locura, ¿no? Me termino de enterar que la han matado y no siento nada. Nada. Es como si estuviese hecha de cartón–. Hizo un gesto de incredulidad–. Parece que la mujer tenía una lista de gente que fue conociendo en distintos lugares. Dice que la llevaron a la ESMA hace varios meses, y que por ahí vio pasar a un montón de gente. La mayoría jóvenes. De veinte a treinta años, con pinta de estudiantes. Ella está en los cuarenta, y dijo que la pusieron a hacer tareas domésticas al final. Vio a mucha gente en las idas y venidas que hacía por los pasillos. Una de esas mujeres que vio era Susana. Parece ser que la identificó bien...

Inhaló el humo del cigarrillo y quedó en silencio por unos segundos, mirando afuera. Las lágrimas corrían silenciosas por sus mejillas.

–La mujer dijo que, cada tanto, los tipos les ponían una inyección de algo fuerte a los muchachos y chicas, en grupo, que los dopaban, y después los empujaban hacia un camión, donde iban apilados casi, en la caja trasera. El rumor era que los llevaban a un campo de aviación, y que los metían en un avión. Lo hacían de noche. Ella dijo que se decía que era un DC–3, o algo parecido. Los prisioneros estaban medio dormidos, así que los tiraban fácilmente desde el avión, empujándolos abajo, en mar abierto, sin ropa–. Se volvió hacia Sergio y le preguntó bajito–: ¿No te parece demasiado desquiciado para ser cierto?

–¡Pero claro! Es totalmente ridículo, no puede ser cierto, no podés creer eso, así porque sí. Pueden ser inventos, rumores que circulan–. Él parecía más preocupado por cómo Alicia iba a tomar esta información, que por el horror de lo que estaba contando, como si concentrándose en protegerla pudiera evitarle considerar la verdad de la historia, el espanto que contenía.

Ella siguió adelante, ignorando el comentario.

–Mariano dice que ha escuchado historias como esta antes, él le cree lo del avión y de los ahogados... Sergio, la mujer dijo que Susana estaba en uno de esos grupos. Dijo que la celda estaba vacía al día siguiente, como las otras celdas. Si es cierto, Susana está muerta.

–Hay que ver–, insistió él–, nada es seguro del todo. Pensá en eso. Prometeme que vas a pensar en eso–. Hizo una pausa–, ¿Sonia sabe de esta historia?

–Sí. Dice que no lo quiere creer, que la va a seguir buscando, porque cree que Susana está viva en algún lado y que ella la va a ayudar a salir. No tengo valor para llamarla. No puedo hablar con ella de esto ahora. No quiero pensar lo que está sufriendo.

Apagó el cigarrillo con movimientos metódicos y después cerró el cenicero. Hubo un silencio lleno del rumor del motor en marcha, y la voz de Joan Manuel Serrat cantando muy bajo los versos de Machado. Alicia subió un poco el volumen de la radio.

–Escuchá. Joan Manuel. A Susana le gustan tanto estos versos, *caminante, no hay camino, se hace camino al andar*–, Alicia se acercó a Sergio, lo poco que le permitía la separación de los asientos del auto. Él puso un brazo alrededor de sus hombros y ella reclinó la cabeza contra él.

–Tenés razón, esa mujer puede estar equivocada. No sabemos con seguridad.

–No, seguro que no–. Dijo él, con fingida certeza – Así que sigamos esperando que no sea cierto –entonces su voz se quebró en algo así como un sollozo contenido y tuvo que respirar hondo para serenarse.

Alicia, sorprendida ante la inesperada muestra de emoción de su parte, levantó el brazo y ahora ella le rodeó los hombros también. Permanecieron abrazados así por un largo rato.

Al día siguiente a la hora de la cena, el humor era sombrío. Habían invitado a sus amigos a compartir una pizza, y Mary trajo chocolates caseros pero esta vez nadie hizo bromas acerca de las dietas. Alicia había dormido esporádicamente la noche anterior y pasó el día como si alguien se hubiera apoderado de su cerebro y la dejara funcionar en piloto automático. Tenía los ojos rojos e hinchados y su amiga la abrazó en silencio mientras ellos los ponían al tanto de la conversación con Mariano la noche anterior.

Luis permaneció en silencio.

–La cosa es, esta mujer, ¿será confiable? Parece que Mariano le cree –concluyó Sergio

–Sonia no quiere aceptarlo, y a mí también me cuesta mucho.

–Hoy lo llamé, y esperé hasta que atendió el teléfono–, dijo Sergio, llenando los vasos con vino– Me dijo que el grupo con el que él trabaja ha estado atareado tratando de verificar todos los datos que les dio la mujer, y que parece todo cierto o por lo menos, no hay ninguna cosa sospechosa.

Quedaron en silencio por unos minutos. La pizza se enfriaba en los platos hasta que empezaron a comer. Pablo se quejó desde su silla, medio dormido.

–Lo llevo a la cama–, dijo Alicia. Lo levantó y lo llevó a su dormitorio. Ella permaneció un rato con él, cantándole una canción de cuna y después se unió a los otros en el comedor. Estaban en silencio y ella comentó:

–Parece que la mujer les dio muchos detalles que ellos ya tenían de antes, detalles de la ESMA. ¿Quién lo hubiera pensado? Una escuela militar, la más importante de la armada, y ahora es un centro de tortura. Aunque mucha gente ya lo sabía, según Mariano. Ahí, en el medio de la ciudad–. Dijo, enjugándose las lágrimas. Su porción estaba ya fría en el plato, pero ella ni lo había notado.

-¿Qué más te dijo? –preguntó Luis.

–Me habló de métodos del holocausto –respondió Alicia–. No quise ni preguntar detalles. Pero estoy segura de que Susana sabía qué le esperaba, pobre, cuando la llevaron, porque me dio muchos detalles cuando vino acá, sobre lo que está pasando en Buenos Aires. Y también pasando en otras ciudades, según dijo él.

–Bueno, ahora vos no te preocupés por cosas que no sabés bien si son ciertas o no–, dijo Mary–. Él puede haber estado hablando en forma figurada, sin querer decir exactamente lo que dijo.

–Claro que sí–, intercedió Sergio. Alicia negó con la cabeza.

–No nos engañemos. Esos deben ser campos de concentración en serio. No lo dijo abiertamente, pero estoy segura de lo que estaba hablando; tortura sistemática, hombres uniformados, curas, y hasta doctores que controlan las sesiones de tortura para que la gente no se les muera en la camilla.

–De qué carajo les vale el juramento hipocrático. Increíble –dijo Sergio.

–¿Qué les importa? Son fanáticos–, observó Alicia con rabia.

–¿Así que dicen que hay curas en las sesiones de tortura? –Preguntó Mary–. ¿Haciendo qué? ¿Mandando a la gente al paraíso o al infierno? Es de la Edad Media.

Luis puso palabras a lo que todos estaban pensando:

–¿Qué le pasa a esta gente? ¿Qué tienen en la cabeza?

–Parece una pesadilla o una mala película –dijo Sergio–, todo esto pasando a escondidas, la prensa ni pregunta y la mayoría de la gente común no sabe nada.

–¿Y qué creés que harían si todos supieran? –Preguntó Luis–. ¿Podrían hacer algo? Fijate quién tiene la fuerza y la prensa.

Se miraron los cuatro en silencio. Sabían la respuesta. Alicia y Mary recogieron la mesa y trajeron las tazas de café.

–Antes de que me olvide–, dijo Sergio–, mis padres llegan mañana. Hemos quedado con Alicia en que no vamos a hablar de este tema con ellos, ni de la plata que hemos pagado.

–Seguro–, dijo Luis– no tenés ni que mencionarlo. Y ya que sacaste el tema, ¿qué paso con esa plata? ¿Supieron algo más?

–La verdad es–, dijo Alicia, apresurándose, sintiéndose en falta por ocultar la verdad pero necesitando explicarse– que cuando yo hablé con Mariano y le comenté lo que pasó me dijo que debíamos haber consultado con él antes de pagar nada. Que es un truco muy viejo y que caímos en una trampa. Parece ser que hay un buen negocio del mercado negro funcionando debajo de toda esta historia. Yo no sabía ni qué decirle, estaba tratando de digerir lo que me había dicho sobre Susana.

Mary, pensativa, preguntó:

–¿Qué piensan ustedes si yo digo que Alicia debería hablar con el padre Johann sobre el tipo del Falcon verde? Después de todo, él fue el primer contacto ¿no?

–Yo también pensé en eso–, dijo Alicia, mirando a

Sergio— hasta lo hemos hablado.

—Sí, es cierto. Pensábamos si sería una buena idea contactarlo, pero ellos hicieron las cosas en una forma tan anónima y desconectada uno de otros que creo no hay lugar para reclamos ahora.

—Para peor, él me lo dijo bien claro, no quería que nada se conecte con él o la iglesia en el futuro. No creo que ese cura sepa nada de lo que está pasando. Parecía actuar de muy buena fe —y después de una pausa, agregó con los ojos llenos de lágrimas—: Ese hombre... esos matones actúan sin rendir cuentas a nadie.

Sergio puso su vaso sobre la mesa.

—Sí, bueno, pero también podríamos mandarle noticias indirectas de que esto fue un fracaso, y si él es honesto no va a usar nunca más ese contacto.

—¿Por ejemplo alguna nota discreta a través de la parroquia? — preguntó Luis.

Alicia no estuvo de acuerdo.

—No, no una carta. Sólo palabras. Pero yo debería hacerle saber de alguna manera, es la forma más honesta de actuar. Todavía creo que él no tiene nada que ver en esto, y lo están usando.

—Vamos a pasar el mensaje a través de esta familia amiga. Creo que es lo mejor, a través de la gente que nos conectó con él—. Y después agregó, con aire pesaroso—: Lo siento tanto, yo creí que los estaba ayudando. No debería haberme metido.

Sergio y Alicia reaccionaron al mismo tiempo.

—Mary, por favor, no digas eso. ¿Cómo ibas a saber? — dijo él.

—No, no digas eso. Nosotros estamos muy agradecidos por querer ayudarnos, vos lo hiciste de corazón, sabemos bien—. Alicia bajó la cabeza y se puso a llorar calladamente. Había sido estafada doblemente y el dolor era a veces insoportable. Era un dolor que no podía compartir con nadie por completo. Se sentía físicamente enferma de pensar en ese hombre y sus manos en su cuerpo. Por una inexplicable razón ese recuerdo la perseguía y estaba fresco en su mente como si hubiese sucedido ayer, en vez de diluirse como ella había esperado. La culpa y la vergüenza tampoco disminuían.

Mary la siguió a la cocina cuando se levantó para traer el café.

–He notado que estás fumando el doble que antes –le dijo–. Te va a hacer mal. Vamos, Alicia, no te vayas a enfermar ahora. Tratá de manejarlo sin hacerte mal.

–Yo aprecio mucho que te preocupes, pero ya se va a pasar, y lo voy a superar, vas a ver. Ahora tengo que prepararme porque vienen Franz y Emma y no quiero que noten nada. Va a ser difícil para nosotros poner lindas caras por dos semanas, pero vamos a tratar y necesito los *puchos* para pasar esto. No puedo dejarlos ahora.

–Seguro que vas a andar bien. Después de que se vayan, te tenés que ocupar de vos misma, prometeme–. La ayudó a acomodar la cocina y lavar los platos.

Alicia sentía un profundo cariño por Mary y siempre podía contar con ella. Pero aun así, había decidido que tampoco su amiga iba a saber la verdad completa acerca de su angustia. No podía contarle a nadie lo sucedido entre ella y ese hombre repugnante. No podía decirle a nadie como la había manchado física y emocionalmente. Estaba determinada a no decir jamás una palabra a nadie de cómo, y a conciencia, ella había aceptado su sucia manipulación. El familiar estremecimiento de asco y culpa la sacudió otra vez.

Franz y Emma llegaron y, de acuerdo al libro de buenos modales de Alicia, los tres estaban esperándolos en el aeropuerto. A pesar de los problemas que tenían en ese momento, a ella no le molestaba que llegaran los padres de Sergio, y se sentía feliz de que hubiese una tregua y una brisa de aire fresco para ellos por un tiempo.

Sergio siempre había empleado cautela en su relación con sus padres; no los hacía participar demasiado en su vida privada y Alicia respetaba el espacio que él había demarcado en un figurativo círculo alrededor, y que sus padres no debían pasar. Confiaba en la experiencia de él para manejarse con ellos también en esta ocasión.

Habían reservado un cuarto en el hotel y alquilado un auto, de modo que se moverían con independencia, como siempre, mientras Sergio y Alicia trabajaban. El resto del tiempo tratarían de compartirlo, lo que significaba cenar la mayoría de las veces afuera.

Un par de días después de su llegada, preparándose para salir con ellos y después de tomar un whisky doble a escondidas, como de costumbre, Alicia entró al dormitorio después de cepillarse furiosamente los dientes para disimular su aliento, llevando a Pablo en brazos y sentándolo en el andador. Sergio se estaba vistiendo.

–El nene está preparado ya, te lo dejo para que le eches una ojeada –dijo–, yo necesito un poco de maquillaje y podemos salir. Tengo que tapar estas horribles ojeras que tengo últimamente.

–Antes de salir quería decirte esto, traté, pero no hubo tiempo durante el día–, dijo él, levantando la vista de la camisa que se estaba abotonando. La miró seria–. Mis viejos pasaron por la oficina a verme hoy antes del almuerzo.

–Ah, ¿de sorpresa? Qué amables, ¿no?

–Sí, aparecieron de sorpresa, pero como todo lo que hace papá, no era sin una intención específica. Tenían algo que decirme.

Camino al baño, se detuvo en la puerta con la bolsita de cosméticos en la mano, interesada. Pablo iba y venía con el andador por el cuarto. Él prosiguió:

–¿Te acordás que anoche nos hablaron del plan que tienen de mudarse a los Estados Unidos, y de la oferta que recibió de su amigo para unirse su empresa?

–Sí, pero ya sabíamos todo eso, menos el que ellos ya habían puesto fecha para irse. Y vos sabés que yo lamento que hayan decidido aceptar. Como te decía anoche antes de acostarnos, me da pena que se vayan, la distancia va a ser tan grande y Pablo no los va a ver más que de vez en cuando.

–Sí, pero ahora lo que querían es saber si nosotros lo pensaríamos también... me preguntaron directamente si nosotros consideraríamos unirnos a ellos allá. Yo trabajaría en la compañía con él, en Fort Lauderdale.

–¿Qué querés decir, unirnos a ellos? ¿Querés decir irnos a vivir allá?

–Y, sí. La verdad es que papá va como socio, y ya ha puesto parte del capital que tenía aquí, cuando fueron para allá hace unos meses. Estuvieron estudiando bien el panorama para mudarse. Él dice que hay lugar para mí en la empresa, y me harían un contrato de trabajo que incluye trámite de la tarjeta de residencia permanente después de un corto tiempo—. Sergio la miraba con duda, mientras hablaba, estudiando su reacción.

—Pero, ¿por cuánto tiempo sería ese contrato?

—No sé—, dijo él, pero Alicia leyó claramente en sus ojos que Franz le había hecho una oferta difícil de rechazar. Sintió pánico por un momento, y se quedó mirándolo, no sabiendo qué decir. Él agregó—: Puede durar cuanto queramos. Nosotros lo decidimos.

Era evidente que él esperaba algún comentario, y ella no quería herirlo, pero tampoco aceptaría dejar su casa y su país. Al mismo tiempo, se sentía profundamente culpable. Sergio había sido siempre honesto con ella en todo y ella le había fallado de forma miserable. Ella, la mujer barata y mentirosa; él no merecía esto. Necesitaba otro trago con urgencia, pero no se movió.

—Podemos pensarlo. ¿Qué le contestaste? —preguntó, tentativa, sabiendo que si él quería cambiar esta inestabilidad por un trabajo seguro, ella no iba a poder oponerse.

—Le dije lo que me estás diciendo. Que lo vamos a charlar y pensar bien—, dijo él con cautela.

—¿Qué más dijeron? Tu mamá me preguntó anoche en el baño del restaurante si me sentía bien. ¿Sospechan algo?

Alicia sabía que ellos habían notado algo la noche anterior, cenando con los Fechner en el Club de Caza y Pesca, en la costa del lago. El restaurante era popular por el show tirolés, con danzas tradicionales alemanas. Alicia vio con alivio que el espectáculo acaparaba la atención de todos los comensales y ocupaba la mayoría el tiempo, dejando poco espacio para conversaciones. Aun así, encontró los ojos de Emma fijos en ella en varias ocasiones con una mirada que le pareció inquisitiva o por lo menos, llena de curiosidad.

—La verdad es que mamá me estuvo preguntando sobre vos, con ese estilo de interrogatorio insistente que tiene ella.

—Yo sabía. Y eso que traté de disimular. ¿Qué más te dijo? Yo estuve bien, creo, hasta hice algunas bromas, y me reí cada vez que hacía falta. ¿Te diste cuenta?

—Los dos se notaron que estás demacrada y pálida. Les dije que tuviste una gripe fuerte hace poco–, dijo él, encogiéndose de hombros–, fue la mejor excusa que me salió. Pero no me creyeron, así que les tuve que decir algo más. Les dije que nuestras finanzas no andan muy bien, y vos estabas muy preocupada.

—Quedamos en que no ibas a hablar de eso con ellos, Sergio. Lo prometimos –dijo, enojada.

—Está bien, ellos creyeron que estamos tristes porque no tenemos mucho trabajo. Eso los sacó de la cosa personal, estuvo bien, no te preocupes. Entonces le vino bien a papá para insistir sobre Florida. Me lo pintó de una forma que, bueno, no sé cómo decirte, y no sé si querés oírlo, pero me pareció bastante sensata la proposición.

—Yo sabía que te había vendido la idea –dijo ella.

Pablo se puso molesto y Alicia se sentó sobre la cama, lo levantó del andador y lo puso sobre su falda. Con esa percepción que tienen los niños a través de los tonos de la voz de que los adultos están sosteniendo una conversación importante, él empezó a jugar con su collar, reclamando atención.

—No presupongas cosas, por favor–, dijo Sergio–. Estoy diciendo que deberíamos pensarlo bien. Esto no va para adelante. Va a ir para atrás, y nosotros estamos en el medio.

—No digas eso. Si dejan que los civiles vuelvan, las cosas pueden mejorar, y se va a reconstruir lo que estos sinvergüenzas han hecho trizas–, dijo ella, sin mucha convicción.

Sergio negó con la cabeza.

—No, vos sabés que no es así. Nadie garantiza que no sea una ilusión de unos años hasta el próximo golpe de estado. ¿Cuánto va a durar la tregua? ¿Hasta que algún sector conservador quiera todo el poder de vuelta, o un par de bancos se cansen y vengan con la factura de la deuda?

Alicia no respondió. Él tenía razón, y ella no sabía qué decir.

—Pensemos con calma en esto, por favor–, dijo él–. También pensá en la vida de Pablo, ¿qué le espera? Va a ir a la universidad, graduarse, ¿y después a manejar un taxi porque no hay trabajo? Mirá cómo luchamos nosotros día a día para pagar las cosas y salir adelante. ¿Cuánto hace que no tomamos unas vacaciones?

Ella seguía en silencio, jugando con Pablo. Él preguntó:

—Y bueno, ¿qué pensás de lo que dije?

—¿Qué puedo decirte? Que vos sonás convincente cuando querés, es cierto—, dijo jugando nerviosamente con el collar que Pablo manipulaba muy interesado—. Vamos a hablarlo con ellos también, claro, y les pediremos más detalles de este plan. Y vemos qué pasa.

Ahora sí necesitaba el trago, y un cigarrillo también.

—Bueno, de acuerdo—, dijo él, levantando el saco de la silla, con una sonrisa de triunfo en los labios, que ella ya esperaba.

Una de las razones por las que Alicia agradecía que sus suegros estuviesen en la ciudad era que el tiempo que ella debía pasar con Sergio y Pablo se había reducido notablemente. El nene disfrutaba de los abuelos y de la incondicional atención que le brindaban, y estaba fascinado con los paseos en auto, con los juguetes y con que le concedieran casi todo lo que pedía. Alicia sentía un poco de culpa por el alivio que le producía el no atenderlo constantemente. Significaba que tenía más tiempo para trabajar, o dormir, otra de las cosas que la hacían olvidarse del mundo por varias horas.

En las última semana había llamado a Sonia más frecuentemente por una sensación de deber hacia ella, y cada vez que hablaban Alicia cortaba emocionalmente agotada y llorando. Después de la tercera llamada, comprendió que estaban repitiendo la misma conversación una y otra vez. Aun así, no se sentía con valor como para cortar este contacto con la madre de Susana, que la acercaba a ella de alguna forma. Sergio notó el humor sombrío que traía después de cada llamada, pero ella le respondía:

—Ya sé, pero si yo estuviese en el lugar de Susana, me gustaría mucho que llamaran a mi madre para charlar, y acompañarla. Es lo menos que puedo hacer. Los dos viejos lo están pasando tan mal.

Para la última noche que los padres de Sergio estuvieron en la ciudad, Franz hizo cuatro reservaciones en un pequeño restaurante suizo ubicado bajo un cuidado bosque de pinos sobre el camino al Llao–Llao. El lugar era acogedor y cálido, y Alicia supo de inmediato cuál iba a ser el tema principal de la noche. Ellos no iban a partir sin haber puesto en claro, en su presencia, que querían que su hijo los siguiera a Florida. Alicia se dispuso a escuchar la oferta, sintiéndose tan ambivalente como siempre.

Pidieron un vino blanco que acompañaba muy bien a la *fondue* de queso, y pronto Franz encaminó la conversación hacia la política actual. Alicia no mordió el anzuelo enseguida y supo que a él le resultaba curioso. Ellos dos había compartido, y disfrutado, muchas conversaciones sobre los pro y contra de los gobiernos argentinos. Al cabo de un rato, Franz le preguntó directamente:

–Alicia, ¿y vos qué pensás de estas elecciones que vamos a tener?

–Eso será si nos dejan votar...–, respondió ella rápidamente, y él rió–. Hay que ver cuántos partidos van a poder participar, cuantos acuerdos bajo la mesa entre la junta y los políticos, en fin, muchas cosas antes de que vayamos a las urnas, ¿no?

–Lo peor no va a ser la política sucia, sino la economía poco clara –dijo él como al pasar.

–¿Por ejemplo? –concedió ella, sabiendo bien a dónde quería llegar él, pero dejándole ofrecer su producto de todos modos. Tenía varios tragos encima, y se sentía capaz de manejar la conversación en un tono liviano y jovial. Se preguntaba si ellos se darían cuenta de cuánto había tomado. Sergio lo sabía bien, se le veía en los ojos.

–Sabés que este país está casi en bancarrota. No han publicado todavía cuánto es exactamente la deuda nacional. Y no es porque no tengan los números, sino porque la cantidad va a ser mayor de lo que quieren que sepamos ahora. Los muchachos de la *plata dulce* van a estar en plena acción con sus tejes y manejes por largo rato.

–Seguro, estoy segura de que va a ser una deuda gigante, pero no va a ser el único país que tiene una. Cuando los militares se vayan, los civiles pueden limpiar un poco esta mugre–. Ella no creía lo que estaba diciendo, ni tenía fe en que el gobierno civil podría tener éxito con lo que iba a heredar, pero no lo quería decir frente a él.

–El partido que gane las elecciones va a tener que ajustarle el cinto a la clase media, y tomar medidas extremas, y posiblemente se va a poner a todos en contra, arriesgando otro golpe. Los gremios van a salir a la calle pronto. No le veo salida a corto plazo.

–Yo creo que papá tiene razón. Uno espera que todo mejore, pero son solo buenos deseos, no creo que se cumplan así nomás.

Franz parecía satisfecho de la posición de su hijo. Pocas veces coincidían en temas políticos. Se volvió hacia Alicia:

–Apenas los dueños de los pagarés quieran, van a venir con la cuenta, y no vamos a poder ni comer para pagar las tarjetas del crédito al Fondo Monetario.

–Así que usted piensa que aquí no hay esperanzas, quiero decir, que el país no tiene mucha esperanza de salir bien–. Ahora ella recordaba las palabras de Susana, en una conversación muy parecida a esta.

–Sí. Por ahora vamos para atrás. No veo otro futuro.

–Sí, es cierto –aceptó ella con un gesto resignado.

Emma, quien se había mantenido en silencio durante toda la conversación, intervino:

–Nosotros queremos mucho a este país, Alicia. Y sabemos que cuando ustedes vivieron afuera, también lo extrañaron mucho. Hemos tenido una buena vida aquí, veinticinco años productivos, pero pensamos que podemos volver a empezar en otro lado, donde haya menos inestabilidad, y no haya golpes militares ni devaluaciones, ni desempleo. No es bueno para nadie, ni para los que tenemos un pequeño capital.

–También un lugar donde se pueda decir lo que uno piensa–, agregó Franz, mirando a Alicia, quien sonreía ante tantos puntos atractivos que le presentaban. Por otra parte, ya estaba un poco mareada, y deseaba dejarse llevar, su mente un poco aturdida por los vasos de whisky en casa y las dos copas de vino en la mesa. Qué agradecida estaba por el bendito alcohol.

Ellos siguieron adelante explicando el proyecto,

alentados por el silencio de Alicia y por los previos comentarios de Sergio. Franz había comenzado a invertir en el negocio de la construcción, ya que el sur de la Florida crecía aceleradamente y su economía florecía. Él estaba muy entusiasmado con las perspectivas:

–Hay inversores de todo el mundo allí, es increíble. Es gente que trata de salvar lo que tiene, y busca un futuro estable. En menos de veinte años, escuchá lo que te digo, para el dos mil, Miami va a ser la capital de Latinoamérica, no solo financiera, sino cultural.

–Sí, es como decían en Uruguay, el último en dejar el país que apague la luz–, dijo Alicia riendo, pero nadie rió con ella.

–Ojalá las cosas fueran diferentes–, dijo Emma con emoción – nosotros vamos a extrañar esto, nuestra casa, este país, porque no hay mejor lugar para vivir, pero lo han arruinado tanto.

Alicia pensó que todos tenían parte de culpa, algunos por comisión y otros por omisión, pero todos habían contribuido a eso, aunque no lo dijo. No estaba en condiciones de discutir nada serio; notaba que las palabras le salían con dificultad por efectos del alcohol, y no quería que los otros advirtieran cuánto había bebido.

Camino a casa Sergio estaba silencioso, y ella se preguntaba si él se había dado cuenta de que saliendo del restaurante ella no caminaba con estabilidad por el mareo, y se colgaba de su brazo. Habían puesto música y miraban al camino y a los pinos que lo bordeaban, iluminados por las luces del auto.

–Es una buena oferta la de tu papá–, dijo ella, prendiendo dos cigarrillos y pasándole uno a él – Tenemos suerte de tener una posibilidad como ésta.

–Sí.

–Pero si todos tuvieran la oportunidad y se fueran, ¿qué pasaría con estos países de Latinoamérica?

–No sé, la gente ha emigrado por miles de años, Alicia, y ningún país que sepamos se ha venido abajo porque algunos se fueron. Mirá a Europa, cómo mandó millones de personas afuera en el siglo diecinueve y veinte a Norteamérica, Australia y Sudamérica, y ahí los tenés, más fuertes que nunca. Y después de dos guerras terribles.

Alicia asintió con la cabeza en silencio. No hablaron más por un rato. A ella le fastidiaba la certeza de él. Habría ido al fin del mundo convencido de que el camino que terminaba de adoptar era el mejor, mientras ella dudaría para siempre si debía haber elegido éste o el otro. Suspiró profundamente y decidió no pensar más en el tema por el momento. Era una decisión demasiado importante para tomarla en una noche. Necesitaba más tiempo y más análisis. Y estaba tan cansada.

Los padres de Sergio partieron felices porque él había aceptado la oferta de trabajo e iban a comenzar los trámites en la embajada.

Alicia, segura de que era lo mejor, pero confundida respecto de qué era lo que realmente quería, empezó a retraerse en su mundo poco a poco. Lo que había sido un diálogo fluido con Sergio pasó a ser un elemental intercambio de frases. Ambos evitaban hablar de Susana. Él casi nunca la mencionaba y Alicia le estaba agradecida por ello. El imaginarse a su amiga en una sala de torturas, o ahogándose en el mar, era demasiado vívido como para superarlo o tratar de olvidar. Tenía una inmensa reserva de odio acumulada adentro que no sabía cómo manejar y que la envenenaba desde lo más profundo, de modo que se convenció de que era mejor si no hablaba de eso con nadie.

Los dolores de estómago se incrementaron, y levantarse por las mañanas era una tarea titánica. Se sentía letárgica, y tenía constante necesidad de enroscarse en el sofá, y dormitar, o descansar en silencio. Las cosas más insignificantes la ponían nerviosa, provocándole desesperación, lo cual la confundía y la hacía tener vergüenza de demostrar sus sentimientos. La música clásica, o una canción lenta, no importaba el tema, le provocaba un acceso de llanto sin razón. Lo único que la sacaba de su miseria era escribir, y se concentraba en su trabajo cuando tenía la energía suficiente.

Le había pedido a Carlos Álvarez que le asignara más notas a cubrir, para estar ocupada. Él tomó de buena gana la oferta y a veces ella se quedaba hasta altas horas, escribiendo sin parar, para cumplir la exagerada cantidad de artículos que tenía en su agenda. Después de una maratón de trabajo, volvía a caer en su estado letárgico, sin interés por un par de semanas, hasta que se arrastraba de nuevo fuera del ciclo.

Mary y Luis comenzaron a ir menos de visita, y tampoco parecían tener mucho tiempo para verlos. La evidente distracción de Alicia, y las excusas que parecían surgir de la nada cuando se sugería un encuentro crearon una tácita brecha entre las dos parejas. Ella mantenía su distancia, temerosa de que la proximidad de Mary la hiciera flaquear en su determinación de no confesar lo que la comía por dentro.

Sentía aprensión ante la sola idea de tener intimidad con Sergio. Lo más cercano que lo había dejado llegar había sido abrazarla antes de dormir, y ella sabía que él, en silencio, resentía cada vez más su rechazo y las insostenibles excusas que ponía.

Un día él perdió la paciencia ante las lágrimas de ella cuando se acercó a acariciarla.

—Vas a tener que hacer algo con estos altibajos de llantos que tenés, Alicia, seriamente. Esta no sos vos. Y ha estado pasando por mucho tiempo ya. No podés seguir despertándote así todas las noches gritando porque tenés pesadillas. Es evidente que no podés superar lo que le pasó a Susana, de esta forma, sola, por tu cuenta.

—No hables así.

—Bueno, necesitás ayuda. Has cambiado, no hablás más acerca de lo que pensás, como antes. Por favor, ¡Si ni siquiera hablás para quejarte de la política de los militares ya!

—Mirá quien habla, el señor Buda—, dijo ella intentando reír— será porque vos dejás pasar tus sentimientos a través de la barrera que tenés, ¿no?

—No cambiés de tema, que yo no soy el que está en juego aquí—, respondió enojado.

—Quién sabe... en una de esas al final me taparon la boca, y te hicieron de paso un favor. No vas a tener que escuchar mis rezongos—. Lo dijo intentando bromear, pero él no reía.

—Vas a tener que aceptar que no hemos estado juntos desde... veamos... ni siquiera me acuerdo, y a vos no parece importarte, ni estás interesada siquiera. Mirá, si es algo que yo hice, decímelo, ahora mismo, honestamente.

–Bueno, la verdad es que no tiene nada que ver con vos –dijo ella, lamentando lo que sucedía, deseando con toda su alma poder borrar los flashes de memorias que la remontaban de inmediato al encuentro en la sala de conferencias, y que la hacían estremecerse con culpa y asco–. Te prometo que voy a hacer algo–, dijo, pero sabía que no estaba preparada para hablar de eso con un extraño.

–Sabés que tenés que hacerlo. Andá y buscá ayuda de una vez por todas–, dijo él con voz cansada.

–Sí, voy a ir, voy a ir–, suspiró ella. Él le dio la espalda, apagó la luz de su lámpara, y no hablaron más.

Si eso lo hacía feliz, iba a ver a un terapeuta, y seguir el teatro. Porque estaba segura de que no iba a dar ningún resultado.

Al día siguiente, Alicia había elegido al azar un nombre de la lista de doctores autorizados por el seguro médico. Esperaba que sea una cara totalmente desconocida, así como era el nombre, alguien con quien nunca se hubiese cruzado antes. No hubiera podido confiar lo poco que pensaba hablar a alguien conocido.

Sergio estaba leyendo el diario después del desayuno:

–Ya elegí un psicólogo –dijo–, este parece bueno. Y si no recibe pacientes, aquí hay otro.

–Bueno, lo llamás hoy mismo. Dejate de actuar *canchera* conmigo, porque lo vas a ir a ver y vas a empezar a trabajar para que te ayude con la depresión que tenés, o lo que sea que te pasa.

–Sí, así nomás, como por arte de magia–, dijo burlona y enseguida se arrepintió–. En serio, prometo que voy a tratar. No es depresión, no digas eso, no tengo depresión, yo no estoy loca. Vos sabés bien. Estoy triste, nada más.

Las manos de Alicia estaban frías y el corazón le latía con fuerza cuando se sentó en la confortable silla. Era la primera visita con el terapeuta, un psicólogo joven y simpático. La habitación era cálida, con una amplia ventana que daba a los árboles del jardín trasero del edificio.

Después de hacerla pasar, él se había ubicado tras su escritorio. Habían pasado treinta minutos ya pero ella no podía serenarse todavía. Primero tuvo que vencer la urgencia de salir corriendo antes de que él la atendiera. Respondió a sus preguntas con monosílabos pero tratando de ser amable. Hubo largos silencios entre los intercambios en los que ella rogaba que la sesión terminara. Finalmente se sintió obligada a decirle la verdad:

–Esto es un poco vergonzoso para mí. No estoy acostumbrada a hablar de mis cosas personales con nadie, salvo con un par de amigos–. Le costaba hablar y la voz le salía ahogada, lo que la hacía sentir peor.

Él la miró, sonriendo:

–Está bien. No tiene que hablar si no quiere.

–Para serle honesta, no quiero hablar de mí.

–Entonces no hable. Podemos hablar de cualquier otra cosa que le venga a la mente.

Ella no conocía a ese hombre, tuvo que frenar de nuevo el impulso de levantarse y salir de ahí. Era una forma cara de perder el tiempo para ella y para el seguro médico. Se había negado a ir dos veces por semana. Iba a ser una sola vez o nada.

El terapeuta se inclinó levemente hacia adelante y dijo, con un tono que le sonó sincero y la hizo sentir un poco en falta por ser tan despectiva con él:

–Está bien. Yo voy a estar aquí, a la misma hora, y si usted quiere hablar, lo hace.

Acudió a las sesiones puntualmente, se negó a que le recetaran alguna medicación, y se propuso que todo iba a estar bien. Pero las cosas no mejoraban. No tenía más energía para ocuparse de su casa, y se sentía cada vez más alejada de Sergio y de Pablo. No comprendía por qué ellos se querían aferrar cada vez más a ella, haciéndola llegar a un límite en el que invariablemente explotaba con un ataque de mal humor. Su consuelo eran los tragos de alcohol que la acunaban en un mundo en el que no tenía que pensar. Su único problema era ocultar, meticulosamente durante las horas de trabajo, el aliento a sus compañeros y a sus entrevistados.

En casa los enfrentamientos con palabras duras se sucedían casi a diario, por razones domésticas que en otra oportunidad hubiesen sido insignificantes para ella.

Sergio comenzó a desahogar su resentimiento y un día le gritó:

–No sabés lo harto que estoy de tu actitud agresiva. Actuás como si nada te importara ya. Tenemos tantas cosas que hacer antes de salir del país, y vos no participás en nada. ¿No podés mostrar un poco de interés, por lo menos? Ella se encogió de hombros, acomodando algunos papeles sobre la mesa. Él dijo con más rabia:

–No hagas esto. No nos hagas esto a todos, Alicia. ¿Estás segura de que vas a las sesiones del analista? ¿Estás haciendo algo positivo ahí, o no?

–¿Qué querés decir? Me hacés ir una vez por semana a que me siente a hablar con un perfecto desconocido, y yo voy. Es cosa mía de qué hablo ahí, y si hablo o no.

–Bueno, yo sé que hacés tu parte–, dijo él, bajando la voz, conciliador. Sabía que si la ponía nerviosa iba a ser peor. Ella parecía estar constantemente al límite de explotar.

–Yo trato, Sergio, vos sabés que yo estoy haciendo lo que puedo.

–Ya sé, yo sé que es duro para todos. Tantas cosas para aceptar y ahora todo lo que viene para hacer. Pero te quiero pedir que seas más paciente con Pablo. No es más el nene feliz y sonriente de antes. Creo que todos nosotros estamos lastimados con las cosas que pasaron.

–Sí que estamos lastimados–, dijo ella, y después agregó, tratando de suavizar el tono– Estoy un poco nerviosa con este viaje a Buenos Aires, la entrevista con el Cónsul. Tengo miedo de lo que viene, vender nuestras cosas, dejar todo lo que conocemos e irnos para siempre. Hay que empaquetar tantas cajas para mandar por barco...

Él se acercó a ella pero no buscó abrazarla, como hubiera hecho antes, cuando eran otra pareja, una totalmente diferente de esta que compartía el techo ahora. Se paró junto a ella.

–Alicia, te prometo, todo va a salir bien, ya vas a ver. Ayer, hablando con mamá, me contó que están preparando todo para nuestra llegada. Están tan entusiasmados porque vamos a reunirnos con ellos. Dicen que Fort Lauderdale es hermoso, con canales y las casas con embarcaderos, como en El Tigre. Vamos a ir, y lo vamos a hacer paso a paso. Pero no lo puedo hacer yo solo. Te necesito a vos, necesito que estés interesada, que le prestes atención a las cosas, que organices. Quiero a la Alicia que eras antes.

Ella tomó su mano entre las de ella y la apretó por unos segundos, mirándolo a través de las lágrimas.

–Puede ser que te cueste creerme, Sergio, pero te quiero. Y voy a hacer lo que pueda. Yo también quiero empezar una hoja nueva después de todo lo que hemos pasado.

Él le sonrió y le besó las manos. Por un momento, pareció como si hubieran conectado otra vez, pero Alicia sabía bien que ya no era posible.

Era sincera, pero una luz se le había apagado dentro, y no sabía cómo encenderla otra vez. Sentía un vago y maligno placer en el hecho de dejarse ir, de permitir que esta tristeza la inundara. En esos momentos, la realidad no estaba, no había recuerdos ni pensamientos. Era reconfortante el abandonarse a esa ola que dominaba su voluntad, a esa sensación de desesperanza y odio que lo cubría todo, mientras ella, protegida adentro, se enroscaba en una esquina de sí misma, a dormir.

XVI

Bariloche, Febrero de 1983

Alicia escuchó los pasos viniendo de atrás, y volvió la cabeza, sonriéndole a Mary que, puntual, llegaba a reunirse con ella en el parque detrás del Centro Cívico, cerca de los juegos infantiles bañados por el sol. Alicia la esperaba descansando en uno de los bancos de madera, con vista a las azules aguas del Nahuel Huapí, más allá de la avenida costanera. Desde hacía una media hora había estado, medio adormilada, mirando a Pablo jugar con otros chicos en el arenero.

–Hola, traje dos cafés–, dijo Mary, sentándose a su lado y pasándole una de los vasitos – ¿Hace mucho que esperás?

–No, estaba disfrutando todo esto. Es un día tan lindo, tibio, tan calmo–, y, volviéndose a su amiga, dijo sonriendo– yo adoro los veranos aquí.

–Sí, cerca del otoño es la mejor parte del año, siempre soleado –sus ojos se posaron en Pablo– Ese nene está creciendo rápido y cambiando todo el tiempo.

–Sí, ya tiene más de un año y medio. Increíble, cómo vuela el tiempo.

–Va a ser alto como el padre, ya se ve–, Mary saludó a Pablo de lejos, y le tiró un beso con la mano, mientras él respondía con una sonrisa de alegría–. ¡Es tan lindo!, Hablando de belleza, vos tenés mucho mejor semblante. ¿Cómo van las sesiones con el analista?... Ya hace unos cuantos meses que estás en tratamiento, ¿no?

–Gracias por el piropo, pero yo no veo ningún cambio... No sé si las sesiones me ayudan, no estoy segura.

–Dale tiempo, estas cosas van para largo. El golpe fue

fuerte, pero te vas a recuperar, no dejes de ir.

–Igual, esto va a terminar pronto, Mary. Ayer nos llegó la carta de la embajada. Todo anduvo bien en Buenos Aires, los resultados de los análisis en el hospital Británico, y la entrevista con el cónsul. Nos han aprobado para emigrar, especialmente porque no tenemos antecedentes en la policía. Nos dijeron que eso era lo más importante. Y estar sano, claro.

–Felicitaciones–, dijo Mary con sinceridad– ¡Qué buena noticia! – Y luego guardó un silencio elocuente.

–Sí, nos vamos pronto... la verdad es que tenemos que poner fecha, tenemos que comprar los pasajes –y mirándola a los ojos–: No puedo creer que ya terminamos todo esto... fueron tantas corridas. Estamos cansados. La venta de las cosas domésticas fue agotadora–. Alicia suspiró–. Yo sé que todavía falta mucho qué hacer y me da un poco de miedo porque no sé si tengo energía para seguir.

–Seguro que tenés. Se arreglaron bastante bien hasta ahora, y eso que no dejaron de trabajar. No es fácil, pero ya pasó lo peor.

–Lo peor para mí fue el viaje a Buenos Aires. Tan cerca de las fiestas, tener que encontrarme con Sonia y Roberto para despedirme, nos dejó agotados. Me sentí como una desertora cuando me convencí tan rápido de que no podía ir a la marcha de la plaza mientras estábamos ahí, no muy lejos, en un hotel. Tuve miedo de que alguien nos viera, y nos arruinara el trámite de la embajada. Si nos identificaban protestando nos iban a marcar y eso iba a destruir todo, no le podía pedir ese riesgo a Sergio. Después me sentí como la mierda por haber tenido tanto miedo otra vez.

–Sonia sabe lo que pasa, sabe todo lo que ustedes hicieron por Susana.

–Igual, me dolió, porque ella espera que Susana aparezca viva, y cree que en cualquier momento la pueden dejar libre, o cuando los civiles suban al poder... Decime, ¿puede ser que todo el mundo haya estado equivocado y ella pueda estar todavía viva en algún lado y que pueda volver algún día?

–No sé. No podemos saber.

–¿Qué es mejor? –murmuró Alicia, pensativa–. ¿No

perder las esperanzas y quedarse para siempre ilusionada en que va a volver, o tratar de hacer el duelo y aceptar que ha muerto, sin estar totalmente segura de qué le pasó realmente?

–Ojalá supiera qué contestarte, Alicia.

–Vos no sabes cuánto odio a esos tipos. No tenés idea.

–Ya sé que los odiás, pero, ¿para qué? Ya pasó todo, y pronto se van a ir del poder, esperemos.

–No, no pasó todo. No es así nomás, no creo. La gente todavía habla de lo que sufrió y de las consecuencias que la guerra dejó en Europa cuarenta años atrás; imaginate el tiempo que va a llevar para que esto que pasó aquí cicatrice. Si no se ventila todo y se hace un honesto juicio y se pone en orden la cosa, esto no va a curarse. La infección va a estar escondida por mucho tiempo, estoy segura.

Mary permaneció un rato en silencio, como reflexionando lo que Alicia había dicho. Cuando habló, había cambiado de tema:

–Te quería preguntar acerca de la casa. ¿Alguien contestó al aviso?

Estaba eludiendo abiertamente los ojos de Alicia, pero a ella no le molestaba. Estaba contenta con dejar los temas dolorosos por el momento.

–Un par de llamadas, vamos a ver. La mejor solución sería venderla, pero nadie está comprando en este momento. Otra cosa que nos costó mucho fue admitir adelante de los padres de Sergio que necesitamos un préstamo para cubrir el embargo de la casa que tenemos con Uranga, ahora que no podemos venderla. Les pagaremos apenas empecemos a trabajar en Florida.

–Ustedes van a andar bien económicamente. Yo no estuve nunca en Estados Unidos, pero sé que no tiene nada que ver con este *quilombo* que tenemos nosotros. Por lo menos, los sueldos valen algo de año a año, no como aquí.

Alicia hizo un gesto con la cabeza. Era tan extraño, se sentía tan incómoda hablando con Mary de dejar el país pero no pudo evitar decirle:

–Este clima es tan lindo, es tan calmo, quisiera estar sentada así para siempre. ¡Vamos a extrañarlos tanto, a este lugar, a todos ustedes!

–Ya sé, nosotros también. Muchísimo–. Permanecieron

sentadas en silencio por largo rato, una al lado de la otra, mirando a los chicos jugar en las hamacas y el tobogán, y saludando a Pablo entretenido en el arenero.

La cena de despedida con demostraciones de afecto que organizaron sus amigos a mediados de Abril, antes de la partida, fue más concurrida de lo que ellos esperaban y los emocionó profundamente. Antes de que se sirvieran los postres, Alicia y Martina cruzaron el salón del restaurante sorteando las mesas llenas de gente. Alicia hubiese querido pedirle a Mary que las acompañe, pero estaba muy entretenida conversando, de modo que siguió caminando.

La relación de ambas se había enfriado cuando Martina sintió que Alicia la abandonaba en la preparación de los últimos programas radiales, pero la continuidad del trabajo en la redacción las acercó poco a poco. Alicia se culpaba en su interior por lo sucedido entre ellas y ahora habían vuelto a colaborar con notas y contribuciones independientes, para lo que siempre formaron un eficiente equipo de trabajo.

–Martina, te quiero agradecer, es una hermosa cena. Gracias por ayudar a organizarla, yo sé que vos has estado detrás de todo esto, reuniendo a todos–. Alicia estaba sobre excitada, con varias copas de vino además de su diaria cuota de whisky en casa y ya sentía que las palabras salían con dificultad. Pronto todos se darían cuenta de que había bebido de más. Se prometió tomar agua mineral el resto de la noche–. Es una hermosa cena de despedida. Voy a extrañar a todos, a la ciudad, a todo esto –comentó con voz ahogada.

Martina la llevaba del brazo y le dio un pequeño apretón afectuoso:

–Sí, nosotros los vamos a extrañar a ustedes también...

Caminaron al baño de mujeres y se ubicaron a esperar en una pequeña fila.

–Así que tenés todo ya empaquetado. Tuviste suerte de encontrar una pareja que parece seria y responsable para alquilar la casa mientras buscás un comprador.

–Sí, parecen buena gente. Si encontramos un comprador va a ser una buena excusa para volver a visitar.

–Es un lindo pedazo de tierra, en un lugar bastante bien ubicado.

–Vamos a ver qué pasa. No puedo pensar en el futuro, apenas puedo pensar en la semana que viene.

–Todo va a andar bien, vas a ver. Se están mudando al centro del mundo, digamos. Estados Unidos es el centro del mundo, en muchos sentidos. Van a andar bien, estoy segura.

Cuando volvían hacia la mesa, Martina se detuvo en el hall antes del salón comedor:

–Ah, casi me olvidaba, te quería contar de Roberto Flores, el amigo de Julio.

–Sí. ¿Qué pasa con él? –preguntó Alicia, sorprendida. El recuerdo de ese hombre no estaba asociado con nada en particular, aparte de Susana, pero no le agradaba, aunque no tenía una razón específica.

–Bueno, escuchá esto –continuó Martina– parece que se va a los Estados Unidos también, consiguió un trabajo con una empresa multinacional y se va a vivir a San Diego, creo. No nos pasó la dirección postal todavía.

–Ah, ¿sí? Pero San Diego queda del otro lado del continente.

–Sí, pero como a lo mejor va a tener que viajar por todo el país, ¿quién te dice? Te lo podés encontrar en Florida.

Alicia no hizo ningún comentario.

–Parece que tiene un sueldo muy alto, y que la empresa le gestionará los papeles para la residencia. Tiene suerte, ¿no?

–Sí, bastante suerte.

–Tengo sólo su teléfono. Te lo paso antes de que te vayas. En una de ésas, viajás a la costa oeste y se pueden ver con él.

–Cierto, sería lindo ver a un conocido allá –respondió por cortesía.

–Te quería preguntar, ¿cómo anda tu amiga Susana? ¿Qué es de su vida?

–Anda bien –dijo Alicia, mintiendo sin vacilar–. Trabajando. No la pudimos ver en Buenos Aires, estaba viajando por un artículo de la revista.

Caminaron hacia la mesa, Alicia con la mente un poco más clara que cuando iban, ya que la conversación la había sacudido un poco. La mención de Roberto Flores le trajo memorias de los días en que Susana estuvo de visita, y como le sucedía siempre que bebía y recordaba, las lágrimas empezaron a brotar.

–Ahora vengo, seguí vos a la mesa, me olvidé algo en el baño–, y la dejó sola, volviéndose para ocultar el llanto. Se lavó la cara y trató de serenarse. Debía haber seguido el consejo del terapeuta y haber tomado algo para poder pasar todo eso con más calma, pero de ser así no podría beber alcohol, y eso era impensable en este momento en que necesitaba los tragos para sobrevivir. Recompuso su maquillaje y se pintó los labios. Necesitaba otro vaso de vino, el alcohol parecía menos fuerte cada vez, y tenía que beber más para conseguir el mismo efecto de aturdimiento.

Trató de pensar en algo grato para poder recuperar un gesto relativamente alegre. Pronto se irían, en un par de semanas, y era un poco como una aventura; debía forzarse a verlo así. Pronto a Bariloche llegaría el frío, pero ellos se iban a la búsqueda del verano. El mes de mayo en el hemisferio norte quería decir sol, tiempo cálido y, por suerte, esta vez ellos iban saltear un invierno patagónico por completo.

Y también todos los que le seguirían.

XVII

**Fort Lauderdale, Florida, USA,
Junio de 1984, 14 meses después**

Sergio estacionó su Ford Escort en la calle, cerca del cordón de la vereda, el motor todavía andando, y miró por el espejo retrovisor para asegurarse de que no venían autos detrás de él. La calle era estrecha, bordeada con palmeras que apenas proyectaban sombras sobre el asfalto, en el ardiente y soleado mediodía. Se volvió hacia Alicia, con una sonrisa satisfecha y un gesto interrogante:

–¿Y? ¿Vamos adentro, o no?

Alicia miró los detalles de la casa frente a la que habían estacionado. Era un *ranch* típicamente norteamericano, de una planta, con un hermoso jardín adelante y con amplias ventanas con paneles de vidrio. Una casa estilo moderno, pero sin pretensiones de grandeza. Iba a ser la primera casa propia en ese nuevo hogar que eran los Estados Unidos.

Alicia sabía lo que Sergio esperaba de ella y dijo, con todo el entusiasmo que pudo:

–Te veo, estás muerto de ganas de abrir la puerta. ¿No? ¡Vamos entonces!

Él subió a la amplia entrada de autos circular de la casa y paró justo enfrente de la doble puerta de madera. Alicia bajó y se quedó parada, mirando la casa, frente a los dos escalones de entrada.

–Es uno de esos hermosos ranchos norteamericanos que veíamos en las revistas y en la tele en mi infancia–, dijo, sonriendo– que tenían un cesto de básquet en un costado... como la casa de los Brady...

–¿De quién?

–La Brady Bunch, claro... vos no miraste suficiente

tele cuando eras chico.

–Me aburrían los chicos de la Brady Bunch, ¿Me perdí algo importante? –dijo él, riendo y abriendo la puerta de entrada, con un gesto satisfecho–. Vamos, entremos a nuestra nueva casa.

Entraron pisando con cautela, como si temieran que alguien estuviera adentro. Alicia sentía que debía estar feliz, muy feliz, le debía eso a él, por lo menos. ¿Por qué entonces no podía unirse a su alegría, a la satisfacción que él se merecía? Qué desagradable persona era, llena de odio y culpa. No había sido siempre así, y por un momento la sacudió el recuerdo de otra época, en la que ella era espontánea y sincera con él.

Se preguntaba si él habría notado la magnitud del cambio. Estaba segura de que, en su interior, allá muy profundamente, sabía bien que estaba sosteniendo una cáscara hueca de la mujer con la que se unió para compartir la vida y con la que tuvo a Pablo. Dos veces ya, en medio de esos enfrentamientos a gritos que solían tener, él amenazó con terminar del todo con *esta parodia de matrimonio que tenemos*. Pero después se había calmado y nunca intentó actuar. Nunca hablaba de separación o divorcio. Ella se preguntaba por qué. ¿Es que la amaba tanto todavía, o amaba tanto la memoria de ella como para aceptar las sobras, las migajas de lo que había sido el lazo que los unía? Y si era así, entonces ella, la que le mentía, la que lo engañaba, merecía ese hombre aún menos.

Sergio estaba mirando los detalles de construcción, las ventanas, los pisos.

–Tiene mucho potencial para una buena renovación. Vamos a convertirla en una linda casa, ya vas a ver.

Ella lo siguió por las habitaciones.

–A mí me gusta así como está, a lo mejor con una mano de pintura. Pero si vos decís que la vas a cambiar, yo sé que va a quedar mejor todavía–, dijo con sinceridad. Él se acercó y le dio un beso en la frente. Caminaron hacia el hall, donde estaba el living.

–Es inmenso. A Carla le va a gustar mucho esta casa. Para cuando ellos pasen por aquí, camino a New York, ya vamos a habernos mudado, ¿no? –dijo Alicia. Carla y Guillermo viajaban con tanta frecuencia a New York en los últimos tiempos que estaban buscando un pequeño departamento en Manhattan para comprar, como algunos de los compañeros de la financiera ya habían hecho. Y concluyó–: Podrán parar aquí, con nosotros. Hay suficiente lugar.

–Seguro que sí–. Él parecía orgulloso y complacido porque a ella también le gustaba la casa–. Esta es la segunda propiedad que hemos comprado vos y yo. Esto es mucho más de lo que nunca hubiéramos podido pagar en la Argentina.

Ella asintió. Sergio había aceptado la oferta de Franz para firmar como codeudor en el crédito hipotecario del banco. Recién arribados, ellos no tenían crédito establecido como para una compra así, aunque el salario que ganaba Sergio era bastante alto comparado con otros recién llegados al país.

La compra de la casa era una reafirmación del éxito que ya tenía en su nueva patria. Ella sabía que debía celebrarlo y se propuso esforzarse.

Caminaron por los claros y espaciosos cuartos uno a uno. Las amplias ventanas mirando al canal desde el living le llamaron la atención.

–Tiene una vista tan linda al río –dijo con sorpresa–. Casi no se ven las casas vecinas desde aquí.

Él se acercó a la ventana.

–Es cierto. Es muy linda, y vos vas a ser feliz aquí, te lo prometo. Las cosas van a mejorar–, dijo, y su voz tenía una inflexión que hizo que ella lo mirara–. Yo te amo tanto, y estoy tan feliz de que estés mejorando. Hasta mis viejos han notado que no estás tan triste en los últimos tiempos. Me alegro de que te guste Florida. Pablo parece disfrutarlo mucho también. Hasta le gusta la *baby-sitter* que lo cuida cuando salimos, y no protesta porque nos vamos.

–Es que es todo tan lindo, el aire es cálido siempre, todo verde, el mar es hermoso... el país organizado, nos vamos a malacostumbrar aquí. ¿No te parece?

–¿Y no lo merecemos, después de todo? Vas a ver que pronto las cosas van a volver a ser como antes.

Ella se refugió en sus brazos y él la apretó contra sí por unos minutos. Pero enseguida, como sucedía cada vez que estaban cerca, ella tuvo la urgente necesidad de soltarse, romper el momento que era demasiado emotivo y ella no podía tolerar.

–Nos estamos poniendo muy pegotes.

–A mí me gusta ser pegote –murmuró–. Yo estoy siempre disponible para ser pegote con vos–, agregó, alejándose de ella antes de que ella lo hiciera.

Caminó unos pasos y señalando con un gesto de la cabeza hacia la siguiente habitación dijo, con el tono frío de los últimos tiempos:

–Revisemos el resto de la casa, que hay mucho más para ver.

Vivir en Florida había resultado ser una curiosa experiencia para Alicia. Las pesadillas, que eran ocasionales y ella confiaba en que iban a desaparecer cuando dejó Bariloche, habían retornado y se repetían con insistencia. Sucedían en un mundo paralelo al que ella entraba a menudo, un mundo de medias luces, donde los objetos y la gente eran claros pero los alrededores oscuros y amenazantes. Despertaba sofocada, después de huir de algún peligro de muerte, siempre atacada por algo o alguien distinto.

Durante el día se obligaba a cumplir con una rutina que se había impuesto para mantener el equilibrio. Escribía a máquina, pasando en limpio apuntes de la universidad, con lo que contribuía al presupuesto familiar. También se ocupaba de Pablo, con más tiempo ahora que tenía su pequeño escritorio en una habitación de la casa.

Los dolorosos recuerdos de Susana y de su desafortunado intento por salvarla eran una constante presencia y se refugiaba en un duelo silencioso que trataba de ocultar a los demás. Ya no hablaba con Sergio, no le manifestaba sus sentimientos como antes. Eso se había cortado por completo y ella estaba conforme con la distancia. Después de intentarlo muchas veces, había llegado a la conclusión que no podía tolerar el tener intimidad física con él. A veces se preguntaba si no hubiese sido mejor hablar sinceramente con el terapeuta, en vez de desaprovechar la oportunidad que tuvo, pero ya era tarde para arrepentimientos. Sergio resentía la situación pero ella sabía que él albergaba la esperanza de que el tiempo cicatrizara las heridas.

Ambos seguían las noticias de la Argentina, primero en la prensa en español, y más adelante se sintieron con confianza suficiente como para leer los diarios en inglés solamente.

En diciembre, el presidente Alfonsín firmó un decreto creando la Comisión Nacional Sobre la Desaparición de las Personas. El escritor argentino Ernesto Sábato fue nombrado su presidente. El organismo estaba constituido por miembros que tenían la misión de reunir información y antecedentes para luego ser llevados a la justicia.

Después de la apertura de muchas fosas comunes, y de una coordinada búsqueda de cuerpos enterrados en tumbas marcadas NN, a lo largo y ancho del país, un cuerpo de médicos patólogos forenses compuesto por profesionales locales y algunos extranjeros comenzaron la penosa tarea de identificar los restos humanos. Las informaciones detalladas eran dignas de una película de terror, y superaban todo lo que Alicia se había imaginado en sus pesadillas más siniestras. Apenas podía leer los artículos completos. Y cuando hacía el esfuerzo, terminaba enferma y varias veces descompuesta del estómago.

El cuerpo de Susana no había sido encontrado, y Sonia tenía firmes esperanzas de que estuviese viva en algún lugar. Fantaseaba con que ella podría estar sufriendo de amnesia, y que de pronto un día sorprendería a todos apareciendo con vida. En cambio Alicia estaba segura de que Susana había muerto. Ahora que la versión de aviones tirando gente drogada al mar estaba confirmada, no tenía dudas de que ella había sufrido ese pavoroso destino. Si era así, el cuerpo nunca se iba a recuperar.

La imagen que había leído descripta en los periódicos, de cuerpos mutilados, arrastrados por la corriente a las playas del Uruguay, venía a su mente cada vez que se preguntaba dónde estarían yaciendo los restos de Susana. La falta de un lugar concreto, una tumba donde ponerla a descansar definitivamente, iba a ser un asunto inconcluso que la familia y los amigos estarían condenados a acarrear en sus espaldas.

Alicia se sentía profundamente turbada por esos pensamientos, y Pablo, también nervioso, percibiendo que su madre estaba mal, reaccionaba contra sus silencios e indiferencia con bronca y dolor. Ella entendía que él sufría también por su actitud, pero no sabía cómo ayudarlo, y terminaba fastidiándose por su interferencia y reclamos de atención.

Franz y Emma, sin comentar nunca nada, estaban siempre dispuestos a llevarse a Pablo con ellos, pasar tiempo juntos, y lentamente él comenzó a sentirse más a gusto con los abuelos que con su pesarosa madre. Apenas llegados a Florida, los padres de Sergio se habían establecido, sin dificultad alguna en el nuevo país, demostrando su capacidad de supervivencia. Como consideraban a la Argentina su propio hogar, instauraron una rutina como la que habían tenido allá, incluyendo tomar mate y comer asados con frecuencia.

Antes de partir habían viajado a Florida en varias ocasiones, y habían comprado un amplio departamento que hicieron remodelar y que los estaba esperando cuando se mudaron. Invitaron a Alicia y Sergio a pasar la primera semana después de llegar, antes de alquilar su propia vivienda, y luego les ayudaron a ubicarse, haciendo que el desarraigo fuera menos duro.

La familia Fechner, sus viejos amigos, habían seguido un camino semejante y ahora eran vecinos, como lo fueron en Europa.

Los domingos era día de almuerzo familiar y Alicia, Sergio y Pablo los acompañaban. Emma cocinaba algún plato importante y tenían una larga sobremesa de charla y encuentro, al estilo argentino. Ocasionalmente se sumaban los Fechner.

Estaban aprendiendo inglés, así como en la Argentina habían adquirido un fluido castellano. Franz, muy entusiasmado con su clase de inglés como segunda lengua, había pedido a Sergio y Alicia que mantuvieran conversaciones en el nuevo idioma en lo posible.

Alicia admiraba la tenacidad y la determinación de sus suegros. La habilidad de recomenzar una y otra vez, y tomar lo malo y lo bueno con el mismo entusiasmo y energía.

Era domingo, y la familia estaba sentada de sobremesa. Sergio había elegido un par de *long-plays* traídos desde Bariloche y la suave y conocida música de tango instrumental llenaba el aire en el comedor. Alicia sirvió las tacitas de café y Emma repartió porciones de budín casero para todos.

–De nuevo, ¿cómo era el nombre de esa máquina de escribir que te compraste para trabajar en casa? –Preguntó a Alicia–, Sergio dice que tiene una computadora adentro también, ¿no es muy complicada?

–No, es una linda máquina, y tiene las dos cosas, la importan de Inglaterra. Yo no sé nada de computadoras, pero la parte del procesador de palabras es muy práctica y rápida. Tiene un pequeño plástico llamado disco, que insertado de un lado es computadora y del otro es *word processor*, como le llaman aquí.

Sergio la miró, sonriente. Hacía mucho que no hablaba tantas palabras de una sola vez, con interés.

–¿Cómo va el trabajo? ¿Ya empezaste? –Emma aprovechó para seguir un hilo que parecía sacar a su nuera de la apatía y distancia de los últimos tiempos.

–Si consigo manuscritos, puede llegar a ser un buen trabajo en casa. Vamos a ver. Siempre necesitan gente bilingüe–. Alicia también estaba orgullosa de participar cada vez más en las conversaciones, indicio de que hacía avances en su práctica de disimular cómo se sentía realmente. Sergio parecía feliz de verla animada.

Franz dijo, mirándola:

–Para empezar está bien, pero te vas a aburrir con eso.

–Vamos a ver –dijo ella. Franz la conocía bien y era difícil engañarlo, pero ella no iba a confesar que tenía miedo de salir, y de conocer gente. Que quería quedarse en casa. Que no pensaba escribir más y sería feliz como dactilógrafa.

Emma fue en su ayuda:

–Así está bien por ahora, hay que empezar con algo. Ya tenés un cliente, y después veras. Tu inglés es muy bueno.

–Apenas se sienta un poco más confiada, estoy seguro de que va a volver a escribir para una publicación –aseguró Franz mirando a su mujer.

Alicia le sonrió como le sonreía a Pablo cuando decía algo gracioso que ella no iba a tomar muy en cuenta. Se había negado a salir, a hacer amigos y la vida social que llevaban estaba limitada a algunos conocidos de la empresa donde trabajaba Sergio. A ella sólo le interesaba estar en casa, leer, o quedarse encerrada con Pablo cuando él volvía de la escuela.

La compra de la procesadora era un pequeño primer paso que había dado, a instancias de Sergio, quien tenía mucha esperanza de que superara la depresión que se negaba a admitir pero que la estaba llevando al alcoholismo. Ella le había pedido que no tocara el tema con sus padres, y él cumplió. Franz y Emma estaban ansiosos porque se integraran a la nueva vida y al nuevo país, de modo que Alicia se sintió obligada a poner una razonable fachada y a cumplir con los rituales familiares, mientras por dentro se sentía cada vez más infeliz y con deseos de huir.

Todos evitaban hablar de las noticias políticas que llegaban de la Argentina y Alicia les estaba agradecida. Sospechaba que Sergio podía haber tenido algo que ver en ese silencio.

—Antes de que me olvide —dijo Franz, jugando con Pablo sentado en sus rodillas— este sábado que viene es la cena del décimo aniversario del club. No se habrán olvidado, ¿no?

—Claro que no —dijo Alicia— Vamos a ir, y va a ser lindo vestirse para una cena después de tanto tiempo. Creo que voy a ir a comprar un vestido nuevo.

—Es increíble la cantidad de argentinos que se han mudado a Florida en el último año —dijo Franz, contento—. El club tiene diez años pero recién está empezando a crecer. Van a agregar un gimnasio. Ustedes deberían hacerse socios.

—Ya nos vamos a hacer. Por ahora, queremos ir a esta cena—, dijo Sergio.

—Lo van a pasar muy lindo. Mañana compraré las entradas para los cuatro.

—El club tiene estos partidos de canasta, y los asados semanales, y los botes son tan populares ahora —le dijo Emma a Sergio, con un guiño—, ¿qué te parece comprar un barquito? Lo podés amarrar tranquilamente en tu casa ahora, ya que tenés el agua atrás. Habría que rehacer el muellecito.

–Ay, mamá, te ponés a soñar lejos... no lo esperes sentada. Hay mucho para hacer antes de pensar en comprar un bote.

Alicia, atareada levantando la mesa, no intervino. Estaba agotada, ya no tenía más energía para el resto del día. Quería irse cuanto antes y tirarse en la cama a descansar. Si tan sólo pudiera dormir bien, toda la noche. Había probado unas pastillas de valeriana que le vendieron en la farmacia, pero no le daban resultados.

Llevó los platos a la cocina, desesperada por un trago de whisky pero no podía pedirlo allí, tenía que irse a casa para eso. Miró si alguien se aproximaba, llenó una copa de vino hasta el borde y escondida detrás de la puerta abierta de la heladera la bebió con ansiedad.

Sergio vio el baile del aniversario en el club argentino como una buena oportunidad para salir y romper la monotonía y el aislamiento que lo tenía preocupado. Él insistió en que comprara el vestido y los zapatos, ofreciéndose a acompañarla al *mall*. El día de la fiesta volvió temprano de la casa recién comprada, que estaba ya en plena renovación.

–Estás hermosa –le dijo, cuando Alicia entró en el living, lista para salir, imitando a una modelo en la pasarela. Él aplaudió, complacido–. Valió la pena esperar casi media hora. Ese color te sienta bien.

Ella le agradeció. En un impulso, había comprado un vestido bordó ajustado, con un profundo escote en la espalda que Sergio aprobó inmediatamente cuando se lo vio puesto. Realzaba su figura y la hacía sentir distinta, sexy, otra persona, como si un trozo de tela pudiera transformarla, o cubrir la real Alicia por un rato. Había cepillado su castaña melena larga y lacia cuidadosamente y el efecto era bueno.

Se dirigieron al club, después de despedirse de Pablo que se quedó llorando porque lo dejaban con la *baby-sitter*. Estaban saliendo con los abuelos también, y él consideraba a los abuelos como una especie de propiedad suya. Alicia se sentía culpable por sus lágrimas y los dos martinis que había tomado antes de salir la ayudaron un poco a mantener la forma.

–¿Se habrá calmado ya?

–Seguro. Podés llamar a casa desde el club, si querés, pero no creo que haga falta. Por lo menos Melissa parece manejarlo bien y él está contento con ella. Por otro lado yo ya le prometí llevarlo al picnic del 4 de julio al club. A él le gustan los fuegos artificiales.

–Sí, me lo dijo–. Hubo un silencio–. A veces no sé qué hacer con él. Nunca me di cuenta de que los padres se puedan sentir tan inútiles... Me alegro tanto de que vos seas tan buen padre, Sergio, y me ayudás muchísimo.

–Bueno, gracias, pero vos también sos una buena madre. Tomátelo con calma. Ha sido un gran cambio para nosotros. Seguro que se va a adaptar, pero lleva tiempo.

–Es cierto–, suspiró ella. Sergio creía en las propiedades curativas del pensamiento positivo, aunque nunca lo hubiera dicho con esas palabras. Pero ella lo conocía. Sintió envidia. ¿Por qué ella no podía hacer otro tanto? Parecía tan fácil para él.

Cuando llegaron al club, Sergio buscó un lugar en el área destinada a estacionamiento, un terreno lindero cubierto de pedregullo recién apisonado. Había dos hileras de autos ya, y pequeños grupos de personas caminaban hacia la nueva sede del club.

El edificio de dos pisos, sobre un cuidado espacio con césped que miraba hacia el río, supo ser propiedad de una importante familia de Florida. El club lo había adquirido, así como el terreno de la derecha diez años atrás y lo había restaurado lentamente, con el apoyo de los socios, a su original categoría.

Sergio y Alicia llegaron a la entrada y buscaron la mesa reservada, según las instrucciones de sus padres, no lejos de la puerta. Franz y Emma ya estaban sentados, charlando animadamente con los Fechner y otra pareja que no conocían. Fueron presentados y la conversación giro desde los platos del menú a los comentarios sobre los otros miembros del club.

Alicia se aburrió muy pronto de la continua charla y comenzó a mirar a su alrededor, los ventanales, las decoraciones colgando del alto y señorial cielorraso y la pequeña orquesta, ubicada en una esquina donde había un escenario. Los músicos tocaban alternativamente música centro–europea, tangos y tradicional folklore instrumental. El salón estaba compuesto de dos inmensas habitaciones unidas por un arco muy grande que llegaba casi de pared a pared. Tres hileras de mesas redondas para ocho o diez comensales se ubicaban alrededor, dejando un amplio espacio libre en el centro para bailar. Las mesas estaban casi todas ocupadas y los mozos comenzaban a servir.

Desde temprano Alicia había reunido valor para enfrentarse a este momento, y por fin parecía sentirse cómoda para disfrutar de la noche. Cuando terminaron la cena, hizo un esfuerzo para arrancarse de los pensamientos y prestar atención a lo que Sergio estaba diciendo.

–. ...así es que no creo que él vaya a pactar con nadie. Prometió limpiar el aire, y por eso ganó las elecciones. No puede permitirse perdonar a los torturadores ahora, así nomás.

–Alfonsín no es tan fuerte como vos creés –cortó Fechner, terminante –. Lo van a sacar corriendo del puesto en cualquier momento, si mis informantes son buenos. Resultó ser un pésimo presidente, si querés mi opinión.

Hubo un silencio incómodo. La costumbre de los Fechner de defender a la Junta y sus métodos era un punto de roce que ponía a Franz en una situación violenta cada vez que Sergio estaba presente. En lo posible, trataba de desviar el tema hacia otro lado. Alicia necesitaba hacer algo. Tomó la mano de Sergio, y poniéndose de pie, le dijo:

–Esta canción es hermosa, vamos a bailar–. Él levantó los ojos con sorpresa y primero la mano se resistió, pero notando la mirada de desesperación de ella, se puso de pie también.

–Claro que sí, bailemos –dijo, y volviéndose hacia la mesa murmuró una excusa.

La siguió hacia la pista de baile donde dos o tres parejas ya giraban alrededor de un valsecito criollo.

–No vayas a dar vuelta rápido, porque me marea–, le avisó ella, un poco nerviosa cuando él hizo el primer giro–, me hace mal al estómago.

Él rió con ganas.

–¿Quiere decir que todavía no estás descompuesta del estómago después de oír esa conversación?

Ella sonrió francamente y él aminoró el paso. Bailaron

por unos minutos en silencio. Él bailaba bien, tenía un buen sentido del ritmo, y ella disfrutaba siguiéndolo. Su cuerpo delgado y musculoso la guiaba fácilmente, haciendo cambios sutiles, nuevos movimientos, vueltas inesperadas, todo sin perder el paso. Ella había olvidado cuánto le gustaba bailar así, los cuerpos moviéndose al unísono, siguiendo la música, mientras su fuerte mano la sostenía por la cintura.

–Hicimos bien en venir esta noche –dijo ella– a lo mejor debiéramos salir más seguido–.

Él la apartó un poco y la miró.

–Me alegro de que digas eso. Me leíste el pensamiento.

–Debiéramos hacer algo, ya que estamos de acuerdo – dijo ella cuando la música terminó y la melodía de un tango llenó el aire–. Debiéramos tomar esas lecciones de tango que tantas veces dijimos que queríamos hacer.

–Contá conmigo. Podés ir y contratar las clases cuando quieras.

Danzaron en silencio por un rato, prestando atención a los pasos que habían aprendido hacía mucho y no habían practicado lo suficiente, mirando ocasionalmente a las mesas vecinas. Él saludó a un grupo que estaba sentado cerca de la pista de baile.

–Trabajan en la empresa–, explicó.

Alicia miraba sobre el hombro de Sergio, a la altura de sus ojos. Siempre le había gustado la suave curva de su nuca, el elegante lóbulo de la oreja. ¿Por qué se sentía tan atraída por estos familiares detalles otra vez? No se había fijado en él por mucho tiempo, y ahora se sentía con valor suficiente para volver a mirarlo de cerca, disfrutar de su compañía. Se sentía tan bien bailando con él ese hermoso tango.

–Aprendamos más cortes y quebradas –dijo–, como los pasos que hacen los bailarines en los programas de televisión de Buenos Aires. No como esos pasos rígidos y exagerados que los bailarines de salón hacen en los shows norteamericanos. El tango debe ser sutil, elegante, no crudo y sexual.

–Sí, pero tenés que reconocer que es una música profundamente sensual, vos sabés eso.

–Pero a mí me duele cuando hacen una payasada de él,

en todo el mundo, siendo que esta música es mucho más que eso.

—Es un negocio, Alicia, la gente lo compra y por eso lo venden–, dijo él, como siempre, aceptando la realidad así como era.

La música terminó y ellos se quedaron parados un par de minutos, mirando a las parejas que se reunían a bailar después de que los postres habían sido servidos. Comenzó otro tango y ellos se abrazaron nuevamente.

Y entonces vio al hombre.

Primero fue sólo una mirada fugaz, la forma de una cabeza vista de refilón. Alicia miraba distraída a la gente sentada en las mesas, cuando distinguió el familiar corte de pelo. Era el mismo que había visto, tiempo atrás, bajo la luz esporádica de los autos en la ruta, volverse hacia la oscuridad, donde un Ford Falcon estaba cruzado en frente del auto de ella. Alicia se estremeció bajo la seda liviana del vestido, y Sergio sintió el temblor en su mano.

—¿Qué te pasa? ¿Tenés frío?

—No, no–. Dijo, tratando de encontrar al hombre otra vez, localizar la mesa donde creía que lo había visto. A lo mejor sus ojos le estaban jugando una mala pasada. ¿Era acaso un castigo por haber pasado un momento de paz, sin memorias o culpa? No sería la primera vez que creyó ver a este hombre en una multitud, como cuando llegaron al aeropuerto de Miami, y ella hubiera jurado que lo había divisado subiendo en una escalera mecánica, mientras esperaban que la cinta transportadora trajera el equipaje.

Ahora su estómago se contrajo, con un amago de nausea. ¿Era otra vez una creación de su mente, para aterrorizarla y después desparecer? ¿Otro flash de pánico, como los que había sufrido después del encuentro en el hotel?

No. Esto era diferente. Lo vio otra vez y entonces prestó atención al resto de la gente que estaba sentada a la misma mesa. Mientras bailaban, lo miró varias veces de lejos, con más confianza por la distancia. Entre ellos y la mesa había una pareja girando en la pista de baile, y dos líneas de mesas. Ahora lo podía ver bien de costado, más de cerca. Era él, no había duda. Un nuevo temblor la sacudió y Sergio dejó de bailar.

–¿Seguro que estás bien? Sentémonos–, y sin esperar a que ella accediera, él comenzó a guiarla, esquivando a otras parejas

–¿Estás mejor ahora?

–Sí, sólo tuve un mareo, puede ser de tanto bailar, o tal vez fue la comida–, dijo ella, tratando de encontrar una excusa creíble– necesito tomar un poco de agua.

Llegaron a la mesa y vieron con alivio que no había nadie, los demás probablemente estaban bailando. Sergio sirvió un vaso con soda y ella bebió lentamente, sentada en silencio, haciendo sus ejercicios de respiración. Él la conocía demasiado como para preguntarle otra vez cómo se sentía. La dejó recuperarse. No era la primera vez que se había derrumbado sin razón aparente frente a él en el último año.

Cuando sintió que sus piernas la sostendrían, se levantó. Él la siguió.

–Voy al baño –le dijo sonriendo– vuelvo en un par de minutos.

–Te acompaño–. Él se adelantó.

–No. Ya estoy bien–, su voz tenía ese tono fastidiado que él tanto conocía y ahora lo tomaba por sorpresa. Se quedó inmóvil y ella agregó, disculpándose:

–No te preocupes, vuelvo en un momento –le palmeó el brazo y se marchó.

Temprano esa noche ella había notado que los baños estaban ubicados al final del segundo salón, y que no era lejos de la mesa donde había visto al hombre. Los músicos tocaban ahora un bolero romántico y muchas parejas regresaban a sus mesas. Miró alrededor. El mejor camino era cerca de las ventanas. Con la pista de baile a su izquierda y la pared a su derecha, llegó al arco divisorio y pasó al siguiente salón.

El hombre estaba todavía sentado frente a la misma mesa. Alicia se estremeció. Ahora estaba justo frente a él, con varias mesas de por medio. No miraba en su dirección, y ella avanzó con cautela, esperando que él no la viera pero lista para darse vuelta de inmediato, si era necesario.

Estaba enfrascado en una conversación con los otros, sentado al lado de una mujer rubia, ostentosa y de mediana edad, frente a otra pareja. Él parecía estar disfrutando de la fiesta. Alicia se dio cuenta de que él no iba a reparar en ella y se atrevió a pasar más cerca de la mesa, sin que nada sucediera. Temblando, entró al baño y encontró a Emma en el lavatorio, enjuagándose las manos; la última persona que hubiera querido ver en ese momento.

–Hola, Alicia, querida –la saludó–. Te espero a que salgas, mientras me arreglo el maquillaje. Así volvemos juntas a la mesa.

Alicia se apoyó contra la pared del cubículo por unos minutos hasta que se recobró del temblor que traía. Su mente corría a toda velocidad y se sentía débil y con náusea. ¿Qué hacía ese hombre allí? Era como una pesadilla. Allí, de todos los lugares del mundo, en un país tan grande como ese, ¿ella venía a encontrarse con él? Era difícil creer que realmente estuviera sucediendo. Pensó que nunca lo volvería a ver en su vida, a pesar de que su sombra maldita la había perseguido noche y día desde aquel encuentro en el hotel.

–¿Estás bien? –la voz de Emma llamó desde el otro lado de la puerta.

–Sí, sí, ya salgo, en un minuto–. Tiró el agua, se puso una menta en la boca, y abrió la puerta–. Estoy un poco cansada, y no he bailado en tanto tiempo–, se disculpó.

–Te vas a poner rápido en forma si siguen viniendo aquí. Es un excelente ejercicio cardiovascular–, Emma siguió hablando sobre la salud y la dieta mientras Alicia trataba de componer su rímel, todo corrido por la agitación y la danza. Se miró en el espejo minuciosamente. Estaba pálida y cansada. Los ojos enrojecidos y parecía mucho más vieja. Lo peor era que necesitaba otro trago, urgente.

–No tenés buena pinta–, observó Emma, con sus inquisitivos ojos fijos en Alicia, quien trató de ocultar la cara, volviéndose hacia el otro lado con disimulo.

–Estoy cansada, la verdad. A lo mejor nos vamos más temprano, si a Sergio no le importa–, dijo mientras salían al salón. Camino a la mesa Emma saludó con la mano a varias personas, dándole los nombres y datos a Alicia. Ella se preguntó si su suegra conocería al hombre y sus acompañantes.

Mientras sonreía a algunos, Emma miraba a la gente con atención–: Tarde o temprano terminás conociendo a todo el mundo aquí, las mismas caras se repiten en casi todas las fiestas y actividades.

–Por casualidad, Emma, ¿usted conoce a esa gente ahí, en aquella mesa, la tercera?–, y le hizo una discreta seña, no quería mirar directamente para no ser vista por el hombre–. Ahí, donde está sentada la rubia de peinado alto.

–Ah, esos tres son gente importante aquí, miembros de algún comité, no sé cuál, pero siempre están juntos. Uno de ellos, el pelirrojo, es el hijo de uno de los fundadores del club, un tal Mastrángelo–, decía Emma mientras caminaba. A Alicia no le interesaba el pelirrojo. El hombre que le importaba era el de pelo castaño oscuro, y corte a la americana.

–¿Y los otros?

–No les sé los nombres–. Y después agregó–: Esos son los que están organizando el picnic del 4 de Julio, vos sabés, ése sí que va a ser un gran acontecimiento. Han invitado al Cónsul argentino en Miami, con eso te digo todo. Va a haber toneladas de fuegos artificiales. Doble celebración, dos independencias en una, el 9 y el 4 de Julio, con asado, juegos, en fin, todo el día.

–Sí, ya sé, Pablo está muy entusiasmado.

–Franz compró las entradas para ustedes también. Seguro que ya le dijo a Sergio. Pablito va a estar feliz, le gustaron tanto los fuegos artificiales de Año Nuevo, allá en casa, y eso que era chiquito todavía–. Ella llamaba a la Argentina *nuestra casa*, o *allá en casa*. Sonaba dulce, con su castellano con fuerte acento alemán. Habían llegado a la mesa–. Van a venir, ¿no?

–Seguro, vamos a estar aquí, gracias Emma–, y la voz se le ahogó. Su suegra la miró, sonriendo, tal vez pensando que Alicia estaba emocionada por el interés de la abuela hacia el nieto.

–De nada, querida, de nada.

–Se te ve mejor, ¿cómo te sentís ahora?, –preguntó Sergio, corriéndole la silla. Ella se derrumbó en el asiento y bebió un poco de agua, desesperada porque necesitaba con urgencia algo más fuerte.

–Sí, estoy bien ahora, gracias–, dijo–, ¿puedo tomar un poco de vino?–. Sergio le llenó la copa vacía–. Por favor, sigan con la charla–, le dijo a él, como disculpándose. Sergio sonrió y se volvió hacia Fechner, contestando alguna pregunta que le había hecho.

El corazón de Alicia galopaba y le producía un ensordecedor palpitar en su cabeza, que ella sentía fuerte como si el sonido fuese transmitido por los altoparlantes, mientras sus pensamientos se aclaraban y de pronto veía las cosas con una certeza tal como si fuera un texto impreso delante de sus ojos.

Gracias a un inesperado giro del destino, la oportunidad de actuar en lo que ella había fantaseado por tanto tiempo en sus afiebrados sueños acababa de ser presentada en bandeja de plata frente a ella, y estaba lista, mejor aún, ansiosa, por tomarla.

XVIII

Alicia dejó a Pablo en el jardín de infantes que funcionaba junto a la escuela primaria del barrio, y al regresar encontró a Sergio tomando su café con tostadas en la cocina. Habían adoptado algunas costumbres del nuevo país, pero no podían dejar el sencillo y frugal desayuno continental por el substancioso y abundante *breakfast*.

–No dormiste bien anoche–, dijo él, sirviéndole otra taza de café–. Te escuché dar vueltas y también salir del dormitorio dos veces. ¿Cómo estás ahora?

Ella lo había escuchado respirar acompasadamente y pensó que dormía. Trató de no hacer ruido mientras andaba dando vueltas por la casa.

–Ah, sí, pero ahora estoy bien. Me desperté un par de veces, nada más.

Él sonrió, no muy convencido. Ella levantó el *Miami Herald* de la mesa de la cocina y lo abrió, fingiendo interés por las noticias de la primera plana. No iba a arruinar la precaria armonía que habían conseguido establecer un par de días atrás en el baile del club. Había durado sólo un par de canciones, pero era suficiente para que las memorias de mejores épocas regresaran, casi sofocándola con la nostalgia que destilaban.

Alicia estaba resuelta a dejar que Sergio reviviera lo que habían tenido antes y hacerlo feliz, lo que él había perdido, sin ser culpable de nada, para siempre. Aunque fuese por un corto tiempo. Ella se lo debía.

Lo besó con cariño, y él le respondió con el afecto que siempre le demostraba, incluso en los momentos en los que ella lo rechazaba.

A partir de ese día, y durante las tres semanas que siguieron a la cena de aniversario en el club, el tiempo transcurrió para Alicia en una forma curiosa; despacio y a paso mesurado. Cada minuto parecía tener una cualidad deliberada, una razón de ser, un propósito. Evaluaba las consecuencias de proceder de una forma o de otra, incluso en las cosas más sencillas y cotidianas que poco tiempo atrás no hubieran merecido su atención. Nunca antes se había sentido tan consciente, como se sentía entonces, del instante que estaba viviendo. Nunca había vivido sus minutos en esa forma reveladora.

Su mente trabajaba con dedicación en lo que había decido hacer. Iba a tomarle algún tiempo prepararse, y más de un trago reunir la voluntad, pero ella se sentía capaz de hacerlo, ahora que la energía había retornado y sus acciones tenían un propósito para el futuro inmediato.

Comenzó a dedicarle tiempo a Pablo, que ahora la ignoraba, acostumbrado ya a su frialdad e impaciencia que lo habían empujado a crear su propio mundo. Con persistencia, ella lo seguía y lo atendía, minuciosa en detalles en los que antes nunca hubiese reparado.

Acomodando papeles viejos que habían traído de la Argentina, encontró un cuaderno que había comenzado a escribir para él cuando Pablo nació, con detalles de su primer año, y que había tenido el propósito, después olvidado, de ser un diario que ella escribiera durante la primera década de su vida. El cuaderno pasó de un cajón de papeles de Bariloche, donde había quedado abandonado cuando estalló la guerra de las Malvinas, a una de las cajas que enviaron por barco al puerto de Miami.

Alicia lo abrió, y comenzó en una hoja limpia a escribir sus pensamientos, página tras página, con su pareja letra cursiva, durante las horas que Pablo estaba en el jardín de infantes. El bolígrafo corría con fluidez, moldeando en palabras el mensaje que ella tenía la urgencia de trasmitir al hijo que él iba a ser en el futuro. Se preguntaba cómo la iba a juzgar, qué preguntas iba a hacer, pero, sobre todas las cosas, hasta qué punto ella sería capaz de confiarle, a través de este cuaderno, con sinceridad sus sentimientos, los pensamientos atormentados, las oscuras fantasías y la amenazante falta de interés por las cosas que la rodeaban, que se iba cerrando poco a poco sobre ella.

¿Qué clase de hombre iba a ser él, cuando fuera

adulto? ¿Sentiría curiosidad por su país de origen? ¿Se sentiría superior y despectivo de lo que no conocía, o, como ella esperaba, tendría compasión y la mente abierta a cosas y gente nueva y distinta de él? Buscaba las palabras con cuidado, las palabras adecuadas que no podía encontrar, porque todas parecían incapaces de contener sus sentimientos, insuficientes para transmitir la magnitud de lo que bullía dentro de ella, demasiado ostentosas para pintar las imágenes con la claridad que venían a su mente en ese momento, por primera vez desde hacía tanto tiempo. Y escribía durante horas, hasta que llegaba el momento de ir a buscar a Pablo al Jardín, y se obligaba a cerrar el cuaderno hasta el día siguiente, para dedicarse totalmente al hijo que había abandonado cuando más la necesitaba.

Desde su llegada a Florida, había mantenido un intercambio regular de cartas y fotografías con Mary y con Sonia y, con menor frecuencia, con Martina. Ahora se sentaba a escribir largas cartas, afectivas, con reflexiones y comentarios, desde otra perspectiva, a cada una de ellas. Al escribirlas, tenía la extraña sensación de que estaba enviándoles mensajes al pasado, más que mensajes sobre el presente. Pero ella sabía que esas mujeres que la habían acompañado en tantas cosas la comprenderían.

Las misivas a tía Marga y a Carla eran más cortas y las más difíciles de escribir. No obstante, ella se dedicaba con aplicación a redactarlas. También le escribió a Mariano, hacia quien se sentía agradecida. Él la mantenía informada sobre las vicisitudes de la política argentina y los peligros que corría el gobierno civil, contemplando a diario la espada de Damocles del golpe militar. También le detallaba las terribles novedades de los equipos forenses haciendo la penosa y lenta identificación de los cuerpos encontrados en tantos lugares del país. En los últimos tiempos, Alicia se encontraba saltando sobre esas líneas, incapaz de leer más tragedia y horror, o conjurar más macabras imágenes en su mente. Entre tanto, los arquitectos y ejecutores de la dictadura hasta entonces caminaban libres por las calles de las mismas ciudades que ellos habían subyugado no hacía mucho.

Sergio le había hecho prometerle que no iba a leer más los recortes y artículos que le enviaban Mariano y Sonia.

Una tarde la había encontrado, sentada sobre el césped del patio trasero, llorando sin consuelo, rodeada de los recortes y fotos que llenaban las páginas centrales de los diarios y revistas. Alicia estaba descontrolada, y él se impuso, firme. De ahí en más había comenzado una lenta, penosa convalecencia que tuvo su punto más alto la noche del baile en el club argentino.

El choque emocional que le produjo volver a encontrar en persona a la sombra que la había perseguido por años tuvo un efecto inverso a lo esperado. En vez de derrumbarla, la llenó de calma y propósito. Por primera vez en largo tiempo se sintió en dominio de la situación, su equilibrio físico y mental recuperado.

Las cartas que escribía a la Argentina llevaban mensajes de paz y cariño, reflejando su nuevo estado mental. No había más rabia ni quejas; ella les dejaba saber cuánto valoraba la amistad que le brindaban, aún a la distancia, y el apoyo que dieron al transitar juntos el camino lleno de espinas que fueron los últimos años.

A cada uno le envió copia de una fotografía que habían tomado recientemente, en una de las reuniones familiares del domingo, en la que Sergio, Pablo y ella sonreían felices para la cámara.

–Bajo en un minuto–, casi gritó Alicia, subiendo el tramo de escalera a su dormitorio para que Sergio la escuchara desde el living, donde estaba mirando un programa político en la tele.

La nueva casa no tiene escaleras, va a ser más fácil ir de un lado a otro, pensó. Siempre había deseado tener una casa típica americana como ésa. Suspiró hondo. Aunque no se arrepentía de nada; las cosas suceden y ella había aprendido a tomarlas como venían. Por fin el gran día había llegado.

Gritó desde el último peldaño–: Apenas termine de vestirme nos vamos, ¿eh?

–Bueno, pero apurate, que ya se está haciendo tarde – contestó él desde abajo.

Ella pasó por el dormitorio y entró en el baño. Tenía una serie de maquillajes, sombras para párpados y lápices, que pocas veces usaba, alineados prolijamente en un estante. Iba a necesitar más color en esa piel, que a pesar del verano y del mar a pocas millas no perdía el tono pálido. Había una margarita, la copa casi llena, cerca de los cosméticos. Con placer tomó un trago. Así le gustaba tomar sus margaritas, sin sal y con mucho tequila.

Se decidió por un delineador de ojos gris oscuro, y trató de seguir el tren de pensamiento que había cortado cuando tuvo que bajar a despedir a Pablo, que se fue más temprano con Franz y Emma al picnic del 4 de Julio. Los abuelos habían pasado a buscarlo, ansiosos por estar con el nieto, y él se había ido feliz, ante la perspectiva de todos los entretenimientos del día.

¿En qué había estado pensando antes?... Ah, sí, en Bariloche, meditando sobre la cantidad de agresiones que la gente permite y soporta, antes de gritar basta. Y después perdona, y no busca resarcirse. ¿Era cuestión de carácter, fortaleza, o simplemente, debilidad? Igual, ahora no importaba. En lo que a ella concernía, todo eso había quedado atrás. Otro trago de margarita y volvió a concentrarse en el espejo. Gracias al cielo por los tragos. Hoy los necesitaba para suavizar los sentidos, para poner su pulso firme de nuevo. Un pulso que cada día temblaba más por las mañanas, hasta que ella lo estabilizaba con un reconfortante trago. Esta era la tercera margarita, y esperaba que Sergio no se hubiera dado cuenta.

Agregó un poco de color a las mejillas. Así estaba mejor.

El *long-play* de los Beatles instrumental que sonaba en las habitaciones había terminado y otro, una selección de tangos de Piazzola había comenzado a hacer firuletes de bandoneón en el aire. Se movió al compás. Un par de tragos le agudizaban los sentidos, y experimentaba la música con mayor fuerza, con mayor sentimiento. Como esa versión de *Adiós Nonino*, qué belleza, qué dulzura había en ese llanto del bandoneón... iba como un dardo directamente a su alma, un dardo salido de las calles empedradas de la Buenos Aires que ella conoció, y que llegaba trayendo memorias indiscriminadas, buenas y malas, las que ella amaba y las que le dolían.

¿Qué era ese sollozo? No, no, ahora no. Nada de llanto. Limpió la estúpida lágrima cuidadosamente alrededor del ojo, y colocó un poco de rímel. Así estaba bien. Sin sobrecargar la pintura. Quería lucir natural, hasta un poco coqueta. Esta nueva Alicia era una mujer calma y serena.

La sorprendió el sonido de la puerta del dormitorio al abrirse. Sergio se asomó al baño. Como siempre, estaba cansado de esperarla. Lo podía leer en su cara.

–Recién revisé el aceite de tu auto. Necesita un cambio. Mañana lo llevo–. La miró con admiración–. Bueno, bueno, estás preciosa. Los tipos van a comerte con los ojos en el club.

Ella forzó una sonrisa.

–Sos muy amable, gracias, pero no me lo creo...

–Te aseguro, esos *jeans* te quedan muy bien.

–Mejor que queden bien, porque me costaron un montón de plata.

–Una pena, aunque vos no necesitás ropa encima para lucir bien...

Ella movió la cabeza, sonriendo otra vez.

–Sergio, en serio, quiero terminar de maquillarme, esperame abajo–. Intentaba mantener la voz con un tono natural, fingiendo. Las manos estaban húmedas y frías, y su corazón latía aceleradamente ahora, como si hubiera corrido varias cuadras. Él se estaba refiriendo a la noche anterior, cuando ellos, por primera vez en mucho tiempo habían estado juntos, y el sexo había sido como en otros tiempos. Ella había sido sincera, espontánea, pretendiendo por un momento que las cosas podían ser distintas, que podían volver a ser como habían sido mucho tiempo atrás. Pero no era tan simple. Ella sabía que todo aquello no existía más. Que la noche anterior había sido un desesperado intento por creer en lo que sabía bien que no podía volver a ser. Ahora él se acercaba de buena fe, pero ella quería que se fuera, que la dejara sola.

–Ese es tu segundo trago hoy, y no es ni mediodía –el tono era de admonición, pero sin rastros de fastidio–. Me lo prometiste, Alicia.

Ella sonrió, culpable. No le corrigió la cantidad de tragos, él no sabía nunca cuántos se había servido ella a escondidas. Él es tan dulce, pensó, tratando de ayudarme, lo hace de corazón, querido Sergio, pero no quiere aceptar que esto ya no tiene remedio y tampoco lo quiero yo, de alguna forma. Suspiró y mintió otra vez:

–Bueno, no más. Es el último. No vuelvo a tomar hasta la noche. Vos te terminaste tu cerveza recién, y yo me tomé las margaritas. Prometido.

El movió la cabeza, reprochándole con los ojos. Por un instante ella se sintió débil. Se le cruzó, por un breve instante, decirle a él todo, sacarse el peso del pecho, descargar toda esa miseria que tenía acumulada y tirarse en sus brazos. La idea le hizo perder el equilibrio y para recuperarlo fingió que algo estaba mal con su sandalia, mirando hacia abajo. ¿Qué diablos era esta debilidad justo ahora? *Dejate de joder,* se dijo con bronca, por tener estos estúpidos pensamientos de última hora.

Él todavía la miraba con reproche. No le creía que iba a dejar de tomar hasta la noche.

–Necesito tu consejo–, dijo ella para cambiar de tema–. ¿Te parece que esta blusa está bien para hoy?

–Está perfecta. Es una hermosa *tarde* de verano, seca y con sol. Y quiero decir *tarde*, por si no me has escuchado.

Le rozó la mejilla cariñosamente con la mano y se marchó.

–¡Apurate! –Dijo desde el dormitorio, antes de bajar la escalera–. ¡El asado empieza a la una!

–Te amo–, le gritó ella.

–Yo también, vamos, vamos.

Ella sabía que él había venido a verla, a asegurarse de que estaba bien, de que no había vuelto a derrumbarse sin que él se diera cuenta, como tantas otras veces inesperadas. Quería protegerla. Pero no podía, pobre Sergio. Nadie podía ya. Estaba sola.

Caminó fuera del cuarto de baño y cerró con llave la puerta del dormitorio que él había dejado abierta. Con calma, se dirigió al guardarropa, abrió el cajón inferior y sacó un envoltorio hecho con un echarpe liviano de lanilla. Moviéndose con cuidado, lo depositó dentro de uno de los compartimientos del bolso que iba a llevar al picnic, y que estaba abierto sobre una silla. Arriba del envoltorio puso dos juguetes de plástico que Pablo había olvidado sobre la cama antes de salir, y que ella sabía que iba a pedirlos en algún momento. Después cerró el bolso.

Antes de bajar, se acercó al espejo de pared y miró su imagen en detalle, de la cabeza a los pies. Era una imagen esbelta, delgada, por lo menos aparentaba diez años menos, y era hasta atractiva. No estaba mal. Una mirada más cuidadosa hubiera mostrado unas marcadas ojeras, pero en general, era una mujer mucho más sofisticada que la sencilla Alicia que solía vivir en Bariloche.

Se preguntó si él la reconocería a primera vista, ¿o debería identificarse, como Edmundo Dantés cuando confrontó finalmente a Fernando Mondego? El pensamiento la hizo sonreír, mientras se perfumaba con una fragancia liviana y fresca. Siempre le había gustado Edmundo, y había admirado su tenacidad y perseverancia.

Levantando el bolso de mano con cuidado, lo colgó en su hombro izquierdo. El antebrazo se apoyó en el fino cuero, y ella presionó levemente.

Al abrir la puerta del dormitorio escuchó el melancólico sonido del bandoneón, todavía flotando en el aire detrás de ella, y después lo escuchó llegando del pequeño parlante en el cielorraso del pasillo. A Sergio le gustaba que la música sonara en toda la casa hasta el momento en que se marchaban.

El almuerzo llegaba a su fin y los comensales, sentados bajo los techos de lona playera levantados sobre el césped que bajaba suavemente hacia el canal, comenzaban a levantarse, en busca del postre y el café. Pablo tragó su comida rápido y, mostrando el plato limpio, rogó en perfecto inglés, con un claro acento norteamericano:

—Quiero ir a jugar con los chicos, mamá–, mientras limpiaba su cara y manos en una servilleta ya sucia, mirando a sus padres. Sergio estaba terminado la comida, de modo que Alicia saltó ante la oportunidad:

—Yo lo llevo, no te preocupes. Y de paso traigo algo de postre–, dijo, y se levantó de la silla. Alzó a Pablo y lo depositó sobre el pasto, haciéndolo girar en el aire, lo que provocó su risa. Estaban sentados ante una de las varias mesas alineadas detrás del edificio del club.

El terreno era un muy suave declive, que terminaba en la costa, a unos doscientos metros. Una serie de pequeños botes estaban amarrados a la orilla. El día era brillante y el club estaba lleno de socios e invitados. Las coloridas banderitas norteamericanas y las azules y blancas argentinas se mezclaban por todas partes.

–Lo llevo a donde están los otros chicos con las cuidadoras.

–Bueno–, dijo Sergio–, hasta luego.

–¿Alguien quiere postre? –preguntó ella, amable.

Sergio negó con la cabeza. Emma y Regina habían ido antes a buscar para los demás, de modo que Franz le agradeció también, así como lo hizo Fechner, sentado a su lado.

Alicia alzó el pesado bolso de mano de abajo de su silla, y sacó los juguetes de plástico.

–¿Los querés ahora? –le preguntó a Pablo.

–No–, dijo él, sacudiendo la cabeza–, me quiero ir, vamos.

Alicia dejó los juguetes sobre la mesa, se inclinó hacia Sergio y le dio un beso en la frente.

–Te amo tanto–, le dijo al oído–, sos el mejor hombre del mundo y quiero que lo sepas.

Él la miró, y le murmuró:

–Hmm..., vos sos bastante buena también.

Ella se marchó, llevando a Pablo de la mano, hacia la sombra de unos árboles a donde habían instalado unas barreras bajas, armando un corralito para que los chicos jugaran adentro. Estaban cuidados por dos muchachas que los entretenían, y un payaso que hacía esculturas de globos. Pablo le tironeaba de la mano, apurado por ir a jugar con sus nuevos amigos.

Temblando, y con los ojos borrosos por las lágrimas, se inclinó sobre él y lo besó repetidas veces, en un abrazo apretado del que él, ansioso, pugnaba por liberarse para entrar a jugar. Cuando ella aflojó los brazos, él corrió y una de las muchachas le abrió el portoncito del área cercada. Alicia permaneció quieta, mirándolo, mientras él se unía a los otros chicos. Después se dio vuelta, y caminó hacia el edificio del club.

Dejó atrás un par de tiendas en las que la gente charlaba, animada, disfrutando de la comida o caminado a encontrarse con amigos o buscar más asado de la parrilla. El atareado asador se afanaba sirviendo, y un par de hilos de humo subían de las brasas, cruzaban los árboles y se perdían en el cielo azul.

Alicia caminaba tratando de mantener el paso firme, respirando rítmicamente, para aflojarse, aunque el temblor en las piernas la traicionaba. Había planeado con cuidado todos los pasos, incluso los ejercicios de respiración, que ejecutaba despacio, concentrada, para conseguir el mayor resultado posible. El sonido de su corazón batiendo en el pecho y sonando como un tambor en sus oídos era ensordecedor, pero también se había preparado para sentirlo. Conocía cada reacción que su cuerpo tenía cuando estaba en peligro, de modo que había anticipado todo para evitar un ataque de pánico. Se secó nuevamente las húmedas manos en el costado de los *jeans*. Podía sentir la adrenalina corriendo por sus venas, la picazón bajo las axilas. La garganta estaba seca, pero los pasos eran firmes y su mente tenía un sólo propósito.

Entró al edifico del club y miró alrededor en el primer salón. Un grupo de hombres estaban sentados alrededor de una mesa, ocupados en algo. Las inmensas ventanas estaban abiertas, y el salón lucía tan discretamente elegante como lo había estado lleno de mesas durante la cena y baile de varias semanas atrás, cuando vio al hombre por primera vez después de tanto tiempo.

Cuidadosamente miró a cada persona, pasó el arco del medio y pasó al siguiente salón a donde estaba el bar. En las dos esquinas al fondo, grupos de personas estaban sentados en sofás, alrededor de mesas ratonas, bebiendo y charlando. Ella se detuvo, apoyada en la pared. El grupo de la izquierda estaba entretenido en un partido de truco, que provocaba risotadas en los jugadores. La gente en la otra esquina era más discreta, cinco hombres estaban mirando lo que parecían ser folletos turísticos, abiertos sobre la mesita. Ahí estaba, como ella lo había esperado, el hombre del Falcon verde.

Temprano, durante el almuerzo, lo había visto encaminarse hacia el edificio del club, seguido de otra gente, y se había apurado para terminar el almuerzo y así dejar la mesa cuanto antes. Ahora la búsqueda había terminado y la adrenalina era casi excitante.

Él estaba sentado de frente, apoyado en el respaldo del

sillón, diciendo algo que debía ser gracioso, pues los otros rieron con ganas después que él habló. ¿Un chiste verde, tal vez? ¿Qué otra cosa podía ese ser repugnante decir con esa despreciable boca? ¿Qué cosa sino algo sucio podía brotar de ese cerebro perverso? La profunda revulsión que había sentido todos esos años hacia él y los tipos como él estaba allí, intacta, poderosa y entonces ella tomó fuerzas de esa energía negativa con entusiasmo y placer. Miró otra vez alrededor, para asegurarse, pero nadie parecía haber notado que ella estaba allí.

Sin mirar hacia abajo, abrió el cierre y con una mano buscó adentro el revólver, que estaba cubierto apenas por el echarpe de lanilla. Alcanzó la fría superficie y lo liberó de la envoltura, alzándolo un poco, a medio camino, sin sacarlo. Por suerte el bolso era grande, y nadie lo podía ver todavía. Debía acercarse al grupo antes de levantarlo.

El revólver era un objeto familiar en su mano, y ella sabía que, cuando todo hubiese pasado, Sergio iba a sentirse responsable por haberlo comprado, por haberle enseñado cómo usarlo, y por haber celebrado tanto su inesperada buena puntería de principiante. Él había comprado el arma un año atrás, tal vez influenciado por Franz, quien siempre pensaba en cómo protegerlos. *Para auto defensa, por las dudas*, había dicho Sergio, a modo de justificación.

Alicia había sostenido el revólver muchas veces en las últimas semanas, calculando el peso, cómo moverlo, cómo iba a sacarlo del bolso, y había estudiado cada movimiento que iba a dar. Se acercaría al grupo para acertar en el blanco, pero debía mantener una distancia suficiente como para que los otros no saltaran contra ella antes de que pudiera actuar. Su mente estaba lúcida y su cuerpo se movía con rapidez y calma. Las palpitaciones habían cesado y se secó la palma de la mano derecha otra vez contra el costado del *jean*. Si se aproximaba al grupo por la pared de la derecha, estaría cubierta y no tendría a nadie detrás de ella.

Supo con exactitud qué hacer. Al acercarse, el hombre del Falcon verde quedó a su derecha, de perfil. Sin perderlo de vista buscó otra vez el revólver con la mano. Cuando lo sostuvo, supo que ese era el momento justo para caminar hacia él. Andando con paso resuelto, se acercó al grupo y se detuvo precisamente donde había planeado, sosteniendo el arma con ambas manos. El hombre notó de reojo su presencia y volvió la cabeza con rapidez.

—¡Levantate, hijo de puta! —gritó ella, y él la miró, tratando de comprender qué pasaba y quién era esa mujer. Con una voz que no salió con la firmeza que ella hubiera querido, le gritó otra vez, ahora en voz más alta—: ¡Te dije que te levantes de la silla, basura! ¡Contra la pared!

—Pero... ¡Qué carajo! —dijo él, confundido, mirándola, y ella vio claramente, en ese instante, con una especie de satisfacción salvaje, que él la había reconocido, y que sabía exactamente qué iba a suceder.

Los otros, tomados por sorpresa también, pero lentos en responder después del pesado almuerzo y el vino, la miraron con incredulidad. Dos de ellos se pusieron de pie al mismo tiempo, alarmados, pero no se movieron de sus lugares. Alicia no los quería perder de vista mientras el hombre, ahora furioso, retrocedía hacia la pared, con las manos medio levantadas, en un involuntario gesto, pues ella no le había dicho que lo hiciera.

Alicia lo miró a los ojos por un instante y supo que él estaba calculando qué hacer y cómo quitarle el arma. Con el pulso firme y una voluntad interior que podría haber movido una montaña Alicia disparó una, dos, tres veces, apuntando al pecho.

El hombre la miraba con ojos desorbitados por el pánico y la sorpresa, comprendiendo lo que había sucedido. Entonces sí le gritó las pocas palabras que había ensayado una y otra vez desde el momento en que lo había visto en ese mismo salón:

—¡Esto va por todo lo que ustedes hicieron!

Él dio un paso adelante, puso las palmas de las manos hacia arriba, en un gesto automático para detenerla, y miró hacia abajo, a su pecho, donde tres pequeñas manchas rojas se veían agrandar en la impecable camisa blanca.

—Yegua de mierda, que hacés, hija de puta. . . —alcanzó a decir antes de apoyarse contra la pared y resbalar despacio, muy despacio, hacia el suelo, en lo que Alicia pensó que era una eternidad. Finalmente se sentó a medias, en una posición desencajada y poco digna, su cabeza colgado al costado, y los ojos abiertos en una mirada hueca, similar a una marioneta que alguien hubiese soltado desde arriba. Una doble línea roja hacia abajo marcaba la pared por donde su espalda se había deslizado.

El cuarto giró alrededor de Alicia por un breve instante pero recuperó el equilibrio de inmediato, mientras su corazón batía enloquecido.

Los otros hombres habían saltado hacia un costado cuando los disparos sonaron, pero nadie se acercó o trató de quitarle el revólver. Ella permaneció ahí, mirando a todos, como en un sueño, y entonces estudió al hombre en el piso. ¿Lo había visto moverse? No, no se había movido, se aseguró, notando el charquito de sangre que se agrandaba a su lado.

Bajó el revólver, dándose cuenta de que la gente que miraba a su alrededor pensaría que estaba loca y que les iba a disparar a los otros presentes también.

La habitación estaba llena de voces ahora, aunque no podía discernir qué decían. Tenía que calmarlos pronto.

–Está bien, está bien, ya pasó, ya pasó–, dijo en voz bien alta, a nadie en particular –. Llamen al policía que está apostado a la entrada del club.

El hombre que estaba más cerca la miraba con horror y desconfianza. Ella bajó el arma lentamente hasta el piso de madera y después se enderezó y lo alejó con un pie, finalmente aliviada de la carga que había llevado por tanto tiempo.

Despacio alzó los brazos, cruzó las manos en la nuca como había visto hacer a los criminales cuando se entregaban en las películas policiales, e irguió la cabeza.

Agradecimientos

A mi marido Tomás, por su apoyo incondicional, su constante interés en el hilo de la historia y sus valiosas sugerencias.

A mi hija Adriana McCormick, por su atención a los detalles y por alentarme a seguir.

A mi grupo de lectura y corrección, por el inestimable apoyo que me brindó mientras escribía esta novela.

A Rebecca Byrkit, profesora del taller de Narrativa de Ficción en inglés de UCLA en 2003, durante el cual escribí el cuento corto *Malvinas*, origen de esta historia de suspenso que luego llegó a ser mi primera novela completa en inglés y que traduje a la presente versión en castellano.

www.ingramcontent.com/pod-product-compliance
Lightning Source LLC
Chambersburg PA
CBHW031208020726
47499CB00002B/528

*9 7 8 0 9 8 3 8 5 2 3 1 5 *